트루베나아 연대기

FANTASY STORY & ADVENTURE

김정률 판타지 소설

6

dream
books
드림북스

트루베니아 연대기 6

전쟁의 서막

초판 1쇄 인쇄 / 2008년 9월 4일
초판 2쇄 발행 / 2009년 8월 17일

지은이 / 김정률

발행인 / 오영배
편집장 / 김경인
펴낸 곳 / (주)삼양출판사 · 드림북스

주소 / 서울특별시 강북구 미아8동 322-10호
대표 전화 / 02-980-2112~4 팩스 / 02-983-0660
편집부 전화 / 02-980-2116 팩스 / 02-983-8201
홈페이지 / www.sydreambooks.com

등록번호 / 제9-00046호
등록일자 / 1999년 3월 11일

ⓒ 김정률, 2008

값 9,000원

ISBN 978-89-542-2578-6   04810
ISBN 978-89-542-2141-2   (세트)

* 지은이와 협의하에 인지는 생략합니다.
* 잘못된 책은 구입한 곳에서 바꾸어 드립니다.

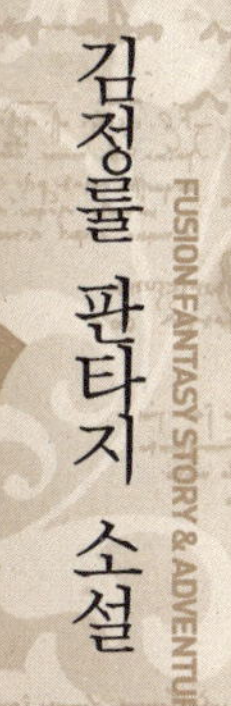

김정률 판타지 소설

FUSION FANTASY STORY & ADVENTURE

트루베니아 연대기 ⑥

전쟁의 서막

I
드러나는 레온의 정체

쿠르릉!

쇠로 보강된 육중한 문이 열렸다. 그리로 수많은 사람들이 쏟아져 들어갔다. 펜슬럿 국왕을 위시한 주요 왕족들이었다. 그들을 호위하는 근위기사들까지 합쳐 수백 명에 달하는 인원이었다.

궁정에서의 입지를 보여주듯 군나르 왕자의 궁은 그리 크지 않았다. 그러나 튼튼하고 높은 성벽과 견고한 문을 보니 단기간 농성하기에는 충분해 보였다.

다수의 사람들이 들어서자 궁을 경비하는 기사들이 깜짝 놀라 다가왔다. 수는 대략 십여 명 정도였다. 국왕과 근위기사들의 모습을 보자 그들은 깜짝 놀라 그 자리에 멈춰 섰다.

"국왕전하를 뵙습니다."

일제히 검례를 취하는 기사들. 그러나 그들은 근위기사들의 제지로 더 이상 다가오지 못했다.

"정지. 더 이상 접근은 허락하지 않는다!"

별궁을 경비하는 기사들은 정확히 말하면 군나르 왕자의 사병이나 다름없다.

고금을 통틀어 왕족들은 언제나 암살 위협에 시달려 왔다. 때문에 믿을 수 있는 심복이 아니라면 결코 곁에 두지 않는다.

그 증거로 왕족들이 대동한 기사들은 하나같이 충성을 맹세한 심복들이었다. 다시 말해 국왕의 명령보다는 모시는 주군의 명을 우선적으로 생각하는 자들인 것이다.

그런 만큼 근위기사들로서는 왕자궁 경비기사들의 접근을 섣불리 허용할 수 없는 입장이다.

근위기사들을 통솔하는 근위기사 부단장 로베르토 후작이 앞으로 나섰다. 이제부터 그가 모든 상황을 진두지휘해야 한다.

"지금 이 시간부터 왕자궁의 경비는 근위기사단에서 전담하겠소. 물론 거기에는 국왕전하를 위시한 왕족들의 호위임무까지 포함되어 있소."

말을 마친 로베르토 후작이 날카로운 눈빛으로 왕족들을 쳐다보았다.

“지금부터 병력배치를 다시 하도록 하겠습니다. 우선적으로 개개인의 호위 기사들을 모두 차출하겠습니다. 저는 그들을 궁 안의 질서유지 임무에 투입할 생각입니다.”

그 말에 왕족들이 깜짝 놀랐다. 호위 기사들을 모두 차출한다면 그들의 안전은 누가 책임진단 말인가? 그들의 마음을 짐작한 듯 로베르토 후작이 재빨리 말을 이었다.

“요인들의 경호는 전적으로 근위기사단에서 책임지겠습니다. 그러니 지금 즉시 호위 기사들을 밖으로 내보내 주십시오.”

말을 마친 로베르토 후작이 국왕을 쳐다보았다. 그의 내심을 알아차린 듯 로니우스 2세가 고개를 끄덕였다.

“조치를 윤허하노라.”

국왕이 승인하자 왕족들은 더 이상 고집을 부릴 수 없게 되었다. 국왕의 윤허가 떨어진 이상 로베르토 후작의 지시에 따라야 한다.

왕족들은 내키지 않는 표정으로 호위 기사들에게 손짓을 했다. 그에 따라 기사들이 하나 둘씩 앞으로 나섰다. 근위기사들이 그들을 왕자궁 밖으로 내몰았다.

“그대들은 근위병들과 합류하여 궁 안의 질서유지 임무를 수행하라.”

로베르토 후작으로서는 불가피한 선택이었다. 국왕의 명보다는 주군의 명을 더욱 신봉하는 자들인 만큼 말썽의 소지를 없애기 위해서라면 밖으로 내보내는 것이 현명한 판단이다.

그에 따라 왕족과 고위 귀족들이 거느린 호위 기사들이 대거 궁 밖으로 쫓겨났다.

에르난데스 왕세자와 둘째 왕자 에스테즈가 가장 마지막까지 뻗대었지만 국왕의 명을 거부할 순 없는 노릇이다. 그들의 수행원들이 쫓겨나는 것을 끝으로 군나르 왕자궁은 완벽하게 근위기사들에게 장악되었다.

물론 그들의 빈자리는 근위기사들이 채웠다. 그 사실을 확인한 로베르토 후작이 명령을 내렸다.

"문을 닫아라."

명이 떨어지자 즉각 근위기사들이 달라붙어 문을 밀었다.

쿠르르르 쿵.

육중한 문이 굉음과 함께 닫히며 왕자궁을 빈틈없이 외부와 격리시켰다. 이제 그들은 외부의 혼란이 완벽히 진압될 때까지 이곳에서 머무는 것이다.

로베르토 후작의 시선이 이번에는 군나르 왕자의 내궁으로 향했다. 군나르 왕자와 그 측근들이 기거하는 장소. 비록 호위 기사들이 모두 쫓겨났다고 해도 그 안에는 적지 않은 수의 하인들이 남아 있을 터였다.

"근위대 3조는 내궁을 수색하라. 남아 있는 하인들을 한 방에다 몰아넣은 다음 감시를 붙여야 한다."

"알겠습니다."

명을 받은 근위기사들이 복명하고 몸을 날렸다. 명색이 국왕을 호위하는 근위기사들인 만큼 몸놀림이 보통을 넘어서고 있었다.

쿵.

두 명의 근위기사가 사뿐히 내궁의 입구에 내려섰다. 내궁의 입구는 굳게 닫혀 있는 상태였다. 잘 닦인 판금갑옷이 햇살을 받아 눈부시게 빛났다.

근위기사 중 한 명이 조심스럽게 손을 뻗어 손잡이를 잡았다. 나머지 여덟 명의 근위기사는 검 손잡이를 움켜쥔 채 만약의 사태에 대비했다.

"응?"

막 문을 열려던 근위기사가 눈매를 가늘게 좁혔다. 문에서 경미한 진동이 전해졌기 때문이었다. 그러나 근위기사에겐 길게 생각할 여유가 없었다. 갑자기 문이 쪼개지며 눈부신 빛무리가 토해졌기 때문이었다.

츄와아악.

소름끼치는 음향과 함께 문이 가로로 양단되었다. 문 앞에 밀착해 있던 근위기사는 비명도 지르지 못하고 허리가 절단되었다. 선명한 핏줄기가 허공으로 뿌려지는 순간 문이 그대로 터져나갔다.

콰콰쾅!

산산이 부서진 문의 파편이 사방으로 비산했다. 그 사이로 시커먼 음영이 쏜살같이 튀어나왔다.

"저, 적이다."

가장 가까이 있던 3조의 근위기사들이 다급히 검을 들어올렸다. 그러나 검은 그림자는 어느새 그들을 지나치고 있었다. 3조 조장의 눈이 경악으로 부릅떠졌다.

"이, 이렇게 빠르다니……."

3조가 돌파당한 것을 본 근위기사들이 일제히 검을 뽑아들고 국왕의 앞을 가로막았다.

촤촤촹.

어디 하나 나무랄 데 없는 빠른 대응이었다. 그러나 검은 그림자는 국왕은 본체만체한 채 몸을 날렸다. 그가 향하는 곳은 왕자궁의 정문이었다. 네 명의 근위기사가 문의 잠금장치를 지키고 있었다.

"마, 막아!"

자신들을 향해 쇄도해 오는 검은 그림자를 본 근위기사들이 뽑아든 검을 휘두르려 했다. 그러나 그들이 검을 완전히 내뻗기 전에 강렬한 기세가 엄습해 왔다.

몸속을 파고든 기세는 근위기사가 끌어올리던 마나를 콱 하고 움켜쥐어 버렸다. 끌어올리던 마나의 통제권을 잃어버린 근위기사들이 경악 섞인 일성을 토해냈다.

"이, 이런!"

바로 그 순간 시릴 듯 푸른 빛무리가 당황한 근위기사들의 허리춤을 일직선으로 갈라갔다. 감히 피할 엄두를 내지 못할 방위였다. 투구 사이로 드러난 기사들의 눈망울에 공포가 어렸다.

좌아아악.

견고한 플레이트 메일이 그대로 잘려나갔다. 절단면을 통해 분수처럼 핏줄기가 솟구쳤다. 허리 어림이 절단된 근위기사들의 몸이 부르르 경련하다 순차적으로 바닥에 꼬꾸라졌다.

눈 한 번 깜짝할 정도의 짧은 시간에 그야말로 엄청난 일이 벌어진 것이다.

"마, 말도 안 돼."

로베르토 후작의 눈은 경악으로 물들어 있었다. 문을 지키던 근위기사들은 한 마디로 정예 중 정예들이다. 혹독한 훈련으로 단련된 근위기사들이 마치 썩은 나무토막처럼 쓰러져 버린 것이다. 모두의 시선이 왕자궁의 문으로 향했다.

거기에는 검푸른 색의 갑주를 걸친 기사 한 명이 표표히 서 있었다. 그가 바로 근위기사들을 처치한 장본인이었다. 뽑아든 장검에 서린 오러 블레이드가 아직도 사라지지 않은 상태였다. 로베르토 후작의 입에서 신음소리가 흘러나왔다.

"도, 도대체 누구이기에?"

다섯 명의 근위기사들을 눈 깜짝할 사이에 베어 버린 의문의 기사, 저 정도의 무위를 보이려면 최소한 초인 이상의 무위를 지녀야 한다.

그러나 근위기사들에게는 놀랄 틈도 주어지지 않았다. 청색 갑옷의 기사에 의해 부서진 내궁 문을 통해 정체불명의 기사들이 우루루 쏟아져 나왔기 때문이었다. 언뜻 헤아려보아도 그 수가 일백을 육박하고 있었다.

"저, 전하를 호위하라!"

근위기사들이 바짝 긴장한 채 국왕을 위시한 왕족들을 에워 쌌다. 그러는 사이에도 내궁에서는 정체불명의 기사들이 끊임 없이 쏟아져 나오고 있었다.

펜슬럿 왕궁의 심처 중 하나인 군나르 왕자궁에서 기묘한 대치가 시작되었다.

펜슬럿의 국왕 로니우스 2세를 주축으로 몰려든 왕족들을 백여 명의 근위기사들이 에워싼 채 호위하고 있었고 그 반대 편에는 내궁에서 몰려나온 정체불명의 기사들이 몰려와 있었 다.

하나같이 청색 도료가 칠해진 갑옷을 입은 기사들의 수는 어느새 일백을 가볍게 넘어서고 있었다.

뽑아든 장검에서 솟구쳐 오르는 빛은 그들이 최소한 마스터 이상의 경지에 오른 기사임을 증명했다. 아무도 예상하지 못 한 상황이었기에 누구 하나 입을 열 엄두를 내지 못했다. 그때 근위기사들 사이에서 작은 혼란이 일어났다.

"크윽……."

정면을 주시하던 근위기사 한 명이 신음을 흘리며 옆구리를 감싸 쥐었다. 갑주의 틈새로 단검 한 자루가 깊숙이 박혀 있었다. 그 사이로 누군가가 쏜살같이 달려 나갔다.

펜슬럿의 셋째 왕자이자 현재 그들이 대치하고 있는 왕자궁의 주인인 군나르였다. 그가 달려간 곳은 청색 갑주의 기사들이 운집해 있는 곳이다. 기사들은 전혀 놀라지 않고 대열을 벌려 군나르를 맞아들였다.

"저, 저런."

뜻밖의 상황에 왕족들의 눈은 경악으로 물들었다. 일국의 왕자가 적과 내통하는 현장을 목격했으니 놀라지 않을 도리가 없다.

장내는 한동안 정적이 감돌았다. 적막을 깬 것은 창노한 음성이었다. 국왕인 로니우스 2세가 착잡한 눈으로 군나르를 보며 입을 열었다.

"네 짓이었느냐?"

그 말을 들은 군나르의 얼굴이 일그러졌다. 그러나 이미 엎질러진 물, 이제 와서 돌이킬 방법은 어디에도 없었다.

"용서하십시오. 아바마마. 그러나 저로서는 달리 선택의 여지가 없었습니다."

사람들의 안색이 핼쑥해졌다. 저토록 많은 기사들이 완전무장 상태로 왕자궁에 난입한 이유를 어렴풋이 파악한 것이다.

고금을 통틀어 왕국의 왕성은 가장 경비가 삼엄한 곳이다.

물론 공간이동 마법에 대한 대응도 철저하다. 여느 왕국도 그러하듯 펜슬럿의 왕성은 공간이동의 좌표가 전혀 설정 되지 않는다.

곳곳에 설치된 공간이동 방지 마법진이 끊임없이 좌표를 교란시키기 때문이다. 때문에 무작정 공간이동을 감행한다면 여지없이 땅속으로 워프되는 꼴을 겪어야 한다.

공간이동에 대한 방비는 그것뿐만이 아니었다. 왕궁의 곳곳에는 공간이동 마법에 대한 경보마법진이 설치되어 있었다. 공간이동의 징후가 발견되면 그 즉시 경보가 울린다.

때문에 외부의 세력이 왕궁 내부로 공간이동을 하는 것은 한 마디로 불가능에 가깝다. 설사 첩자 한두 명이 침입했다고 해도 시도할 수 없는 것이다. 그러나 왕자궁의 주인이 적과 내통했다고 하면 사정이 달라진다. 그 사실을 알아차린 에르난데스 왕세자가 이를 갈았다.

"너. 군나르 이 자식!"

에스테즈 왕자의 안색도 곱지 않았다. 완전히 권력다툼에서 밀려난 것으로 간주된 군나르가 이런 엄청난 일을 꾸미다니……

"가, 감히 외부의 세력을 끌어들이다니……."

그러나 그들은 말을 계속 잇지 못했다. 묵직하게 공명되는 발자국 소리 때문이었다.

저벅저벅.

바닥을 울리며 다가오는 발자국 소리에 사람들의 시선이 돌아갔다. 발자국 소리의 주인은 순식간에 근위기사 다섯 명을 처치한 의문의 기사였다.

그의 몸에서는 사람의 심신을 위축시키는 기세가 강렬하게 뿜어져 나왔다. 펜슬럿의 근위기사들이 질린 듯한 표정으로 주춤주춤 뒷걸음질을 쳤다. 가까이 다가온 기사가 만족스럽다는 듯 고개를 끄덕였다.

"정보부 총수가 예측한 것과 한 치의 오차도 없군. 정말 대단한 사람이야."

그때 퍼뜩 정신을 차린 로베르토 후작이 버럭 고함을 질렀다.

"그대는 누구인가?"

그의 눈동자에는 분기가 일렁이고 있었다. 부하 다섯 명을 무참히 베어 버린 자이니 반감이 치밀지 않을 수 없다. 그러나 의문의 기사는 로베르토 후작의 질문에 대답하지 않았다.

그의 시선이 머문 곳은 로니우스 2세가 있는 곳이었다. 수십 명의 근위기사들이 국왕의 앞을 빈틈없이 가로막고 있었다.

나지막한 음성이 투구 틈새를 비집고 흘러나왔다.

"안녕하십니까? 로니우스 국왕전하."

그 말에 흠칫 놀라긴 했지만 국왕은 더 이상 동요하지 않았다.

"그대는 누구인가?"

그 말을 들은 기사가 손을 들어 투구에 가져다댔다.

철컥.

가벼운 소리와 함께 투구가 벗겨졌다. 투구 아래로 드러난 얼굴은 강인하게 생긴 50대 중년인의 얼굴이었다. 미간 사이로 크로스 형태의 흉터가 아로새겨져 있었고 자그마한 눈에서는 형형한 안광이 뿜어졌다.

몹시 얇은 입매가 매우 냉혹한 성품임을 알려주었다. 중년인의 얼굴을 본 순간 로베르토 후작의 얼굴이 창백해졌다.

"다, 당신은?"

로베르토 후작의 추측을 시인이라도 하듯 중년인이 느릿하게 고개를 끄덕였다.

"정식으로 인사하겠습니다. 플루토라 불러주십시오."

그 말이 끝나는 순간 근위기사들의 머릿속에는 벼락이 쳤다.

콰쾅.

이 자리에 모인 기사들 중에서 플루토란 이름을 모르는 사람은 아무도 없었다. 펜슬럿과 전쟁을 치르고 있는 적국 마루스의 초인, 마루스가 보유한 최고의 비밀병기이자 그랜드 마스터의 이름이 다름 아닌 플루토였다.

적국의 초인이 왕궁에 난입하는 말도 안 되는 일이 벌어진 것이다. 충격이 컸는지 국왕의 눈매에서도 잔 경련이 스쳐지나갔다.

"그렇다면 옆의 기사들은?"

"본국의 정예들이지요. 소개하지요. 오랜 소모전에 종지부를 찍기 위해 목숨을 아끼지 않고 자원한 마루스의 열혈용사들입니다."

왕족들의 얼굴이 일시에 창백해졌다. 저들이 마루스의 기사들이라면 이후로 이어질 상황은 뻔했다.

마루스는 펜슬럿의 왕족들을 전멸시키기 위해 저들을 투입한 것이다. 국왕의 창노한 음성이 가늘게 떨리고 있었다.

"믿을 수가 없군. 적이 다른 곳도 아닌 왕궁에 난입하다니……."

대답은 즉각 터져 나왔다.

"군나르 왕자님의 충실한 조력 때문이지요. 왕자님의 전폭적인 협력으로 말미암아 본국의 마법사들이 이곳의 좌표를 설정할 수 있었습니다."

플루토가 손을 뻗어 문이 부서져 나간 내궁 안을 가리켰다. 그곳에는 수십 명의 마법사들이 버티고 서 있었다. 바닥에 그려진 마법진에서는 아직까지 눈부신 빛이 일렁이고 있었다.

마법진이 작동하고 있다는 뜻이었다. 왕족들 사이에 끼여 있던 마법사 몇 명이 신음을 흘렸다.

"말도 안 되오. 좌표는 설정했다고 해도 공간이동의 징후를 알아차리는 경보마법진이 발동하지 않았다는 것은……."

플루토 공작이 차가운 음성으로 마법사의 말을 끊었다.

"공간이동 마법에 대한 본국의 기술력은 펜슬럿을 월등히 능가하고 있소. 교란 마법진으로 징후를 숨기는 것은 공간이동의 기본 중 기본이지. 군나르 왕자께서 충분한 시간과 공간을 제공해 주었기에 일이 여기까지 진행될 수 있었소."

말이 이어질수록 군나르 왕자의 낯빛이 핼쑥해졌다. 비록 반역에 가담하긴 했지만 플루토 공작이 그 내막을 적나라하게 드러낼 줄은 예상하지 못했다.

예상대로 왕족들은 적의 어린 시선으로 군나르 왕자를 쏘아보았다. 권력을 차지하기 위해 외적을 끌어들인 것은 결코 용서받지 못할 행위였다. 군나르를 노려보던 에르난데스 왕세자가 노성을 토해냈다.

"가증스러운 놈. 꼭 이렇게까지 해야 했었나?"

군나르가 질끈 입술을 깨물었다.

"어쩔 수가 없었소. 형님이라고 해도 내가 처한 상황이었다면 의당 그렇게 했을 것이오."

"말도 되지 않는 소리 하지 마라."

형제의 언쟁을 듣고 있던 플루토 공작이 유들유들한 어조로 입을 열었다.

"군나르 왕자는 국왕이 되는 조건으로 센트럴 평원의 절반을 마루스에 양도하기로 했소. 그 대가로 우린 펜슬럿의 왕족들을 모조리 없애주기로 했지."

그 말을 들은 왕족들은 치를 떨었다. 국왕이 되기 위해 아버지와 형들을 모조리 죽여 없애려는 군나르가 용서되지 않았던 것이다.

군나르 왕자 역시 분기를 참지 못하고 몸을 부르르 떨었다. 아무리 자신이 저지른 죄상이라고 하나 만인들 앞에서 이렇게 폭로당하는 것은 결코 기분 좋은 경험이 아니다. 그의 입술을 비집고 격양된 음성이 흘러나왔다.

"그만하시오. 플루토 공작. 약속했던 대로 계획이나 진행하기 바라오."

그러나 플루토 공작은 좀처럼 움직일 생각을 하지 않았다.

"하지만 말이오. 군나르 왕자."

"……."

"우리는 이번 작전에 너무 많은 비용을 소모했소. 고작 센트럴 평원의 절반으로는 감히 충당할 수 없을 정도로 말이오."

군나르 왕자의 얼굴에 아연한 빛이 스쳐지나갔다.

"그, 그게 무슨 소리요?"

"간단히 말해 본국은 센트럴 평원의 절반으로 만족할 수 없소."

"뭐, 뭐라고?"

군나르 왕자의 낯빛이 창백해졌다. 플루토 공작의 눈가에 차가운 빛이 스쳐지나갔다.

"그래서 본국은 방침을 바꾸었소. 센트럴 평원의 절반이 아니라 펜슬럿의 전체를 집어삼키기로 말이오.”

“그, 그런 말도 안 되는…… 크아악!”

주춤주춤 뒷걸음질 치던 군나르 왕자의 입에서 처절한 비명 소리가 터져 나왔다.

동시에 시퍼런 빛에 휩싸인 검이 군나르 왕자의 왼쪽 가슴을 뚫고 튀어나왔다.

촤아악.

피가 폭죽처럼 뿜어지며 버티고 선 근위기사들의 갑옷에 튀었다. 군나르 왕자의 뒤에 서 있던 마루스 기사가 검을 뽑아들고 인정사정없이 등판을 찔러 버린 것이다. 심장을 관통당한 군나르 왕자의 얼굴이 급격히 탈색되었다.

“아, 안 돼. 이, 이럴 수는…….”

그러나 그는 말을 끝맺지 못했다.

털썩.

무릎을 꿇은 군나르 왕자가 힘없이 바닥에 얼굴을 박았다. 왕좌를 얻기 위해 적국과 손을 잡은 자의 비참한 최후였다.

“꺄아악!”

비명소리가 터져 나왔다. 왕족들 중 여성들이 끔찍한 광경에 비명을 지른 것이다.

왕족들의 얼굴은 백지장처럼 창백했다. 마루스 기사들은 아무런 망설임도 없이 왕족인 군나르 왕자를 죽였다. 다시 말해 다른 왕족들도 그 전철을 밟을 가능성이 크다는 뜻이다.

현재 군나르 왕자궁은 완벽하게 마루스 기사들의 손아귀에 넘어가 있었다. 유일하게 외부로 통하는 정문은 스무 명가량의 마루스 기사들이 진을 치고 있다. 비밀통로가 위치한 내궁의 입구에도 상당수의 마루스 기사들이 포진하고 있다.

왕족들을 호위해야 하는 부담까지 안은 근위기사들로서는 도저히 뚫고 나갈 엄두가 나지 않았다. 고함을 쳐서 외부의 병사들을 부르더라도 왕자궁 안까지 진입하려면 적잖은 시간이 필요한 법.

그 시간을 마루스 기사들이 줄 리가 만무했다. 누구 하나 고함을 지른다면 그 즉시 마루스 기사들이 공격을 개시할 것이 틀림없었다.

그리고 그들의 앞에는 공인된 초인인 플루토 공작이 눈을 빛내고 있었다. 그의 존재가 펜슬럿 기사들에게는 가장 부담이었다. 유일하게 그를 상대할 수 있는 발렌시아드 공작은 현재 블러디 나이트에 의해 붙들려 있다.

부단장인 로베르토 후작이 나서더라도 채 열 합을 견딜 수 있을지 의문이었다. 여러모로 보아 불리한 상황이 아닐 수 없었다. 긴장해 있는 기사들의 귓전으로 창노한 음성이 흘러나왔다. 국왕의 음성이었다.

"정문에서 일을 벌인 블러디 나이트도 그대들의 편인가?"

플루토 공작이 머뭇거림 없이 고개를 끄덕였다.

"물론이오. 그는 이미 마루스에 충성을 맹세했소. 그리고 이번 계획에 전폭적으로 협조하고 있소.”

“정말 방대한 작전을 펼쳤군. 놀라워.”

플루토 공작의 입가에 희미한 미소가 떠올랐다.

“이번 일을 꾸미기 위해 마루스는 모든 국력을 쏟아 부었소. 실패하는 것이 오히려 이상할 정도로 말이오.”

말을 마친 플루토 공작이 손가락을 뻗어 웅크리고 있는 왕족들을 가리켰다.

“펜슬럿의 국왕을 비롯한 모든 직계 왕족들은 오늘 부로 세상에서 사라지오. 그렇게 될 경우 펜슬럿은 내분에 사로잡히겠지? 왕위계승권을 가진 직계 왕족들이 모두 죽었으니 말이오.”

“…….”

“그 틈을 타서 우린 센트럴 평원으로 파상적인 공세를 퍼부을 것이오. 물론 권력다툼에 정신이 빠진 머저리들이 경각심을 가지지 않을 수준에서 말이오. 센트럴 평원에 이어 펜슬럿 전역을 점령할 때까지 우리의 공세는 멈추지 않을 것이오.”

태연하게 흘러나오는 말에 근위기사들이 몸을 부르르 떨었다. 로베르토 후작이 참지 못하고 버럭 고함을 질렀다.

“그게 가능할 것 같소? 주변 국가들은 마루스의 간악한 계략을 용서하지 않을 것이오.”

그 말에 플루토 공작이 코웃음을 쳤다.

“생각보다 멍청하군. 이번 일을 마루스가 꾸몄다는 증거는 아무것도 없다. 여기에 모인 왕족들을 전멸시킨 뒤 우린 공간이동 마법진을 통해 본국으로 탈출할 것이다. 대기하고 있던 마법사들이 모든 흔적을 지울 테니 펜슬럿 왕족들의 전멸에 대한 내막은 영원히 미제로 남을 것이다. 우리가 입을 열지 않는 한 말이다."

입에 담기조차 끔찍한 말이었지만 플루토 공작은 태연히 내뱉고 있었다. 그의 성품이 어떠한지를 알 수 있는 일면이다. 말을 마친 플루토 공작이 검 자루에 손을 가져다 댔다.

"그럼 계획을 실행할 시간이로군. 걱정하지 마시오. 로니우스 2세여, 국왕에 대한 예우로 그대의 목숨은 본인이 직접 거두어 주겠소."

왕족들의 얼굴에서 핏기가 싹 사라졌다. 상대의 말대로 공격이 시작된다면 결말은 뻔했다. 기사들의 수는 비슷하지만 상대편에는 인간의 한계를 벗어던진 초인이 있다. 초인 한 명의 위력을 감안하면 승부는 이미 결정 난 것이나 다름없다.

게다가 아군 기사들은 왕족들을 호위해야 하는 부담을 떠안고 있다. 공격 명령이 떨어지는 순간 일방적인 대학살이 벌어질 터였다. 그런데 공포에 질려 있는 왕족들 중 유일하게 냉정을 유지하고 있는 자가 있었다.

'그렇군. 일이 이렇게 진행되는군.'

비로소 가짜 블러디 나이트가 등장한 연유를 알아차릴 수 있었던 레온이었다. 손에서 부들부들 떨리는 감촉이 전해졌다. 공포감에 사로잡힌 나머지 어머니가 몸을 떨고 있었다. 살짝 공력을 끌어올린 레온이 어머니에게 주입했다. 어머니에게서 전해지는 떨림이 다소 가라앉았다.

"걱정하지 마세요, 어머니."

그 말을 인지한 듯 어머니 레오니아가 레온의 손을 꼭 쥐었다. 레온의 얼굴에는 어느덧 결연한 빛이 떠올라 있었다.

'더 이상 어쩔 수 없다.'

정체를 드러내지 않고 어머니와 오순도순 살기로 마음먹었지만 운명은 그를 그냥 내버려두지 않았다.

여기에서 자신이 나서지 않을 경우 펜슬럿 왕족들은 단 하나도 살아남지 못할 터였다. 마루스 기사들을 보는 레온의 얼굴에 진득하게 살기가 서리기 시작했다.

'정말 용서할 수 없는 놈들이로군. 이런 간교한 계책을 실행에 옮기다니……'

그의 몸을 흐르는 피의 절반은 엄연히 펜슬럿 왕가의 것이다. 그런 만큼 레온으로서는 왕가의 위기를 그대로 좌시할 순 없다.

물론 여기서 정체를 드러내면 두 번 다시 되돌릴 수 없다. 숙적인 크로센 정보부에서 어떻게 나올지 모르며 또한 자신으로 인해 펜슬럿 왕실이 곤란해질 수도 있다.

그러나 그 모든 것을 떠나 레온은 블러디 나이트로 화신해야 했다. 그것만이 위기에 처한 펜슬럿 왕실을 구해낼 수 있기 때문이다. 레온이 나지막이 어머니를 불렀다.

"어머니."

그 말에 레오니아가 고개를 들었다. 아름다운 눈동자가 가늘게 떨리고 있었다. 레온이 살짝 손을 들어올려 어머니의 손등에 입을 맞추었다.

"지금부터 제가 미처 말씀드리지 못했던 저의 진면모를 보여드리겠습니다."

어머니의 손을 놓은 레온이 앞으로 걸어 나갔다. 그의 부릅뜬 눈동자에서는 전의가 활활 불타오르고 있었다.

"레, 레온."

등 뒤에서 어머니가 부르는 소리가 들렸지만 레온은 아랑곳하지 않았다.

한데 운집해 있는 왕족들을 헤치고 앞으로 나아가자 근위기사들이 길을 막았다.

"위험합니다. 안으로 들어가 주십시오. 적들은 저희들이 목숨을 걸고 수호……."

다급하게 말을 늘어놓던 근위기사가 몸을 움찔했다. 레온의 눈에서 광망이 뿜어져 나왔기 때문이었다.

"비키시오."

몸을 부르르 떨던 근위기사가 자신도 모르게 옆으로 비켜났다. 레온이 그 틈을 이용해 앞으로 나섰다.

마루스 기사들은 바짝 긴장한 채 공격 명령만을 기다리고 있었다. 플루토 공작은 회심의 미소를 지으며 부하들을 쳐다보았다. 명령이 떨어진다면 펜슬럿 왕족이 전멸하는 것은 기정사실이다. 사실 실력만을 따진다면 펜슬럿 근위기사들이 한 수 위라고 할 수 있다.

그가 데리고 온 자들은 대부분 수도 인근 귀족들의 개인 기사들이다. 최고의 정예인 근위기사와는 실력의 차이가 있을 수밖에 없다.

하지만 그는 절대적으로 승리를 예견했다. 왜냐하면 초인인 그가 있기 때문이었다. 조금 벅차긴 하겠지만 혼자서도 충분히 펜슬럿 근위기사 백 명을 상대할 자신이 있었다.

"응?"

그런데 플루토 공작의 눈에 이채가 서렸다. 운집한 채 방어 태세를 갖추고 있던 펜슬럿 근위기사들을 비집고 장대한 체구의 사내 한 명이 걸어 나왔기 때문이었다. 체격 좋은 근위기사들보다 월등히 덩치가 커서 한눈에 들어왔다.

'무슨 일이지? 설마 항복을 하려고?'

그의 입가에 서린 미소가 짙어졌다. 물론 그에겐 펜슬럿 왕족들의 항복을 받아줄 생각이 전혀 없었다.

겁에 질려 있던 왕족들의 시선이 레온에게 집중되었다. 그러나 그들은 레온에게 더 이상 관심을 갖지 않았다.

당면한 상황이 워낙 위급했기 때문이었다. 레온은 느긋하게 걸음을 옮겨 양측 기사들이 대치하고 있는 중간으로 걸어갔다.

"그대는 누구인가?"

귓전으로 나지막한 음성이 파고들었다. 고개를 돌려보니 플루토 공작이 빙글빙글 웃으며 자신을 쳐다보고 있었다.

"혹시라도 항복이나 전향을 생각했다면 오산이다. 우리에겐 펜슬럿 왕족을 살려둘 생각이 전혀 없으니까."

레온의 입가에도 미소가 그려졌다.

"미안하지만 본인에게도 그럴 생각은 전혀 없소."

"그렇다면 무엇 때문에 앞으로 나온 것인가?"

그때 기사 한 명이 플루토 공작에게 다가왔다. 이미 이곳에 파견된 기사들은 펜슬럿 왕족들의 인상착의를 모조리 파악한 상태였다.

왕족을 하나도 놓치지 않고 척살하려면 그럴 수밖에 없다. 기사가 귀엣말로 뭐라고 하자 플루토 공작이 알겠다는 듯 고개를 끄덕였다.

"그렇군. 그대가 바로 트루베니아에서 건너왔다는 레온 왕손이로군. 정말 안타까워. 고생 끝에 낙이 왔지만 그리 오래가지 못하게 되어서 말이야."

그때 나지막한 음성이 귓전을 파고들었다.

"한 가지 물어볼 것이 있소."

"뭔가, 말해보라."

레온의 눈동자에서 묘한 빛이 일렁였다.

"조금 전 블러디 나이트가 마루스에 몸담기로 했다는 말을 들었는데, 그게 사실이오?"

플루토 공작은 생각할 것도 없다는 듯 고개를 끄덕였다.

"물론이다. 블러디 나이트는 우리 마루스 왕국과 영광을 같이 하기로 했다."

그 말이 끝나는 순간 레온의 입가에 비릿한 미소가 떠올랐다.

"그렇다면 당신은 거짓말쟁이요."

"뭐, 뭣이?"

"이제부터 그 증거를 보여주겠소."

플루토 공작이 눈을 치뜨려는 순간 레온의 상체에 걸친 옷이 갈가리 찢겨져 나갔다.

파파파팟.

사람들은 볼 수 있었다. 상체를 두르고 있던 흉갑이 마치 풍선처럼 부풀어 오르더니 레온의 전신을 감아가는 모습을…….
전혀 뜻밖의 일이라 마루스의 기사들은 멍하니 그 광경을 쳐다보기만 했다.

촤르르르르.

마신갑이 급속도로 증식하며 본래의 모습을 되찾아갔다. 몸을 친친 감는 감촉을 느끼며 레온은 눈을 가늘게 떴다.

지금껏 이처럼 많은 사람들 앞에서 변신한 적은 처음이었다. 그러나 펜슬럿 왕가의 위기를 타파하기 위해서는 어쩔 수 없는 노릇이다.

잠시 후 레온은 완벽한 블러디 나이트의 모습으로 화신한 채 표표히 서 있었다. 플루토 공작의 눈이 찢어져라 부릅떠졌다.

"서, 설마……."

수많은 기사들 중에서도 돋보이는 장대한 체구, 검붉은 빛이 도는 갑주. 자신의 눈앞에 나타난 이는 의심할 여지없는 블러디 나이트였다.

자신들이 등장시킨 가짜가 아니라 창을 쓰는 진정한 블러디 나이트인 것이다. 그가 눈을 부릅뜨고 쳐다보는 사이 레온이 느릿하게 손을 뻗어 등판에 비끄러맨 창을 풀어 들었다.

"플루토 공작. 이것으로 당신이 거짓말쟁이라는 사실이 증명되었소."

말이 끝나는 순간 레온의 몸에서 강렬한 기세가 뿜어졌다. 엉거주춤 서 있던 마루스 기사들이 흠칫 놀라 뒷걸음질 칠 정도의 기세였다. 경악으로 인해 말문을 잃은 플루토 공작의 귓전으로 스산한 음성이 파고들었다.

"나는 결코 마루스에 충성을 맹세한 적이 없소. 펜슬럿의 왕족인 내가 어찌 그럴 수 있단 말이오."

투구 사이로 섬뜩한 안광이 뿜어졌다.

"그토록 나와의 대결을 회피하더니 이런 곳에서 당신과 맞닥뜨리게 되는구려. 플루토 공작.”

말을 마친 레온이 고개를 돌렸다. 그곳에는 근위기사 부단장인 로베르토 후작이 얼떨떨한 표정으로 레온을 쳐다보고 있었다.

“로베르토 후작님. 왕족들의 경호를 부탁합니다.”

“…….”

“이제부터 플루토 공작과 마루스의 기사들은 제가 맡겠습니다.”

로베르토 후작이 자신도 모르게 고개를 끄덕였다.

“아, 알겠습니다.”

어찌 된 영문인지는 모르지만 결코 나쁜 징조는 아니다. 몸을 돌리려던 레온이 멈칫했다.

자신을 뚫어지게 쳐다보는 국왕의 시선을 느낀 것이다. 레온이 살짝 고개를 숙였다.

“지금은 연유를 설명할 시간이 없습니다. 일단은 적을 막는 것이 시급하니까요. 하지만.”

레온의 입가에 미소가 스쳐지나갔다.

“저는 블러디 나이트이기 이전부터 할아버지의 손자였습니다. 그것만 알아주십시오.”

그 말을 들은 국왕의 눈가가 가늘게 떨렸다. 레온의 말에 감동을 받은 모양이었다. 말을 마친 레온이 창대를 두 손으로 움켜쥐었다.

그 사이 냉정을 되찾은 마루스 기사들이 서서히 대응태세를 갖추기 시작했다. 플루토 공작이 으스러져라 입술을 깨물었다.

"이런 경우는 미처 예상하지 못했군. 블러디 나이트가 펜슬럿의 왕족이었다니……. 하지만 변하는 것은 아무것도 없다."

플루토 공작이 뽑아든 장검에 마나를 불어넣었다.

츄화화확.

검신에서 눈부신 오러 블레이드가 확 뿜어졌다.

"오라! 블러디 나이트. 너에게 마루스 초인의 진정한 실력을 보여주겠다."

철저히 엘리트 코스를 밟아온 탓에 플루토 공작은 블러디 나이트의 실력을 얕잡아보고 있었다. 심지어 리빙스턴 후작을 꺾은 것도 운으로 치부했다.

식민지인 트루베니아 출신이 강해 봐야 얼마나 강할까 하는 생각에 사로잡혀 있는 것이다. 그러나 그의 생각과는 달리 레온은 진정한 강자였다.

그것도 숱한 혈투를 경험해 보았기에 전투의 양상을 자신에게 유리하게 이끌 줄 아는 초인이었다. 포진한 기사들을 슬쩍 훑어본 레온은 본능적으로 목표를 정했다.

'근위기사들을 믿고 적 기사들을 먼저 친다. 플루토 공작은 그 다음 차례다.'

생각은 길었지만 행동은 짧았다. 우렁찬 기합소리와 함께 레온의 몸이 허공을 갈랐다. 양손에 쥐어진 창대가 마치 풍차처럼 맹렬히 회전했다. 플루토 공작이 눈빛을 빛내며 방어태세를 갖췄다.

"오라! 블러디 나이트."

그러나 공격은 그에게로 가해지지 않았다. 레온은 플루토 공작의 바로 지척에서 땅을 강하게 박찼다.

쿠웅.

블러디 나이트의 육중한 거구가 마치 거짓말처럼 플루토 공작을 뛰어넘었다. 플루토 공작이 대경하며 몸을 돌렸다.

"이, 이런."

레온이 섬뜩한 안광을 뿜어내며 들이닥친 곳은 마루스 기사들이 운집한 곳이었다. 플루토 공작의 뒤에 서 있었기에 방심하고 있던 마루스 기사들의 눈이 커졌다.

그러나 놀랄 틈도 없이 레온이 기사들의 대열로 파고들었다. 레온의 창날에 서린 오러 블레이드가 급격히 자라났다.

번쩍.

눈부신 섬광과 함께 두 명의 기사가 갑옷과 함께 토막 났다. 레온이 횡으로 창을 휘둘러 선두에 서 있던 기사들의 허리를 끊어 버린 것이다.

그들의 몸에서 뿜어진 피가 땅에 닿기도 전에 레온의 창이 또다시 휘둘러졌다. 대경하며 회피하던 기사들의 가슴에 구멍이 뚫리더니 핏줄기가 쭉 뿜어졌다.

“크아악!”

단말마의 비명과 함께 장내는 살육의 도가니에 빠져들었다. 레온은 추호도 사정을 두지 않고 창을 휘둘러 마루스 기사들을 쓰러뜨렸다.

상상을 초월하는 무위에 마루스 기사들은 변변찮은 저항조차 하지 못하고 절명했다. 마치 굶주린 사자가 양떼 속으로 뛰어든 듯한 모습이었다.

“마, 막아라!”

지휘관들의 고함소리에 퍼뜩 정신을 차린 마루스 기사들이 방어태세에 나섰다. 나름대로 골라 뽑은 정예들이었기에 그들은 금세 혼란을 수습했다. 여러 명이 함께 오러를 끌어올린 덕분에 마침내 레온의 창날이 가로막혔다.

콰쾅.

강기와 강기가 허공에서 부딪히는 순간 눈부신 섬광이 터져 나왔다. 강하게 눈을 자극하는 섬광에 몇몇 기사들이 눈을 질끈 감았다. 레온은 그 틈을 놓치지 않았다.

몇 자루의 장검에 가로막혀 있던 레온의 장창이 미끄러지듯 검신을 타고 내려갔다.

그리고 폼멜 부분에 이르자 장창이 현란한 잔영을 흩뿌리며 그 자리에서 사라졌다. 동시에 몇몇 기사들의 목과 가슴에 구멍이 뚫리며 핏줄기가 뿜어져 나왔다.

파아아앗.

눈을 까뒤집고 쓰러지는 기사의 몸 위로 레온의 몸이 솟아올랐다. 그는 어느새 거둬들인 창을 양손으로 쥐고 맹렬히 회전시키고 있었다.

"피, 피해!"

맹렬히 창대를 돌리던 레온이 머뭇거림 없이 기사들의 대열로 파고들었다. 기사들이 방패로 몸을 가리며 검을 내밀었지만 바람개비처럼 돌아가는 창의 회전을 막기는 역부족이었다.

콰콰콰콰.

방패에 깊숙이 흠이 패이며 기사들의 몸이 주르르 뒤로 밀렸다. 그 와중에 허점이 드러나는 기사의 몸에는 여지없이 구멍이 뚫렸다. 일인일격.

레온의 창은 정확히 갑주의 틈새 부분을 파고들었다. 장기전을 대비하여 오러를 배분하는 것이다. 레온이 창을 휘두르고 지나간 자리에는 몸에 구멍이 뚫린 마루스 기사들의 시신이 즐비하게 깔렸다.

플루토 공작은 화가 머리끝까지 치밀어 오른 상태였다.

"이놈!"

감히 자신을 무시하고 휘하 기사들을 노리다니……. 블러디 나이트에게 바짝 따라붙은 플루토 공작이 분노에 겨운 검격을 연거푸 날렸다.

그러나 레온은 가볍게 검격을 퉁겨낸 뒤 계속해서 마루스 기사들을 노렸다. 또다시 두 명의 기사가 피를 토하며 뒤로 나가떨어졌다.

더 이상 부하들의 희생을 방관할 수 없었기에 플루토 공작이 필사적으로 몸을 날려 레온의 진로를 가로막았다.

그러나 레온은 마치 유령처럼 플루토 공작의 공세를 빠져나가며 계속해서 마루스 기사들을 죽여 나갔다. 플루토 공작으로서는 분통이 터질 노릇이다.

"이런 미꾸라지 같은 놈."

레온은 지금 신법을 극성으로 펼치고 있었다. 상대의 움직임을 여러 수 앞서 예측하며 철저히 적의 사각으로만 파고들었다. 마루스 기사들은 그런 레온의 공세에 속수무책이었다.

좁은 곳에 다수의 기사들이 운집해 있어 운신의 폭이 좁은 것도 큰 역할을 했다. 계속해서 수하들이 죽어나가자 플루토 공작의 눈에서 불똥이 튀었다. 상대는 철저히 자신과의 정면 대결을 회피하며 기사들만을 죽여 나갔다.

기를 쓰고 따라붙었지만 블러디 나이트의 움직임을 따라잡는 것은 그로서도 역부족이었다. 그토록 거대한 거구가 믿어지지 않을 정도로 빠르게 움직이고 있었다.

"놈, 그렇다면 서로의 뿌리를 맞바꾸겠다."

버럭 고함을 지른 플루토가 몸을 돌렸다. 그가 질주하는 곳에는 펜슬럿의 국왕이 있었다.

비록 수십 명의 기사가 똘똘 뭉쳐 앞을 방어하고 있었지만 플루토 공작은 상관하지 않았다. 저 정도 방어막 정도는 충분히 뚫을 자신이 있었다.

'국왕을 노린다면 블러디 나이트의 발목을 묶을 수 있을 것이다.'

그의 몸이 시위를 떠난 화살처럼 일직선으로 쏘아졌다.

국왕을 위시한 왕족들은 눈을 크게 뜨고 레온의 활약상을 지켜보고 있었다. 난생처음 초인의 무위를 견식하게 되니 놀라워 할 수밖에 없다.

물론 발렌시아드 공작과 근위기사들의 대련을 보긴 했었다. 하지만 지금 눈앞에 펼쳐지는 광경은 그때와는 비교도 할 수 없을 정도로 장관이었다. 왕궁을 침공해 온 마루스 기사들은 한눈에 보아도 알 수 있는 마스터들이었다.

그들의 검에서 뿜어지는 찬란한 오러 블레이드가 그것을 증명했다. 그러나 그런 마스터들이 블러디 나이트의 장창 앞에서는 전혀 힘을 쓰지 못했다.

맞부딪히는 순간 오러 블레이드가 산산이 깨어져 나갔고 튼튼한 플레이트 메일이 마치 종잇장처럼 꿰뚫렸다. 수십 년 동안 검을 수련했을 것이 분명한 마스터들이 오합지졸처럼 우왕좌왕하다 허무하게 쓰러졌다.

연신 창을 휘저으며 빛살처럼 빠르게 움직이는 블러디 나이트의 몸놀림은 제대로 식별하기 힘들 정도로 현란했다. 호위에 열중하는 근위기사들의 눈 역시 경악으로 부릅떠져 있었다.

"세상에, 창을 저렇게 쓸 수 있다니……."

그때 몇몇 기사들이 정신을 차렸다. 플루토 공작이 정면으로 들이닥치는 장면을 본 것이다.

"막아라. 적이 국왕전하를 노리고 있다."

근위기사들이 일제히 방패로 몸을 가린 채 앞으로 나섰다. 목숨을 걸고 플루토 공작의 난입을 저지해야 한다. 그 모습을 보고 플루토 공작이 코웃음을 쳤다.

"흥. 그 따위 방패가 내 오러 블레이드를 견딜 수 있을 것 같은가?"

그의 검에 서린 오러 블레이드가 급격히 자라났다.

콰콰콰콰.

오러 블레이드가 무려 5미터 길이로 자라났다. 플루토 공작이 머뭇거림 없이 검을 휘둘렀다.

모든 것을 파괴하는 죽음의 기운이 앞을 가로막은 근위기사 십여 명을 휩쓸어갔다. 이어 들이닥친 것은 초인 특유의 비기였다.

파파파팟.

그로 인해 근위기사들의 검에 서린 오러가 흔적도 없이 사라졌다.

"크, 큰일이야!"

투구 사이로 드러난 근위기사들의 눈동자에 절망이 어렸다.

저 정도 길이의 오러 블레이드라면 방패는 물론이고 자신들의 육신까지 단숨에 토막 날 것이 틀림없었다.

그러나 기사들은 그 누구도 물러서지 않았다. 오러 블레이드가 막 방패를 파고들려는 순간 굉음이 울려 퍼졌다.

콰콰콰쾅!

가공할 만한 충격파가 터져 나왔다. 오러와 오러의 충돌에 의한 폭발이 일어난 것이다. 놀랍게도 플루토 공작의 오러 블레이드는 근위기사들을 베지 못하고 바닥을 파고들었다.

레온이 달려들어 플루토 공작의 검 중단을 후려쳤기 때문이었다.

"크윽, 이놈!"

회심의 일격이 빗나가자 플루토 공작이 이를 갈며 달려들었다. 허공이 순식간에 자욱한 검영으로 뒤덮였다.

콰콰콰콰.

레온은 이번만큼은 피하지 않았다. 자신이 회피할 경우 플루토 공작이 국왕을 노릴 것이란 사실을 깨달았기 때문이었다. 투구 사이로 드러난 레온의 눈빛이 예리하게 빛났다.

'기회를 포착해 단번에 승부를 낸다.'

레온의 창이 현란하게 휘둘러지며 허공에 난무하는 검영을 일일이 격파했다. 마치 창끝에 눈이 달린 것 같았다. 플루토 공작의 눈매가 꿈틀했다.

"흥, 과연 큰소리 칠 자격이 있구나."

그의 공세가 한층 더 거세어졌다. 그러나 레온은 한 치도 물러서지 않고 플루토 공작의 공세를 맞받았다. 플루토 공작의 실력은 상상 이상이었다. 리빙스턴 후작에 견주어보아도 그다지 뒤떨어지지 않는 실력이었다.

그러나 레온의 무위는 이미 리빙스턴 후작과 겨룰 때보다 몇 단계 상승한 상태였다. 강자들과의 거듭되는 실전이 레온의 실력을 비약적으로 향상시켰다. 때문에 레온은 큰 힘을 들이지 않고 플루토 공작의 검격을 막거나 튕겨낼 수 있었다.

두 초인이 한데 붙어 격전을 치르자 기사들도 하나 둘씩 전투에 가세하기 시작했다.

레온의 돌입으로 큰 피해를 입었지만 마루스 기사들은 전열을 가다듬고 왕족을 호위하는 펜슬럿 근위기사들에게 공세를 집중했다. 근위기사들 역시 기다렸다는 듯 맞받아쳤다.

챵, 촤촤챵.

오러와 오러가 맞부딪히며 자욱한 섬광이 뿌려졌다. 철갑이 갈라지며 선혈이 흩뿌려졌고 생명이 사라진 시신들이 맥없이 바닥에 쓰러졌다.

군나르 왕자궁은 삽시간에 피와 살육이 난무하는 전장이 되어 버렸다.

II

마루스의 초인
플루토의 죽음

블러디 나이트와 싸우면서도 플루토 공작은 싸움의 양상을 면밀히 살피고 있었다.

그들의 목적은 엄연히 펜슬럿 왕족들의 말살. 예상치 못하게 블러디 나이트가 가세했지만 임무는 반드시 수행해야 했다. 이번 작전을 위해 마루스는 그야말로 국력의 대부분을 쓸어 넣었다. 실패한다면 큰 곤란에 처할 것이다.

'이대로 가다간 임무 수행이 불가능해. 시간은 우리 편이 아니야.'

시간이 흐르면 불리해지는 쪽은 마루스였다. 펜슬럿 기사들은 머지않아 왕궁 내부의 혼란을 수습하고 왕자궁으로 몰려들

것이 분명했다. 스무 명의 기사들이 출입구를 지키고 있지만 뚫리는 것은 시간문제였다. 때문에 그는 모험을 걸기로 작정했다.

"하아앗!"

우렁찬 고함소리와 함께 그가 검을 강하게 밀쳐냈다. 검에 서린 오러의 위력을 완전히 흘리지 못한 블러디 나이트가 주르르 뒤로 밀렸다. 그 틈을 타고 플루토 공작이 전신의 기세를 개방했다.

콰콰콰콰.

플루토 공작의 기세는 정면, 국왕을 가로막고 있던 펜슬럿 근위기사들에게로 집중되었다.

"헉!"

근위기사들의 몸이 움찔했다. 동시에 그들의 검에서 뿜어지던 오러 블레이드가 흐릿해졌다. 플루토 공작의 기세로 말미암아 몸 속 마나의 흐름이 흐트러진 것이다.

플루토 공작이 그 방면을 공격하던 휘하 기사들에게 버럭 고함을 질렀다.

"이때다. 죽을 각오로 공격하라. 반드시 국왕을 죽여야……."

그러나 그의 음성은 중도에 끊겼다. 여세를 몰아 공격해 들어가던 마루스 기사들이 보이지 않는 벽에 부딪힌 듯 멈춰 섰기 때문이었다. 그들의 장검에 서린 오러 블레이드도 어느덧 흩어지고 있었다.

“네놈이?”

플루토 공작이 성난 눈빛으로 블러디 나이트를 쳐다보았다. 상대는 자신이 했던 방법 그대로 공격해 들어가던 아군 기사들에게 기세를 내뿜어 마나를 헝클어 버린 것이다. 투구에 가려진 레온의 입가에 미소가 떠올랐다.

“당신만이 초인이 아니오. 그 사실을 명심하시오.”

“용서할 수 없다.”

화가 머리끝까지 치솟은 플루토가 세차게 검을 떨쳤다. 수십 개의 검화가 피어나며 레온의 전신으로 내려 꽂혔다. 그러나 레온은 조금도 동요하지 않고 창을 휘둘러 공격을 격파했다.

상식적으로 레온이 플루토 공작에게 밀려야 할 이유는 없다. 상대적으로 우수한 마나연공법을 익혔으며 실전경험에서도 월등한 우위에 있다. 뒤떨어지는 것은 축척해 놓은 마나의 양 뿐이었다.

치열한 접전을 벌여나가며 플루토 공작은 그 후로도 몇 번씩 기세를 발산했다. 방어하는 펜슬럿 근위기사들의 전열을 뒤흔들기 위해서였다.

그러나 그때마다 레온이 적절히 대응했기에 방어진은 뚫리지 않았다. 그리고 그 과정에서 레온은 플루토 공작의 결정적인 약점을 잡을 수 있었다.

아군 기사들에게 기세를 발산하는 플루토 공작을 본 레온의 눈빛이 예리하게 빛났다.

'이것이다.'

기세를 발산하고 난 뒤 플루토 공작의 움직임이 미미하게 흐트러졌다. 실전경험이 풍부한 레온이 충분히 뚫고 들어갈 수 있는 허점이었다.

지루한 공방전에 종지부를 찍을 수 있다고 생각한 레온이 암암리에 내력을 끌어 모았다. 기혈을 역류시켜 단숨에 승부를 결정짓기 위해서였다.

쾅 콰콰쾅!

레온이 방어에 열중하자 플루토 공작의 기세가 살아났다. 상대가 지쳤다고 판단한 플루토 공작이 맹공을 퍼붓기 시작한 것이다.

그러나 레온은 당황하지 않고 차분히 방어해 나갔다. 오직 하나, 플루토 공작이 허점을 드러내기만을 기다리며 말이다.

끈질기게 기다리던 레온에게 마침내 기회가 왔다. 실컷 공격을 퍼부은 플루토 공작이 뒤로 살짝 물러난 것이다.

아군 기사들에게 기세를 발산해 마나를 흩뜨리려는 의도가 틀림없었다. 그 사실을 간파한 레온이 다급히 로베르토 후작에게 전음을 보냈다.

『이번에는 내가 대응하지 못하오. 그러니 후작님께서 빈틈을 막아주시오』

로베르토 후작이 고개를 끄덕이는 것을 확인하자 레온이 막아두었던 마나의 둑을 일시에 터뜨려 버렸다. 투구 사이로 드러난 레온의 눈이 시뻘겋게 물들었다.

콰아아아—

그 사실을 알아차리지 못한 플루토 공작이 전신의 기세를 개방했다. 동시에 측면을 방어하던 펜슬럿 근위기사들의 장검에서 오러 블레이드가 싹 사라져 버렸다.

"크헉!"

마나의 흐름이 끊겨 허둥대는 근위기사들을 향해 마루스 기사들의 공세가 집중되었다. 이전과는 달리 그들의 장검에 서린 오러 블레이드는 사라지지 않았다.

"으아악!"

몇 명의 기사가 적의 공격에 격중되어 선혈을 뿜었다.

"대열이 뚫렸다."

기세가 살아난 마루스 기사들이 지체 없이 빈틈을 파고들려 했다. 그러나 빈틈은 금세 사라졌다. 어느새 몸을 날린 로베르토 후작이 앞을 막아섰기 때문이었다. 레온의 경고성을 듣고 미리 준비하고 있었기에 가능했던 일이었다.

비록 초인의 반열에 오르지 못했다고는 하지만 로베르토 후작은 일반 기사들과는 비교조차 할 수 없는 경지에 오른 고수였다. 흐트러진 대열은 그의 가세로 인해 금세 메워져 버렸다. 그리고 그 작은 일은 팽팽한 전세를 결정적으로 바꾸어 버렸다.

　기세를 발산하고 전황을 잠시 살펴본 플루토 공작의 입가에 만족스런 미소가 맺혔다.

　이번 공격에는 블러디 나이트가 제대로 대응하지 못했다. 플루토 공작은 그것을 상대가 지쳤기 때문이라 결론지었다.

　'흐흐, 놈. 제아무리 날고 기어 봐도 식민지 출신이란 한계를 벗어나지 못하는 것이 증명되었군.'

　괴소를 흘리며 고개를 돌리던 플루토 공작의 눈이 커졌다. 투구 사이로 드러난 눈동자가 경악으로 물들었다.

　전혀 눈치채지 못하던 사이 블러디 나이트가 순식간에 가까이 다가와 시뻘건 오러 블레이드가 돋아난 창을 내려찍는 상황이었다.

　'이, 이렇게 빠르다니…….'

　플루토 공작이 다급히 몸을 뒤틀었다. 다행히 블러디 나이트의 공세는 종잇장 한 장 차이로 옆구리를 스치고 지나갔다. 그러나 안도의 한숨을 내쉴 틈이란 없었다.

　블러디 나이트가 무시무시한 속도로 따라붙으며 공세를 퍼부었기 때문이었다. 하나하나가 치명적이지 않은 공격이 없었다.

　콰콰콰콰!

　플루토 공작이 사력을 다해 검을 휘둘렀다. 그러나 한 번 빼앗긴 승기를 되찾아오는 것은 거의 불가능에 가까웠다. 레온은 현재 역혈대법을 시전해 두 배 이상 강해진 상태였다.

팽팽하게 이어지던 접전에서 일어난 변화는 컸다. 플루토 공작이 입술을 질끈 깨물며 필사적으로 검을 떨쳤다.

"이대로 당할 소냐?"

그러나 그가 느끼는 압박감은 시간이 지날수록 강해져만 갔다.

콰쾅!

검에 서린 오러 블레이드가 산산이 박살이 났다. 플루토 공작의 오러를 격파해 버린 창날이 어깨보호대를 살짝 스치고 지나갔다.

스치기만 했는데도 금속 재질의 어깨보호대가 산산이 부서지며 떨어져 내렸다.

"마, 말도 안 돼!"

사색이 된 플루토 공작이 거듭 몸을 뒤집었다. 그러나 레온의 창은 마치 눈이 달린 듯 플루토 공작의 신형을 추적했다. 뒤에 바짝 따라붙은 레온의 눈은 살기로 일렁이고 있었다.

"끝이다! 플루토 공작."

외마디 일성과 함께 레온이 창을 쭉 내뻗었다. 창날에 서린 오러가 순식간에 길어졌다.

촤아아악!

정신없이 뒤로 물러서던 플루토 공작의 눈에 절망감이 서렸다. 이대로라면 결코 상대의 공세를 피할 수 없다는 사실을 직감한 것이다.

그러나 상황은 레온의 예상대로 흘러가지 않았다. 하늘이라도 꿰뚫을 듯 뿜어져 나오던 레온의 오러가 멈칫 하더니 흩어졌다. 역혈대법의 효과가 다한 것이다.

"이런……."

레온이 이를 갈았다. 오러 블레이드를 재차 뽑아내려면 시간이 필요한 법이다. 그 시간이라면 플루토 공작이 충분히 전열을 재정비할 수 있다.

'어쩔 수 없다. 육탄으로라도 플루토 공작을 꺼꾸러뜨린다.'

입술을 질끈 깨문 레온이 창대를 휘둘러 플루토 공작의 무릎을 후려갈겼다.

그러나 플루토 공작 역시 필사적으로 회피하고 있는 상태, 때문에 창대는 목표했던 무릎이 아니라 공작의 발목 복사뼈 부분을 강타했다.

퍽!

발목보호대가 흉측하게 일그러진 채 떨어져나갔다. 통증 때문에 회피하던 플루토 공작의 몸이 멈칫했다. 레온이 그 틈을 놓치지 않고 달려들었다.

파츠츠츠.

이대로 당할 수 없다는 듯 플루토 공작이 오러를 뽑아냈다. 부러져 절반만 남아 있던 검날에서 눈부신 섬광이 쭉 뿜어져 나왔다. 그러나 레온은 그에 맞서 오러를 뽑아내지 않았다.

종횡무진 창을 휘두르며 그대로 플루토 공작에게 짓쳐 들어

간 것이다. 오러 블레이드가 돋아난 장검이 레온의 몸과 교차
했다.

"저, 저런!"

대결을 관전하던 왕족들이 경악성을 내질렀다. 마치 블러디
나이트가 플루토 공작의 오러 블레이드에 가슴을 관통당한 것
같이 보였기 때문이었다.

그러나 플루토 공작의 검은 레온의 옆구리를 아슬아슬하게
스치고 지나간 상태였다. 공포감이 급격히 확산되는 플루토
공작의 눈을 들여다보며 레온이 두 손으로 움켜쥔 창대를 슬
쩍 뒤흔들었다.

서걱.

창날에 걸린 플루토 공작의 발목이 가볍게 잘려나갔다. 이
어 레온이 두 손으로 잡고 내뻗은 창대가 플루토 공작의 목을
정통으로 가격했다.

쿨럭.

거친 기침소리와 함께 플루토 공작의 몸이 뒤로 나뒹굴었
다. 그 위로 빛을 잃은 장검이 떨어져 내렸다. 플루토 공작이
반사적으로 몸을 일으키려 했지만 뜻을 이루지 못했다.

큼지막한 발이 공작의 가슴팍을 찍어 눌렀기 때문이었다.
플루토 공작의 가슴을 밟고 올라선 레온이 일체의 망설임도
없이 창날을 아래로 내려찍었다.

"잘 가시오. 플루토 공작."

“자, 잠깐!”

플루토 공작이 다급한 어조로 고함을 질렀지만 레온은 듣지
않았다.

콰지직!

끔찍한 음향과 함께 오러가 돋아난 창날이 플루토 공작의
목뼈를 파고들었다. 분수처럼 뿜어지는 선혈이 레온의 갑옷에
튀었다.

플루토 공작의 몸이 부르르 떨리더니 축 늘어졌다. 마루스
왕국이 자랑하는 그랜드 마스터 플루토 공작의 처참한 최후였
다.

장내는 순식간에 조용해졌다. 마루스가 자랑하는 그랜드 마
스터 플루토 공작의 사망, 그야말로 엄청난 일이 벌어진 것이
다. 파상적인 공세를 가하던 마루스 기사들은 얼이 빠져 주춤
주춤 뒷걸음질쳤다.

그 누구도 예상치 못한 상황이었다. 싸움은 어느덧 멎었다.
펜슬럿의 근위기사들조차도 혀를 내두르며 놀라워하고 있었
다. 그들의 상식으로 초인이란 이렇게 허무하게 죽어갈 존재
가 아니었다.

가장 먼저 정신을 차린 이는 내궁 안쪽의 마법사들이었다.
하얀 수염이 인상적인 노마법사가 착잡한 눈빛으로 플루토 공
작의 시신에서 시선을 거뒀다.

"철수한다. 공간이동 마법진을 발동시켜라."

그 말에 중년 마법사 한 명이 난처한 표정을 지었다.

"하, 하지만 싸우고 있는 기사들은 어떻게 합니까?"

"기사들은 포기한다. 우리만이라도 펜슬럿 왕궁을 빠져나가야 한다."

노마법사의 눈빛은 착 가라앉아 있었다. 플루토 공작이 죽었으니 임무완수는 물 건너간 것이나 다름없다. 기사들이 시간을 끄는 사이 이곳을 탈출하는 것이 현명한 판단이다.

'만에 하나 놈들의 손에 잡힌다면 결코 좋은 꼴을 기대할 수 없을 것이다.'

사실 그들이 벌인 일은 정말로 엄청난 일이었다. 자국 왕족들을 전멸시키기 위해 잠입한 결사조를 펜슬럿 기사들이 어떻게 대할 것인지는 생각해 보지 않아도 뻔했다.

지시를 받은 마법사들이 마법진에 마나를 불어넣기 시작했다. 그런데 막 마나를 재배열하려던 노마법사의 눈이 커졌다.

"헉!"

검붉은 갑주를 걸친 장대한 체구의 기사가 어느새 내궁으로 들어와 자신들을 응시하고 있었다. 양손에 쥐고 있는 장창이 상대의 신분을 증명했다. 귓전으로 싸늘한 일성이 흘러들어왔다.

"기사들을 버리고 몰래 빠져나가려고? 잘못 생각했다."

레온은 마나의 흐름에 극도로 예민한 감각을 지녔다. 때문

에 마법사들이 마법진에 마나를 불어넣었을 때 그들의 의도를
눈치챌 수 있었다.

적의 퇴로를 막는 것은 병법의 기본 중 기본. 서둘러 마나를
재배열하는 마법사들을 쳐다보며 레온이 기세를 발산했다. 이
미 그는 마법사들을 상대하는 법을 확실히 깨달은 상태였다.

콰콰콰콰!

기세가 공간을 잠식한 순간 마법사들이 가슴을 움켜쥐고 꼬
꾸라졌다. 재배열되던 마나가 흐트러지며 역류현상이 일어난
것이다.

"커어억!"

엄청난 타격을 입은 마법사들이 바닥에 쓰러져 피를 토했
다. 차가운 눈빛으로 그들을 쳐다보던 레온이 창을 휘둘렀다.

파아앗.

장창에 서린 오러가 마법진의 맥을 끊어 버렸다. 마법사들
을 처리한 레온이 다시 몸을 날렸다. 아직까지 다수의 마루스
기사들이 왕자궁 안에 포진하고 있는 상태였다.

그 사이 상황은 많이 호전되어 있었다. 근위기사들은 완전
히 냉정을 되찾고 방어에 몰두하고 있었다.

마루스 기사들이 필사적으로 공격을 가했지만 뚫기가 요원
해 보였다. 그리고 누군가가 왕자궁의 문을 두드리고 있었다.

쿵쿵.

외부의 지원병이 도착한 모양이었다. 그러나 정문 앞에는

스무 명가량의 마루스 기사들이 진을 치고 있었다. 그들을 쳐다보던 레온의 눈이 빛났다.

"일단은 출입구를 확보한다."

레온의 몸이 바람처럼 대기를 갈랐다. 그러면서 레온은 파상적으로 공격을 감행하는 마루스 기사들에게 기세를 내쏘아주는 것을 잊지 않았다.

"헉!"

몸속의 마나가 흐트러지는 것을 느낀 마루스 기사들이 경악성을 토해냈다. 그들의 장검에 서린 오러가 흐릿해졌다. 펜슬릿 근위기사들은 그 틈을 놓치지 않았다.

서걱.

철갑 베어지는 소리와 함께 핏줄기가 쭉 뿜어졌다. 무려 일곱 명의 기사가 레온의 기세에 말려들어 목숨을 잃었다.

초인의 가세가 전력에 얼마만큼 영향을 미치는지 알 수 있는 광경이었다. 틈틈이 마루스 기사들에게 기세를 발산해가며 레온은 왕자궁의 정문을 향해 몸을 날렸다.

문을 지키던 마루스 기사들의 눈망울에 절망감이 떠올랐다. 자신들이 무슨 수로 초인의 발목을 잡는단 말인가?

그들 중 뒤로 물러서는 자는 없었다. 그들은 이미 죽음을 각오한 상태였다. 그러나 애석하게도 블러디 나이트는 용기만으로 극복할 수 있는 상대가 아니었다.

번쩍.

섬광과 함께 피분수가 폭죽이 터지듯 뿜어졌다. 레온의 창을 가로막을 수 있는 것은 아무것도 없었다. 오러를 끌어올린 검이 조각나는데 이어 단단한 철갑이 쩍 갈라졌다.

그 뒤로 생명을 잃은 마루스 기사들의 육신이 힘없이 허물어져 내렸다.

스무 명의 마루스 기사들을 해치우고 출입구를 장악하는 데에는 채 일 분도 걸리지 않았다. 창을 흔들어 핏물을 털어낸 레온이 고함을 질렀다.

"문을 여시오."

그 말을 듣자 로베르토 후작이 즉각 명령을 내렸다.

"근위대 6조는 이동하여 왕자궁의 문을 열어라."

펜슬럿 근위기사 십여 명이 검을 거두고 달려왔다. 그들의 발목을 묶기 위해 마루스 기사들이 달려들었지만 이미 레온이 두 눈을 부릅뜨고 지키는 상태였다.

번쩍.

창날에서 섬광이 뿌려지는 순간 달려들던 마루스 기사들이 맥없이 꼬꾸라졌다. 근위기사들은 레온의 엄호 하에 문에 달라붙어 힘을 쓰기 시작했다. 왕자궁의 문이 마침내 열리기 시작했다.

쿠르르르.

그 모습을 본 레온이 길게 한숨을 내쉬었다. 이제 급한 불은 끈 셈이었다. 아직까지 오십 명 정도의 적이 남아 있긴 하지만 진압하는 것은 시간문제였다.

　문 밖에는 다수의 기사들이 대기하고 있었다. 왕자궁 안의 참상을 보자 그들의 눈이 휘둥그레졌다.

　"어, 어찌 이런 일이……."

　그들을 향해 로베르토 후작의 추상같은 명령이 떨어졌다.

　"그대들은 즉각 마루스의 잔당을 제압하라. 감히 국왕전하의 목숨을 노린 불측한 놈들이다."

　그 말을 들은 기사들이 분노의 눈빛을 번뜩이며 달려들었다. 얼마 남지 않은 마루스 기사들의 눈망울에 절망감이 떠올랐다. 그들이 빠져나갈 수 있는 길은 어디에도 없었다.

✤

　궁내의 혼란을 수습하고 달려온 기사들이 속속 가세했다. 이제 근위기사들은 더 이상 접전에 참가하지 않았다. 로니우스 2세와 왕족들을 둘러싸고 철통같이 호위만 할 뿐이었다.

　분노한 기사들의 맹공 앞에 마루스 기사들은 하나 둘씩 피를 뿌리며 나동그라졌다. 그러나 항복의사를 보이는 자는 없었다. 항복해 봐야 처참한 고문을 받고 종국에는 처형당할 것이란 사실을 알기 때문에 최후의 발악을 하는 것이다.

　그러는 사이 발렌시아드 공작이 마침내 왕자궁에 모습을 드러냈다. 궁 안에 들어선 발렌시아드 공작의 눈에서 광망이 일었다. 레온을 보고 난 후의 일이었다.

"이놈! 블러디 나이트!"

발렌시아드 공작은 지체 없이 몸을 날렸다. 뽑아든 장검에서는 길게 자라난 오러 블레이드가 일렁이고 있었다. 그 뒤로 로베르토 후작의 다급한 일성이 터져 나왔다.

"아, 안됩니다. 발렌시아드 공작전하."

그러나 오러가 자라난 검날은 버티고 서 있는 레온의 등짝을 정면으로 갈라갔다.

콰콰콰콰!

다행히 레온은 그 기미를 눈치챌 수 있었다. 감각을 끌어올려 주위를 관찰하고 있었기에 발렌시아드 공작의 암습을 미연에 알아차린 것이다.

빙글 몸을 돌린 레온의 눈에 엄청난 기세로 공격을 해 오는 발렌시아드 공작의 모습이 보였다. 반사적으로 장창을 들어올린 레온이 발렌시아드 공작이 내뻗은 장검에 가져다댔다.

지금 발렌시아드 공작은 분노로 인해 이성을 반쯤 잃고 있었다. 때문에 내뻗은 검격이 지극히 단순했다.

파파파팟!

자욱한 스파크와 함께 오러와 오러가 허공에서 맞부딪혔다. 검신과 창날이 맞닿은 것을 느낀 레온이 창대를 동그랗게 휘저었다. 상대의 힘을 역이용하는 것이다.

취리리릿.

창날에 걸려 마구 요동하던 검이 갑자기 허공으로 퉁겨졌다. 그럼에도 불구하고 발렌시아드 공작은 검자루를 놓지 않았다. 그러자 레온은 창대를 쭉 밀었다.

귀에 거슬리는 소리와 함께 창날이 검신을 타고 올라가 그립에 부딪혔다. 그 상태로 레온은 창을 아래로 내려찍었다.

콰직!

오러가 치솟은 검신이 바닥에 깊숙이 박혔다.

"이익!"

발렌시아드 공작이 얼굴이 시뻘겋게 달아오르도록 힘을 썼지만 레온의 힘을 당해낼 순 없었다. 그때 로베르토 후작이 달려왔다.

"고정하십시오. 발렌시아드 전하."

"어찌 고정할 수 있단 말이오. 블러디 나이트가……."

그때 창노한 음성이 발렌시아드 공작의 귓전을 파고들어갔다.

"발렌시아드 공. 검을 거두시오."

그 말에 공작이 깜짝 놀라 고개를 돌렸다. 그의 놀란 표정을 보며 국왕이 미소를 지어 보였다.

"경이 궁궐 밖에서 맞서 싸운 블러디 나이트는 가짜였소. 경의 눈앞에 있는 기사가 진짜요. 창과 붉은 빛 오러 블레이드를 사용하는 진짜 블러디 나이트 말이오."

그 말에 발렌시아드 공작은 정신이 번쩍 들었다. 치열한 접전으로 인해 미처 떠올리지 못했던 의문점을 깨달은 것이다.

국왕의 말대로 블러디 나이트는 신들린 듯한 창술과 검붉은 빛의 오러 블레이드가 트레이드 마크였다. 하지만 자신이 맞서 싸운 블러디 나이트는 그렇지 않았다.

창이 아니라 검을 쓰는 점도 그랬고 뿜어내는 오러의 색도 자신과 별반 다르지 않은 청색이었다. 그의 놀란 시선이 레온에게로 향했다. 내심을 알아차렸다는 듯 레온이 고개를 끄덕였다.

'오러의 색을 증명하란 뜻이로군.'

창을 들어올린 레온이 마나를 집중했다.

콰콰콰콰!

창두를 통해 시뻘건 오러 블레이드가 솟구쳤다. 핏빛처럼 붉은 빛의 오러 블레이드는 보는 사람들의 심금을 강하게 자극했다. 비로소 이성을 되찾은 발렌시아드 공작이 떠듬떠듬 중얼거렸다.

"다, 당신이 진짜 브, 블러디 나이트였구려."

귓전으로 자랑스러워하는 듯한 국왕의 음성이 또다시 파고들었다.

"게다가 그는 내 손자라오. 믿을 수 있겠소? 아르카디아를 위진시킨 블러디 나이트가 다른 사람도 아닌 짐의 손자였다는 사실을 말이오."

발렌시아드 공작이 가세하자 왕자궁의 변란은 금세 진압되었다.

"이런 간악한 놈들!"

일의 내막을 보고받고 분개한 발렌시아드 공작과 레온의 활약으로 마루스 기사들은 추풍낙엽처럼 나가떨어졌다.

"으아악!"

마지막 기사가 피를 뿜으며 나가떨어지는 것을 끝으로 상황은 완전히 종료되었다. 기사들이 달려들어 내궁 안에 널브러진 마법사들을 결박했다. 발렌시아드 공작이 성난 눈빛으로 그들을 노려보았다.

"놈들을 지하 감옥으로 옮겨 고문을 가하라. 모든 것을 알아내야 한다."

곧이어 근위병들이 들어와 시신을 수습하기 시작했다. 근위기사단의 피해도 결코 적지 않았다. 장내를 정리하는 기사들과 근위병들은 레온을 힐끔힐끔 쳐다보았다.

'세, 세상에! 레온 왕손께서 아르카디아를 위진시킨 블러디 나이트였다니.'

'도저히 믿을 수가 없군.'

그것은 왕족들도 마찬가지였다. 천덕꾸러기 취급을 당하던 레온의 진정한 정체가 블러디 나이트였다는 사실이 쉽사리 믿어지지 않는 것이다. 매서운 눈빛으로 주위를 쳐다보던 레온이 창을 거뒀다.

철컥.

창을 등 뒤에 꽂아 넣은 레온이 걸음을 옮겼다. 모여서 웅성거리던 왕족들을 헤치고 레오니아가 절룩거리며 걸어 나왔다. 아들을 쳐다보는 그녀의 눈동자는 흥건히 젖어 있었다.

"레, 레온. 괜찮은 거니?"

레온의 입가에 미소가 떠올랐다.

좌르르륵.

투구가 순차적으로 해체되며 레온의 얼굴이 드러났다. 두 팔을 벌린 레온이 어머니를 힘껏 얼싸안았다.

"걱정 마세요. 어머니, 전혀 상처를 입지 않았답니다."

"무사해서 다행이구나. 정말 다행이야."

품에 안겨 흐느끼는 어머니의 등을 쓸어내리며 레온은 가슴 한구석이 찡해지는 것을 느꼈다.

이런 상황에서도 어머니는 자신의 안위를 걱정하고 있었다. 그러나 상황이 모두 끝난 것은 아니었다. 레온은 어머니를 감싼 팔을 조심스럽게 풀었다.

"어머니, 저에겐 아직 할 일이 남아 있습니다."

고개를 든 레오니아의 눈을 들여다보며 레온이 조용히 되뇌였다.

"감히 절 사칭하여 왕족들을 위기에 몰아넣은 가짜를 잡아 와야 합니다."

그 말을 들은 레오니아가 살짝 고개를 끄덕였다.

"그래. 다녀오거라, 레온."

촤르르르.

해체되었던 투구가 원상태로 회복되었다. 어머니를 안은 손을 푼 레온이 국왕을 향해 걸어갔다.

그 모습을 본 근위기사들이 국왕의 앞을 가로막았다. 아직까지 레온을 완전히 신뢰하지 못하는 것이다. 그러나 국왕이 손을 저어 근위기사들을 말렸다.

"할 말이 있느냐? 레온?"

로니우스 2세의 음성은 무척이나 자애로웠다. 그 말을 들으며 레온이 고개를 숙였다.

"전하, 상황은 정리되었지만 모든 것이 끝난 것은 아닙니다. 절 사칭하여 왕실을 위기에 몰아넣은 가짜가 남아 있습니다. 저는 그자를 잡아오고 싶습니다."

그 말을 들은 국왕이 고개를 돌렸다. 그의 시선이 머무는 곳에는 발렌시아드 공작이 서 있었다. 그가 머뭇거림 없이 궐 밖의 상황을 보고했다.

"전하, 가짜는 저와 치열히 싸우는 도중 돌연 몸을 돌려 도주하였사옵니다. 더 이상 싸울 이유가 없다는 말을 남긴 채 말입니다. 전하의 안위가 걱정되었기에 저는 미처 추격할 엄두를 내지 못했사옵니다."

국왕이 일리가 있다는 듯 고개를 끄덕였다. 물론 발렌시아드 공작의 조처는 합당한 것이었다. 기사들을 내보내 봐야 헛

된 희생만 불러일으킬 뿐이다. 그 누가 초인의 발목을 잡을 수 있단 말인가?

"그는 어디로 도주했소?"

"북동쪽이옵니다. 레칼 산으로 가서 추격을 뿌리치려는 것 같습니다."

고개를 끄덕인 로니우스 2세가 레온을 쳐다보았다.

"레온. 가서 가짜를 잡아오거라. 너의 명예는 곧 펜슬럿 왕실의 명예인 법. 이것은 왕명으로 내리는 임무이니라."

투구 사이로 가려진 레온의 입가에 미소가 떠올랐다.

"반드시 잡아오겠사옵니다, 전하."

한쪽 무릎을 꿇고 허리를 굽히는 레온에게 국왕이 뭔가를 건네주었다.

"왕명을 수행하는 것임을 증명하는 문장이다. 이것을 보여주면 각지의 병력과 정보망을 마음껏 쓸 수 있다."

"알겠습니다. 그럼 다녀오겠습니다."

목례를 한 레온이 몸을 날렸다. 그의 거구가 마치 거짓말처럼 공간을 갈랐다. 순식간에 왕자궁 밖으로 사라진 레온의 빈 자리를 국왕이 잔잔한 눈빛으로 쳐다보았다.

왕족들은 아직까지 충격이 가시지 않은 듯 멍하니 입을 벌리고 있었다.

"국왕전하. 우선 본궁으로 모시겠습니다."

"알겠소. 발렌시아드 공의 뜻대로 하겠소이다."

곧 근위기사들이 국왕을 에워싼 채 본궁으로 이동하기 시작했다. 그를 제외한 왕족들은 속속 들어오는 호위 기사들에게 둘러싸인 채 귀가를 서두르고 있었다.

⚜

펜슬럿 외곽, 레칼 산으로 향하는 관도에는 다섯 기의 기마가 질주하고 있었다.

두두두두.

기마의 뒤로 흙먼지가 자욱하게 피어났다. 다섯 필의 말들은 거친 숨을 몰아쉬며 달리기에 여념이 없었다. 선두에서 달리는 말의 등에는 플레이트 메일을 걸친 기사가 타고 있었다.

검붉은 빛이 도는 갑주에 장대한 체구, 선두 기수의 정체는 블러디 나이트로 위장한 채 발렌시아드 공작과 일전을 벌인 카심이었다.

카심은 많은 사람들이 지켜보는 앞에서 발렌시아드 공작과 치열한 접전을 벌였다. 전신의 잠력을 폭발시켰기에 그는 한 치도 밀리지 않고 맞서 싸울 수 있었다.

싸우는 와중 관람석에서 소란이 벌어졌다. 콘쥬러스가 고용한 흑마법사들이 인파들 사이로 구울을 소환한 것이다.

대참사가 벌어졌지만 둘은 외부의 일을 전혀 의식하지 못했다. 난생처음 동일한 수준의 초인과 검을 겨룬다는 흥분 때문이었다. 둘은 완전히 대결에 몰두한 채 격렬하게 검을 나눴다. 그러나 대결은 오래 가지 못했다.

카심이 자신이 지닌 한계를 떠올린 것이다. 마나연공법의 한계 때문에 카심은 정해진 시간이 지나면 힘을 잃는다. 그것을 떠올린 카심이 대결을 포기했다.

"그만합시다. 더 이상 싸울 이유가 없소."

카심이 등을 돌려 그곳을 빠져나갔다. 그러나 발렌시아드 공작은 뒤를 쫓을 수 없었다. 난리가 벌어져 국왕이 피신했다는 사실을 전해들었기 때문이었다. 인파를 헤치고 나간 카심에게 두 명의 장한이 말 세 필을 끌고 다가왔다.

"이리 오십시오."

그를 보좌하기 위해 용병 길드에서 온 일급 용병들이었다. 카심은 그들이 끌고 온 말에 올라탄 채 질주하기 시작했다.

그 뒤를 콘쥬러스와 보좌관이 따라붙었다. 그들 역시 말을 준비해 온 상태였다. 그들은 아무런 말도 하지 않고 말을 몰기에 여념이 없었다. 관도 앞쪽으로 경비초소의 모습이 보였다.

도로에는 차단기가 설치되어 있었고 서너 명의 병사들이 엉거주춤 서서 이쪽을 쳐다보고 있었다. 카심이 눈매를 가늘게 좁혔다.

"강행 돌파한다."

카심이 달리던 말에 박차를 가했다. 그 모습을 본 병사들의 얼굴에 다급함이 서렸다. 원래대로라면 목숨을 걸고서라도 상대를 붙들어야 한다. 그러나 상대가 상대 나름이었다.

발렌시아드 공작과 대등하게 맞서 싸운 블러디 나이트를 그들이 어찌 가로막을 수 있단 말인가?

상대가 걸친 붉은 갑주를 본 병사들의 몸이 자연스럽게 움츠러들었다. 그 사이 기마들이 그대로 차단기를 들이받았다.

콰지직.

얇은 나무로 된 차단기가 그대로 부서져 나갔다. 뚫린 틈 사이로 기마들이 쏜살같이 스쳐지나갔다.

"콜록콜록."

흙먼지를 잔뜩 들이마신 병사들이 기침을 했다. 우두머리로 보이는 병사 한 명이 호통을 쳐댔다.

"이 사실을 즉각 상부에 보고하라."

병사들이 우거지상을 지으며 형편없이 부서진 차단기를 정리하기 시작했다. 그런데 그들이 차단기의 잔해를 거의 다 치울 무렵 또다시 말발굽소리가 들렸다.

두두두두.

화들짝 놀란 병사들이 창을 들었다. 시야에 검붉은 빛을 띤 말 한 필이 급속히 접근해 왔다.

그런데 기수를 본 병사들의 눈이 휘둥그레졌다. 검붉은 빛의 갑주와 장대한 체구, 단기필마로 달려오는 자는 조금 전 차단기를 박살내고 지나간 블러디 나이트의 차림새와 한 치의 오차도 없이 동일했다.

"브, 블러디 나이트가 둘이야."

당황해 하는 병사들 앞에서 기마가 멈춰 섰다. 놀랄 만한 승마술이었다. 뒤이어 나타난 이는 가짜를 뒤쫓고 있는 레온이었다. 그가 눈빛을 빛내며 병사들을 쳐다보았다.

"가짜 블러디 나이트는 어디로 갔는가?"

그러나 병사들은 그 질문에 대답하지 않았다. 상대의 정체를 확실히 모르기 때문이었다. 그 모습을 힐끔 쳐다본 레온이 문장을 꺼냈다. 국왕이 전해준 바로 그 문장이었다. 그것을 보자 병사들의 눈에 경악이 떠올랐다.

"헉!"

상대가 내민 것은 왕명을 수행하고 있다는 문장이었다. 검문소에 근무하는 경계병이 문장을 몰라볼 리는 없다. 우두머리가 급히 나서서 보고를 했다.

"가짜로 짐작되는 자는 약 십오 분 전 이곳을 돌파했습니다. 레칼 산 방면으로 향했으리라 짐작됩니다."

"알겠다."

그 말을 들은 레온이 알았다는 듯 말고삐를 잡아당겼다.

히히히힝.

레온을 태운 렉스가 기세 좋게 울부짖으며 내달리기 시작했다. 병사들이 당혹한 눈빛으로 그들을 스쳐지나가는 레온을 쳐다보고 있었다.

Ⅲ
용병왕 카심의 위기

　말이 지칠 대로 지쳤지만 카심 일행은 달리는 것을 멈추지 않았다. 그저 길을 따라 마구 질주할 뿐이었다. 그때 콘쥬러스가 속도를 올려 카심을 따라붙었다.

　"조금 더 가면 갈림길이 나올 것이오. 그곳에서 좌측으로 빠지시오."

　그 말에 카심이 눈매를 가늘게 좁혔다.

　"좌측으로 빠진다면 산 속으로 들어가게 되지 않소?"

　"그곳에 본국의 요원들이 대기하고 있소. 공간이동 마법진이 설치되어 있으니 걱정 말고 그쪽으로 빠지시오."

　공간이동 마법진이란 말에 카심은 더 이상 말하지 않았다.

조금 더 달리자 콘쥬러스가 말한 갈림길이 모습을 드러냈다. 카심은 머뭇거림 없이 좌측으로 빠졌다.

두두두두.

카심의 뒤를 따라 네 필의 말이 숨을 헐떡이며 달렸다.

산길에 접어들자 말의 속도가 현저히 줄어들었다. 오르막길인데다 노면이 고르지 않아 말이 제대로 달리지 못했다. 말발굽에 튄 자갈이 사방으로 쏘아졌다.

조금 더 들어가자 그들의 앞에 절벽이 펼쳐졌다. 빈약해 보이는 구름다리 하나가 절벽과 절벽을 연결해놓고 있었다. 다리를 보고 멈칫한 카심의 귓전으로 콘쥬러스의 음성이 파고들었다.

"말에서 내려 다리를 건너시오."

살짝 고개를 끄덕인 카심이 말에서 뛰어내렸다. 뒤따르던 기수들도 일제히 말에서 내렸다. 그중 한 명이 말 엉덩이를 두드려 쫓아버렸다.

히히히힝.

말이 구슬피 울며 달려온 길을 되짚어 내려가기 시작했다. 그 모습을 본 다른 기수들도 타고 온 말을 쫓아버렸다.

"시간이 없소. 어서 구름다리를 건너시오."

콘쥬러스의 경고성을 들은 카심이 재빨리 몸을 날렸다.

구름다리의 상태는 위태위태했다. 밧줄 네 가닥에 바닥은 성기게 짠 그물로 된 볼품없는 다리였다. 담이 어지간히 크지 않고서는 건너가기 힘들었다.

그러나 이곳까지 온 자들은 결코 보통 사람으로 볼 수 없다. 그들은 놀랄 만한 균형감각을 선보이며 다리를 건넜다. 그런데 다리를 건너던 카심의 몸이 돌연 휘청했다.

"크으……."

투구 사이로 드러난 얼굴이 눈에 띄게 창백해졌다. 잠력 폭발의 효능이 다한 것이다. 용병 한 명이 기다렸다는 듯 카심을 부축했다.

"괜찮으십니까?"

"버, 버틸 만하다."

모기 소리처럼 낮은 음성으로 대화가 오고 갔다. 카심은 젖먹던 힘까지 짜내어 허리를 폈다. 자신이 무력해졌다는 사실은 결코 외부로 알려지면 안 된다.

때문에 그는 필사적으로 평온을 유지하려 했다. 하지만 그는 알지 못했다. 암암리에 그를 관찰하던 콘쥬러스의 눈빛이 순간적으로 빛났다는 사실을 말이다.

마지막 사람이 구름다리를 건너자마자 허리춤에서 단검을 뽑아들었다. 콘쥬러스의 수행원이었는데 떡 벌어진 어깨와 우람한 근육을 보니 기사 출신인 것 같았다. 그는 망설임 없이 구름다리를 지탱하는 밧줄을 끊어 버렸다.

투투툭.

한 가닥의 밧줄이 끊어지자 구름다리가 심하게 요동쳤다. 그러나 그는 아랑곳없이 나머지 세 가닥의 밧줄을 마저 끊어버렸다.

콰지지직.

구름다리가 요란한 소리와 함께 절벽 아래로 떨어졌다. 그 모습을 본 사람들의 얼굴에 안도의 표정이 스쳐지나갔다. 이로써 추적대의 발목을 어느 정도 지연시킬 수 있기 때문이었다.

"어서 갑시다. 시간이 없소."

콘쥬러스의 채근에 사람들이 서둘러 걸음을 옮겼다.

조금 들어가자 큼지막한 공터가 모습을 드러냈다. 바닥에는 큼지막한 마법진이 그려져 있었고 서너 명의 사람들이 주위에 서 있었다.

고풍스러운 로브를 걸친 것을 보니 마법사인 것 같았다. 일행들이 다가가자 풀숲이 흔들렸다. 이어 가죽갑옷을 입은 사내들이 속속 풀숲에서 튀어나왔다. 모두 합쳐 네 명이었다. 콘쥬러스를 보자 사내들이 반색했다.

"어서 오십시오."

"마법진은 준비되었나?"

"넷! 좌표만 설정한다면 언제든지 마법진을 발동시킬 수 있습니다."

콘쥬러스와 사내들이 나누는 대화를 들으며 카심이 입술을 질끈 깨물었다.

투구 사이로 가려진 얼굴에서 땀이 비오듯 흘러내렸고 다리가 연신 후들거렸다. 휘하 용병이 부축하지 않았다면 진작 바닥에 주저앉았을 터였다.

잠력을 폭발시킨 대가는 실로 컸다. 그는 지금 초인은커녕 보통 사람 정도의 힘도 쓰지 못하는 상태였다.

그러나 그 사실을 마루스 정보요원들에게 들켜서는 안 되기 때문에 카심은 사력을 다해 몸을 지탱했다. 그의 내심을 눈치챘는지 부축하던 용병이 크게 고함을 질렀다.

"어서 마법진을 발동시켜 주시오."

말을 마친 용병이 콘쥬러스를 쳐다보았다.

"카심 님께서는 청부를 완수하셨소. 그러니 본 길드의 지부를 통해 잔금을 지불해 주시기 바라겠소. 만약 약속했던 금액이 지불되지 않을 경우 마루스는 두 번 다시 용병 길드를 통해 용병들을 고용할 수 없을 것이오."

콘쥬러스가 미소를 띠며 고개를 끄덕였다.

"걱정하지 마시오."

살짝 고개를 끄덕인 용병이 카심을 부축하여 마법진 위에 올라섰다. 남은 한 명이 서둘러 그의 뒤를 따랐다.

임무를 완수할 경우 콘쥬러스는 카심과 그 수행원들을 교역 도시 로르베인으로 워프시켜 주겠다고 약속했다. 로르베인에는 상당히 큰 규모의 용병 길드 지부가 있다.

　그곳에서 몸을 좀 추슬렀다가 은거처로 이동하려는 것이 카심의 생각이었다. 그런데 마법진의 좌표를 힐끔 쳐다본 용병의 눈매가 가늘어졌다.

　'로르베인은 이곳에서 남서쪽에 위치하고 있다. 하지만 이 마법진이 설정한 좌표는 결코 남서쪽이 아니야.'

　공간이동 마법진을 여러 번 이용해 본 탓에 용병은 마법진의 좌표설정을 어느 정도 알고 있었다. 그가 인상을 쓰며 고개를 돌렸다.

　"이곳은 로르베인이 아니지 않소? 크억!"

　용병의 입에서 갑자기 비명소리가 터져 나왔다. 소리도 없이 접근한 가죽갑옷의 사내가 등 뒤에서 단검을 찔러 넣었기 때문이었다. 카심을 부축하고 있었기 때문에 용병은 피할 엄두도 내지 못했다.

　암습을 가한 사내가 하얀 이를 드러내며 웃었다.

　"목적지가 로르베인이 아니란 사실은 나도 알고 있다."

　말을 마친 사내가 손에 쥔 단검을 비틀었다. 갈비뼈 사이로 파고든 단검이 회전하며 용병의 심장을 터뜨려 버렸다.

　주르르.

　용병이 입으로 검은 피를 뿜어내며 그 자리에 허물어졌다. 부축 받던 카심 역시 맥없이 나동그라졌다.

　"배, 배신을 하다니……."

　남아 있던 용병이 이를 갈며 검을 뽑아들려 했다. 그러나 그가 채 검을 휘두르기 전에 파공성이 울려 퍼졌다.

쉬이이익, 퍼퍼퍽.

검을 뽑아든 용병의 몸이 부르르 떨렸다. 그의 앞가슴에는 어느새 서너 발의 쿼렐이 깊숙이 박혀 있었다. 가죽갑옷의 사내들이 기다렸다는 듯 석궁으로 저격한 것이다.

눈을 까뒤집은 용병의 몸이 맥없이 그 자리에서 허물어졌다. 그 모습을 본 카심이 버럭 고함을 질렀다.

"이, 이게 무슨 짓……. 크윽!"

카심은 더 이상 말을 잇지 못하고 신음을 토했다. 서너 명의 사내들이 달려들어 그를 찍어 눌렀기 때문이었다. 힘을 잃은 카심은 도저히 그들을 뿌리치지 못했다. 콘쥬러스가 빙글빙글 웃으며 다가왔다.

"많이 놀랐겠구려. 용병왕 카심."

카심의 잡아먹을 듯한 시선이 콘쥬러스에게로 쏟아졌다.

"가, 감히 배신을 하다니……."

그러나 콘쥬러스는 카심의 말을 들은 척도 하지 않았다.

"크로센 제국 정보부의 정보가 정확했구려. 정해진 시간이 지나면 용병왕 카심은 급속히 약해져서 전혀 힘을 쓰지 못한다는 정보가 말이오."

카심이 한 대 맞은 듯한 표정을 지었다. 그 말대로라면 저들이 크로센 제국 정보부와 손을 잡았다는 뜻이다. 잔뜩 일그러진 얼굴로 카심이 입술을 깨물었다.

"잔금을 지불하기가 아까웠던 건가?"

콘쥬러스가 묵묵히 고개를 끄덕였다.

"그런 이유도 있지요. 이번 작전을 수행하기 위해 본국은 그야말로 엄청난 자금을 투입했소. 현실적으로 용병 길드에 잔금을 지불할 만큼 재정이 넉넉하지 못하오."

상대에게 애당초 잔금을 지불할 생각이 없었다는 사실을 깨달은 카심의 얼굴이 어두워졌다.

"나, 날 이렇게 대하고 괜찮을 것 같은가? 앞으로 마루스 왕국은 용병 길드와 맞서 싸워야 할 것이다."

그 말을 들은 콘쥬러스가 미소를 지으며 손가락을 흔들었다.

"그것은 용병왕께서 걱정하지 않으셔도 되오. 왜냐하면 크로센 제국에서 뒷일을 무마해 주기로 했기 때문이지요. 크로센 제국에서 나선다면 용병 길드도 어쩔 수 없을 것이오."

말을 마친 콘쥬러스가 마법사들을 쳐다보았다.

"마법진의 좌표를 정하라. 목적지는 크로센 제국이다."

"나, 날 크로센 제국으로 압송할 생각인가?"

콘쥬러스가 기다렸다는 듯 대답했다.

"그렇소. 크로센 제국 정보부에서는 당신을 압송하는 대가로 상당한 금액을 지불할 것이오. 그것뿐인 줄 아시오? 이번 작전에 소요된 자금 중 일부를 크로센 제국에서 부담했소. 당신의 신병을 넘겨받기 위해서 말이오."

참담함이 카심의 등골을 후비고 지나갔다. 한 마디로 자신은 완벽하게 이용당한 것이다. 그가 허탈한 표정으로 툴툴거렸다.

"후후. 정말 어처구니가 없군. 이토록 어이없이 속아 넘어가다니……."

만약 크로센 제국으로 압송될 경우 앞으로의 일은 뻔했다. 안 그래도 자신을 손에 넣지 못해 혈안이 되어 있던 제국이다.

수단과 방법을 가리지 않고 카심에게서 가문의 마나연공법을 빼앗아 갈 것이 틀림없었다. 콘쥬러스가 카심을 찍어 누르고 있던 사내들에게 명령을 내렸다.

"용병왕이 걸치고 있는 갑주를 벗겨 땅에 파묻어라. 그를 크로센 제국으로 워프시키고 나서 곧장 본국으로 돌아가야 한다."

"알겠습니다."

명을 받은 사내들이 달려들어 거친 손길로 갑주를 벗겨냈다. 그러나 힘을 잃은 카심은 전혀 저항하지 못했다. 그 모습을 콘쥬러스가 냉소를 지으며 쳐다보았다.

"후후, 이빨 빠진 호랑이가 따로 없구려."

갑옷을 모두 벗겨낸 사내들이 카심을 거칠게 마법진으로 잡아끌었다. 그사이 남은 사내들이 장내를 정리하기 시작했다.

죽은 두 명의 용병의 시체를 구석으로 끌고 가서 낙엽을 덮은 다음 바닥에 흥건한 핏자국도 모두 지웠다.

"정리가 모두 끝났습니다."

"좋다. 용병왕을 크로센 제국으로 압송한다."

명을 받은 마법사들이 마법진에 마나를 불어넣기 시작했다.

콰콰콰콰.

마나가 가공되며 다른 형태로 재배열되기 시작했다. 그때 누구도 예상치 못했던 일이 일어났다.

마법사들이 한창 마법을 시연하고 있을 때 풀숲이 터져나가며 누군가가 허공으로 도약했다. 동시에 강렬한 기세가 마법사들을 강타했다.

"크어억!"

마법사들이 피를 토하며 뒤로 나가떨어졌다. 마나가 역류하며 마법이 허무하게 흩어져 버렸다. 기세를 내뿜어 마법사들을 제압한 그림자가 거친 기세로 대지를 디뎠다.

쿵.

가죽갑옷을 입은 마루스의 정보요원들이 화들짝 놀라 대응 태세를 갖췄다.

"누, 누구냐! 헉!"

사내들의 눈이 찢어져라 부릅떠졌다. 느닷없이 난입한 자의 차림새를 보고 난 뒤의 일이었다.

장대한 체구, 검붉은 빛의 갑주에 등 뒤로 장창을 사선으로 매달고 나타난 이는 다름 아닌 블러디 나이트였다. 진짜 블러디 나이트가 그들 앞에 모습을 드러낸 것이다.

레온이 무표정한 눈빛으로 바닥을 내려다보았다. 거기에는 카심의 몸에서 벗겨낸 갑주가 볼썽사납게 나뒹굴고 있었다. 레온의 고개가 슬며시 돌아갔다. 작동을 멈춘 마법진 위에는 카심이 단단히 결박당한 채 서 있었다.

"가짜의 정체가 용병왕 카심이라니, 뜻밖이로군."

병사들로부터 가짜의 도주 방향을 들은 레온은 추격을 거듭했다.

렉스가 워낙 빨랐기에 머지않아 따라잡을 것이라 확신했다. 도주자들이 방향을 바꿨다는 사실을 간파한 것은 레온의 뛰어난 시력 때문이었다.

갈림길에 새겨진 말발굽자국을 관찰한 레온은 머뭇거림 없이 산길로 렉스를 몰았다. 그런데 얼마 가지 못하고 그의 앞을 절벽이 가로막았다.

밧줄이 끊어진 채 절벽 아래 늘어진 구름다리를 본 레온은 머뭇거림 없이 렉스에게서 내렸다. 제법 거리가 멀었지만 인간의 한계를 벗어난 레온을 곤란하게 만들 정도는 아니었다. 레온은 말에 매달려 있던 밧줄을 창에다 단단히 묶었다.

"에잇!"

내공을 모아 던진 창은 정확히 절벽 건너편 나무둥치에 단단히 틀어박혔다. 반대쪽 밧줄을 바위에 묶어 고정시킨 레온은 신법을 펼쳐 밧줄 위를 달렸다.

단숨에 절벽을 건너간 레온은 마법진이 있는 곳으로 접근해 기척을 숨기고 오가는 대화를 엿들었다. 그리고 적절한 순간에 모습을 드러내어 마법사들의 공간이동을 봉쇄할 수 있었다. 그것이 레온이 이곳에 나타난 과정이었다.

그는 서늘한 눈빛으로 마루스의 정보부 총수 콘쥬러스를 쳐다보았다.

'마루스란 나라는 정말 대단하군. 이런 비열하고 간교한 술책을 아무런 거리낌 없이 사용하다니……'

콘쥬러스의 얼굴에는 난감함이 떠올라 있었다. 진짜 블러디 나이트가 나타날 것을 예측하긴 했지만 이처럼 공교로운 순간에 나타날 줄은 꿈에도 생각하지 못했다.

그러나 일단은 사태를 수습하는 것이 우선이었다. 현재 그들의 전력으로 초인인 블러디 나이트를 감당하는 것은 그야말로 불가능한 일이었다.

때문에 콘쥬러스는 좋은 말로 블러디 나이트를 회유하기로 마음먹었다.

"명성이 자자한 블러디 나이트를 뵙게 되어 필생의 영광입니다."

가까이 다가간 콘쥬러스가 정중한 태도로 예를 올렸다. 레온은 아무런 말도 하지 않고 콘쥬러스를 노려보기만 했다. 그가 겸연쩍은 표정으로 바닥에 널브러진 갑주를 가리켰다.

"저는 마루스 왕국의 정보부 총수 콘쥬러스입니다. 본의 아니게 블러디 나이트 님의 명예를 훼손하게 되어 송구스럽게 생각합니다. 하지만 국운이 걸린 일이라 어쩔 수가 없었습니다. 부디 블러디 나이트 님의 관대하신 처분만을 바랍니다."

말을 마친 콘쥬러스가 손짓을 했다. 그러자 엉거주춤 서 있던 정보요원들이 무기를 바닥에 내려놓았다.

"경위야 어쨌든 블러디 나이트 님을 사칭하여 명예에 타격을 가한 점은 엄연한 사실입니다. 본국에서는 최선을 다해 거기에 대한 보상을 해드릴 용의가 있습니다."

그러나 블러디 나이트는 아무런 말도 하지 않았다. 상대의 내심을 도무지 추측할 수 없었기에 콘쥬러스가 눈매를 가늘게 좁혔다.

그의 머리는 지금껏 마루스 왕국의 정부부에 의해 조사된 블러디 나이트에 대한 사항을 떠올려보고 있었다.

"원하신다면 본국이 보유한 초인인 플루토 공작님과의 대결을 주선해 드릴 수도 있습니다. 이것은 제 명예를 걸고 약속드릴 수 있습니다."

그때 레온의 입이 열렸다.

"그것은 불가능한 일이오."

처음으로 나온 반응에 콘쥬러스가 재빨리 머리를 흔들었다.

"결코 불가능한 일이 아닙니다. 제가 나서서 손을 쓴다면……."

레온이 냉랭한 어조로 콘쥬러스의 말을 끊었다.

"불가능하오. 왜냐하면 플루토 공작은 이미 죽었기 때문이오."

쾅!

듣고 있던 마루스 요원들의 머릿속에 벼락이 쳤다. 도저히 상상할 수 없는 일이기 때문이었다. 심지어 콘쥬러스조차 어안이 벙벙한 표정으로 말을 더듬었다.

"그, 그게 무슨?"

"펜슬럿 왕궁에 침투했던 마루스의 결사대는 전멸했소. 플루토 공작 이하 백여 명의 기사들은 모두 참살되었고 마법사들은 모두 사로잡혔소."

콘쥬러스의 눈이 경악으로 물들었다. 이번 계획을 입안한 그조차도 이런 결과는 전혀 예상하지 못했다.

"마, 말도 되지 않소. 펜슬럿의 초인 발렌시아드 공작을 분명히 우리가 붙들고 있었소. 그런데 대관절 누가 플루토 공작 전하를 상대했단 말이오."

레온이 살며시 손을 들어 가슴을 가리켰다. 순간 콘쥬러스는 말문이 콱 막히는 것을 느꼈다.

"다, 당신이?"

"플루토 공작의 숨통을 끊은 것은 바로 나요. 간략히 내 소개를 하지."

그 말이 끝나는 순간 레온의 투구가 순차적으로 해체되며

맨얼굴이 드러났다.

"본인의 이름은 레온. 현 펜슬럿 국왕전하의 외손자이자 왕실의 일원이오."

콘쥬러스가 입을 딱 벌렸다.

"세, 세상에……."

그는 일순 말을 잇지 못하고 떠듬거렸다. 아르카디아를 위진시킨 초인 블러디 나이트가 펜슬럿 왕가의 일원일 줄이라곤 꿈에도 상상하지 못했다. 그것이 사실이라면 작전이 실패할 가능성도 충분히 있다.

블러디 나이트는 리빙스턴 후작을 꺾은 강자이다. 플루토 공작과 충분히 자웅을 겨뤄볼 수 있는 실력을 지닌 것이다. 콘쥬러스의 눈에 서서히 총기가 돌아왔다.

"플루토 공작전하께서 사망하신 것이 사실이오?"

질문을 하며 그는 몰래 손짓을 했다. 정보요원들로 하여금 이곳을 빠져나가라는 신호였다.

그러나 레온은 이미 감각을 끌어올려 주위를 면밀히 관찰하고 있었다.

"그렇소. 내가 직접 그의 숨통을 끊었지."

말을 마친 레온이 슬쩍 몸을 날렸다. 그 방향에는 가죽갑옷을 입은 마루스 정보요원들이 슬금슬금 뒷걸음질을 치고 있었다.

그들에게 접근한 순간 창대가 레온의 손바닥에서 가볍게 돌아갔다. 미미한 움직임이었지만 드러난 결과는 엄청났다.

번쩍.

정보요원들의 몸이 부르르 떨렸다. 주춤주춤 뒤로 물러서는 요원들의 가슴팍과 이마에는 큼지막한 구멍이 뚫려 피가 낭자하게 뿜어져 나왔다.

생명이 사라진 육신이 맥없이 바닥에 나동그라졌다. 그 모습을 본 콘쥬러스가 치를 떨었다.

"이, 이렇게 빠르다니……."

레온은 그 말을 귓전으로 흘리며 몸을 날렸다. 두 명의 정보요원이 걸음아 날 살려라 도주하는 광경을 보았기 때문이었다.

혼신의 힘을 다해 몸을 날렸지만 신법을 펼치는 레온의 손아귀에서 벗어날 수 없는 노릇. 레온은 아무런 망설임도 없이 도망가는 마루스 정보요원들을 따라잡아 그들의 등판에 창을 박아 넣었다.

"으아악!"

단말마의 비명소리와 함께 둔탁한 음향이 울려 퍼졌다. 도주하던 정보요원들은 단 한 명도 살아남지 못했다.

철컥.

창을 거둬 넣은 레온이 콘쥬러스를 향해 걸음을 옮겼다.

"나는 당신을 왕궁으로 압송할 생각이오. 그곳에서 당신과 당신이 속한 나라가 저지른 죄상을 모조리 실토해야 할 것이오.”

“자, 잠시만!”

위기에서 벗어나기 위해 콘쥬러스의 머리는 부산하게 돌아가고 있었다. 뭔가를 떠올린 듯 콘쥬러스의 눈이 빛났다.

“당신이 진정 레온 왕손이라면, 레오니아 왕녀가 트루베니아에서 낳은 아들이 당신이라면 한 가지만은 알아야 하오.”

그 말에 레온이 흠칫했다.

“그게 무슨 말이오?”

콘쥬러스가 정색을 하고 말을 이어나갔다.

“당신을 낳아준 아버지가 누구인지 아시오?”

레온은 아무런 말도 하지 않고 침묵을 지켰다.

“당신의 아버지는 다름 아닌 마루스 인이오. 마루스의 귀족인 단테스 폰 네르시스가 바로 당신을 세상에 태어나게 만든 아버지란 말이오.”

뚱딴지같은 말에 레온이 눈매를 가늘게 좁혔다.

“그게 무슨 소리요?”

콘쥬러스가 다급한 어조로 오래전 벌인 레오니아 왕녀 납치 사건의 전모를 털어놓기 시작했다.

그는 레온을 레오니아와 단테스 사이에서 태어난 사생아로 간주하고 있었다. 때문에 극비에 속하는 비밀을 털어놓는 것이다.

설명을 들어나가는 레온의 표정이 심각해졌다. 그의 말이 사실이라면 어머니 레오니아가 트루베니아로 오게 된 것이 전적으로 마루스의 공작으로 인한 일이었다. 모든 사실을 털어놓은 콘쥬러스가 정색을 하고 레온을 쳐다보았다.

"그대는 온전한 펜슬렷 인이 아니오. 마루스의 피도 반 섞여 있다는 뜻이지."

"……."

"날 압송한다면 분명 나중에 후회할 것이오. 비록 단테스는 죽었지만 마루스에는 가족들이 살고 있소. 배가 다르기는 하지만 당신의 형제자매가 살고 있다는 말이오. 그들을 보고 싶지 않소?"

물론 새빨간 거짓말이었다. 단테스는 레오니아 왕녀 납치사건의 마지막 희생양이 되어 세상에서 사라졌다. 마루스에 그의 가족이 남아 있을 리가 없었다. 콘쥬러스는 위기를 모면하기 위해 필사적으로 발버둥치고 있었다.

레온이 어처구니없다는 듯한 표정으로 콘쥬러스를 쳐다보았다.

'정말 마루스란 나라는 용서할 수가 없군. 이자를 포함하여 말이야.'

입술을 질끈 깨문 레온이 창대를 고쳐 잡았다. 콘쥬러스를 압송해 간다면 간교한 세 치 혓바닥을 이용해 또다시 무슨 수작을 부릴지 아무도 몰랐다.

어머니의 명예가 다시 한 번 더럽혀질 수도 있었기에 레온의 눈가에 싸늘한 살기가 맺혔다.

"아무래도 당신을 압송하면 안 될 것 같소."

콘쥬러스의 얼굴이 환히 밝아졌다. 그러나 그의 안색은 이
내 딱딱하게 경직되었다. 레온이 창날을 그에게 겨누었기 때
문이었다.

"당신을 살려둔다면 어머니의 명예에 해가 될 것 같소. 그리
고 날 낳아주신 아버지가 마루스 인일 가능성은 전혀 없소. 왜
냐하면 나는 아버지가 누구인지 확실히 알고 있기 때문이오."

콘쥬러스의 안색이 하얗게 탈색되었다.

"자, 잠깐만……."

"잘 가시오. 고통 없이 보내주는 것을 감사해야 할 것이오."

그 말이 끝나기가 무섭게 파육음이 터져 나왔다.

콰직.

레온의 장창이 콘쥬러스의 앞가슴을 뚫고 등판으로 튀어나
왔다. 세차게 뿜어지는 핏줄기가 레온의 갑옷에 튀었다.

"끄르르륵……."

가래 끓는 소리와 함께 빛이 사라진 콘쥬러스의 눈이 위로
돌아갔다.

레온이 창을 뽑아들자 생명이 사라진 콘쥬러스의 시신이 맥
없이 바닥에 널브러졌다. 무표정하게 시신을 내려다보던 레온
이 걸음을 옮겼다.

저벅저벅.

그가 걸어가는 방향에는 단단히 결박된 카심이 주저앉아 있었다. 장내의 상황을 모두 지켜보았기에 그의 눈동자는 불안하게 떨리고 있었다.

성큼성큼 걸어간 레온이 그의 앞에 버티고 섰다. 두 초인의 시선이 허공에서 마주쳤다.

"나도 죽여 없앨 생각이오? 블러디 나이트."

입술을 비집고 쉰 목소리가 흘러나왔다. 그러나 레온은 대답하지 않고 조용히 카심을 내려다볼 뿐이었다. 카심이 씁쓸히 미소 지으며 고개를 숙였다.

"당신을 사칭해서 미안하게 생각하오. 그나저나 충격이로군. 아르카디아를 위진시킨 블러디 나이트가 펜슬럿의 왕족이었다니……."

이미 삶을 체념한 듯 카심의 눈빛은 평온하기 그지없었다.

"죽이시오. 저승에 가더라도 당신을 원망하지 않겠소."

그 말을 들은 레온이 창을 들어올렸다. 그 기미를 눈치챈 카심이 눈을 질끈 감았다. 이어 창날이 바람을 가르는 파공성이 울려 퍼졌다.

쉬이익.

몸에서 아무런 통증이 전해지지 않자 카심이 살며시 눈을 떴다. 블러디 나이트의 창은 그를 결박하고 있던 밧줄만을 끊어놓았다. 카심이 손을 들어 욱신욱신 쑤셔오는 팔목을 주물렀다.

“왜 날 죽이지 않는 거요?”

이어지는 레온의 말은 카심의 머릿속에 천둥처럼 울려 퍼졌다.

“그럴 생각은 없소. 설사 죽을죄를 지었다고 하더라도 당신 아버지와 스승님과의 관계를 고려하면 그럴 수 없을 테지.”

말을 마친 레온이 손을 뻗어 카심의 혈맥을 매만졌다. 충격적인 말을 들은 덕분에 멍해진 카심은 전혀 움직이지 못했다. 카심의 몸 상태를 살펴본 레온이 혀를 찼다.

“쯔쯔. 예상대로 경맥이 많이 상했군. 경고하건데 두 번 다시 잠력을 폭발시키지 마시오. 당신의 몸은 거의 한계에 가깝도록 혹사된 상태요. 잘못된 요령으로 기혈을 역류시킬 경우 결과는 누구도 짐작하지 못하오.”

그때서야 정신을 차린 카심이 버럭 고함을 질렀다.

“다, 당신을 가르친 스승이 대관절 누구요? 그리고 우리 아버지는 어찌 아는 거요?”

레온이 빙그레 미소를 지으며 대답해 주었다.

“내 스승님은 당신의 아버지에게 마나연공법을 가르쳐 주신 분과 동일 인물이오.”

그 말에 카심이 멍해졌다. 그 말대로라면 블러디 나이트의 스승은 마계로 건너간 흑마법사 데이몬이란 뜻이었다. 카심이 다급히 입을 열려고 하는데 레온이 손을 들었다.

“시간이 없으니 즉시 이곳을 떠나시오. 머지않아 펜슬럿의 추격대가 몰려올 것이오."

"나, 날 놓아준다는 말이오?"

레온이 묵묵히 고개를 끄덕였다.

"그렇소. 죽은 시체 중 하나에다 갑옷을 입혀 놓으면 당신의 존재는 감쪽같이 묻힐 것이오. 그러니 떠나시오. 그리고 나중에 은밀히 나에게 연락을 취하시오. 용병왕이라면 그 정도쯤은 충분히 할 수 있을 터."

말을 마친 레온의 입가에 미미한 미소가 떠올랐다.

"제대로 된 마나연공법에 대해 알고 싶다면 반드시 날 찾아와야 할 것이오."

불안하게 흔들리던 카심의 눈동자가 점차 안정을 되찾아갔다. 일단은 이곳을 피하는 것이 급선무였다.

끊어진 구름다리 근처에서 다수의 사람들이 웅성거리는 소리는 그도 들을 수 있었다. 펜슬럿의 추적대가 도착한 것이다. 궁금한 것은 나중에 레온을 만나 풀면 된다.

"알겠소. 나중에 봅시다."

고개를 끄덕인 카심이 비틀거리며 그곳을 떠났다. 레온은 마치 천신처럼 버티고 선 채 카심이 사라지는 모습을 지켜보았다.

카심이 떠나고 얼마 되지 않아 일단의 기사들이 모습을 드러냈다. 레온의 뒤를 따라온 펜슬럿의 추적대였다.

하룻밤 사이에 세상이 뒤바뀌었다는 말이 있다. 펜슬럿의 경우가 바로 그러했다. 수도인 코르도 왕궁에서 벌어진 경천동지할 사건들은 많은 사람들을 놀라게 했다.

마루스는 실로 방대한 규모의 작전을 펼쳤다. 가짜 블러디 나이트를 투입해 발렌시아드 후작을 유인해 낸 다음, 펜슬럿 왕궁에 다수의 결사대를 투입해 왕족들의 몰살을 꾀한 것이다.

그 사실은 펜슬럿 전체를 발칵 뒤집어 놓았다. 그 작전에 마루스의 초인인 플루토 공작이 동원되었다는 말에 사람들은 또다시 넋을 잃어야 했다.

그러나 마루스의 작전은 여지없이 실패로 돌아갔다. 의문에 쌓인 트루베니아 출신의 그랜드 마스터 블러디 나이트가 등장했기에 마루스의 음모는 완전히 봉쇄되었다.

왕궁에 난입한 플루토 공작은 블러디 나이트의 창날에 목숨을 잃었다. 함께 투입된 백여 명의 기사들도 모조리 차가운 대지에 몸을 눕혀야 했다. 살아남은 자들은 공간이동에 동원된 마법사들뿐이었다.

그러나 그들 전부는 왕실 감옥에 갇혀 끔찍한 고문을 받고 있었고 머지않아 형장의 이슬로 사라질 것이 분명했다.

수도인 코르도는 바야흐로 전운에 휩싸여 있었다. 펜슬럿이 사태를 수습하는 동시에 마루스와 전면전을 벌일 것이란 점은 굳이 공표하지 않아도 명명백백한 사실이었다.

그리고 베일에 싸여 있던 블러디 나이트의 정체가 왕손 레온이라는 소문은 펜슬럿의 귀족가를 강력하게 뒤흔들어 놓았다. 그 사실을 전해들은 자들은 하나같이 경악에 겨워 입을 딱 벌려야 했다.

⚜

코르도 외곽 발라르 백작가의 저택. 저택의 주인인 발라르 백작의 안색은 창백했다. 뭔가 큰 충격을 받은 듯한 표정이었다.

"후! 정말 안타깝군. 제 발로 걸어 들어온 복을 걷어차 버렸어."

돌연 그의 얼굴에 분기가 충천했다.

"빌어먹을 왕세자 새끼. 그놈만 아니었다면……."

말을 마친 그가 화들짝 놀라 입을 틀어막았다. 왕실 모독죄는 중대한 죄상이다.

만약 이 사실이 외부로 퍼져나간다면 발라르 백작가는 상당히 큰 곤욕을 치러야 할 것이다. 그가 한숨만 푹푹 내쉬고 있는데 문가에서 노크 소리가 들려왔다.

똑똑.

문이 열리며 단아한 자태의 아가씨가 모습을 드러냈다. 구름처럼 틀어 올린 머리에 희디 흰 피부가 인상적인 미녀. 발라르 백작의 막내딸인 데이지였다. 그녀가 아름답게 미소 지으며 예를 올렸다.

"부르셨어요? 아버님."

"어, 어서 오너라."

데이지가 사뿐사뿐 걸어가 발라르 백작의 맞은편에 앉았다. 그때까지 발라르 백작은 초조함을 감추지 못했다.

"수도에서 큰 변고가 일어났다는 사실은 알고 있겠지?"

"네, 하인들에게 들었어요. 마루스가 그랜드 마스터까지 동원해서 왕궁에 침투했다면서요?"

발라르 백작이 묵묵히 고개를 끄덕였다.

"그렇다. 마루스가 자랑하는 그랜드 마스터 플루토 공작이 기사 백여 명을 데리고 왕궁 안으로 공간이동을 해 왔다."

"놀랍군요."

데이지가 놀란 표정을 지었다. 사건이 벌어질 당시 그녀는 왕궁의 앞에 있었다. 블러디 나이트와 발렌시아드 공작의 대결을 관전하기 위해서였다.

나중에 흑마법사들이 구울을 풀어놓아 혼란이 일어났을 때 즉각 기사들의 호위를 받으며 귀가했기에 오래 관전하지 못했지만 말이다.

"그렇다면 사건의 결과는 어떻게 됐나요?"

"플루토 공작을 위시한 마루스 기사들은 모조리 전멸했다.

반면 왕족들은 전혀 죽거나 다치지 않았단다.”

펜슬럿 왕실에서는 군나르 셋째 왕자가 마루스와 내통했다는 사실을 외부로 알리지 않았다. 그러나 궁내에 정보망을 깔아둔 귀족들은 그 사실을 어렴풋이 짐작하고 있었다.

그렇지 않고서야 어찌 백여 명의 기사들이 왕궁 안으로 공간이동을 할 수 있었겠는가? 그러나 대외적으로 군나르 왕자에 대한 일은 극비에 붙여졌다.

“놀랍군요. 그렇다면 어떻게 적을 진압할 수 있었죠? 발렌시아드 공작은 블러디 나이트와 싸운다고 정신이 없었을 텐데?”

그 말을 들은 발라르 백작이 데이지의 눈을 지그시 직시했다.

“발렌시아드 공작과 대결을 벌인 블러디 나이트는 가짜였다.”

데이지가 소스라치게 놀랐다.

“그럴 리가요. 그는 발렌시아드 공작에게 한 치도 밀리지 않고 치열하게 싸웠다고요. 초인이 아니라면 어찌 그런 모습을…….”

“하지만 사실이다. 왜냐하면 마루스의 초인 플루토 공작과 기사 오십여 명을 처치한 장본인이 진짜 블러디 나이트이기 때문이다.”

할 말을 잃었는지 데이지가 아름다운 눈을 끔뻑거렸다.

“더욱 놀라운 것은 블러디 나이트의 정체이다. 그가 대관절 누군지 알겠느냐?"

물론 데이지가 그 사실을 알 턱이 없다. 고개를 절레절레 내젓는 데이지를 보며 발라르 백작이 길게 한숨을 내쉬었다.

"너와 만난 적이 있는 왕손 레온이 바로 블러디 나이트였다. 위기일발의 순간 그가 정체를 드러내었고 치열한 접전 끝에 플루토 공작을 격살했다고 하더구나."

데이지의 눈이 더할 나위 없이 커졌다. 아름다운 눈망울에는 경악의 빛이 서려 있었다.

"마, 말도 되지 않아요."

"하지만 사실이다. 그는 궁내의 소란을 제거한 뒤 가짜를 추격해서 일을 벌인 마루스 정보요원들을 모조리 일망타진했다고 한단다. 그 과정에서 가짜 블러디 나이트도 그의 손에 생을 마감했지."

데이지의 얼굴에서 식은땀이 비 오듯 흘러내렸다. 그게 사실이라면 그녀는 실로 엄청난 실수를 한 것이다.

그녀는 레온 왕손에게 엄청난 결례를 저질렀다. 무도회에서 춤 신청을 받아주지 않은 것은 그나마 무마할 수 있는 종류의 일이다.

그러나 이어진 만남에서 그녀는 레온 왕손의 약점을 파고들어 크나큰 모욕을 주었다.

다른 사람도 아닌 인간의 한계를 벗어던진 초인에게 말이다. 생각을 거듭 할수록 그녀의 안색은 창백하게 질려갔다.

'레온 왕손의 나이가 서른 전후라고 들었는데……. 그 나이에 그랜드 마스터의 경지에 오르려면 침식을 잊고 수련에 몰두했을 터, 예법을 모르는 것이 당연해. 아니, 예법에 익숙한 것이 더욱 이상하지. 내가 정말 큰 실수를 했어.'

그랜드 마스터는 극소수의 선택받은 기사만이 들어설 수 있는 경지이다. 수천, 수만의 기사들이 뼈를 깎는 수련을 해도 몇 명이나 경지에 올라설 수 있을지 감히 추측조차 할 수 없다.

한 기사가 목숨을 걸고 수련을 하여 그랜드 마스터의 경지에 올랐다고 가정해 보자. 만약 초인이라는 사실이 검증될 경우 그 기사의 운명은 판이하게 뒤바뀐다.

왕족 여인과의 혼인을 통해 공작의 작위를 수여받는 것은 물론이고 상상도 할 수 없는 부와 명예를 거머쥘 수 있다. 설사 그 기사가 노예 출신이라고 해도 말이다. 그런데 이번 경우는 왕실의 피를 이어받은 왕족이 그랜드 마스터의 경지에 오른 것이다.

자고로 편한 길을 가는 사람은 결코 대성할 수 없다. 따라서 왕족이나 고위급 귀족의 자제들이 경지에 오르는 경우는 매우 희박하다.

부와 명예가 보장되어 있는데 어찌 힘든 길을 걸을 수 있단 말인가? 왕족들로 구성된 왕실기사단에 마스터가 다섯 명도 되지 않는다는 점을 감안하면 이것은 실로 희귀한 일이었다. 데이지가 아직까지 믿어지지 않는다는 듯 머리를 내저었다.

'레, 레온 왕손이 인간의 한계를 벗어던진 초인이었다니, 정말 믿어지지가 않아.'

초인이라는 단어 하나 때문에 레온 왕손에 대한 데이지의 평가가 확 뒤바뀌었다. 고금을 통틀어 강한 수컷에게 끌리는 것은 암컷의 본능이다.

이것은 인간이건 짐승이건 변하지 않는 법칙이다. 그것도 수백만 아르카디아 인구 중 단 열 명만이 성취할 수 있는 지고한 지위 아니던가?

더욱이 레온은 그 어떤 초인도 따라잡을 수 없는 메리트를 가지고 있다. 그것은 바로 왕실과 혼인관계를 맺을 필요가 없다는 점이다.

초인이 등장하면 해당 왕국은 거의 반드시 왕실 여인과의 정략결혼을 통해 혼인관계를 맺는다. 왕실의 일원으로 받아들여야만 안심할 수 있는 것이다.

그 증거로 대륙에 존재하는 대부분의 초인들은 하나같이 왕실의 여인을 아내로 맞아들인 상태였다.

하지만 레온 왕손은 그럴 필요가 없다. 현 국왕의 피를 이어받은 외손자이니 만큼 혼인보다 더욱 끈끈한 혈연관계를 맺고 있다.

따라서 그의 아내가 되는 것은 한 마디로 가문의 번영을 보장받는 것이나 다름없었다.

데이지가 넋이 나간 듯한 표정을 지었다.

“저, 정말 어리석은 짓을 했군.”

당시 레온 왕손은 거의 맹목적으로 자신에게 구애를 했다. 체면이 망가지는 것을 불구하고 춤 신청을 했고 둘이서 만난 자리에서도 자신의 환심을 사기 위해 노력했다.

그러나 그녀는 매우 거만한 태도로 레온 왕손에게 면박을 주었고 종국에는 예법에 무지한 그의 약점을 빌미로 크나큰 모욕을 주기까지 했다.

당시를 떠올리자 그녀의 손바닥에 식은땀이 맺혔다. 지금 그녀는 시간을 되돌려서라도 그때로 돌아가고 싶은 심정이었다.

‘마, 만약 내가 레온 왕손의 구애를 받아들였다면…….’

만약 그랬다면 발라르 백작가의 앞날은 그야말로 찬란하게 빛났을 것이다.

현 국왕의 손자이자 인간의 한계를 벗어던진 그랜드 마스터를 남편으로 맞아들인 자신을 거의 모든 귀족 영애들이 부러워했을 터였다.

그러나 그것은 자신이 레온 왕손의 구애를 받아들였을 경우 짐작해 볼 수 있는 일이다. 그녀는 제 발로 걸어 들어온 복을 발로 뻥 걷어찬 상태였다.

‘이대로 손 놓고 있을 수는 없어.’

마음을 정리한 데이지가 벌떡 몸을 일으켰다. 발라르 백작이 놀란 표정을 지었다.

“왜, 왜 그러느냐?”

“이대로 포기할 순 없어요. 레온 왕손이 초인이라는 사실이 밝혀진 이상 수단과 방법을 가리지 말고 그의 마음을 사로잡아야 해요.”

“하, 하지만 우린 이미 왕실의 혼담을 거절한 상태이다. 그런데 어찌…….”

데이지가 그게 아니라는 듯 고개를 내저었다.

“왕실 따윈 상관없어요. 레온 왕손만 집중적으로 공략하면 돼요. 그는 이미 저에게 관심을 보였어요. 남자들이란 자고로 한 번 관심을 가진 여인을 쉽게 잊지 못하는 법이죠.”

남자를 만나본 경험이 많은 탓에 데이지는 자신의 판단을 신뢰했다.

“어떻게든 레온 왕손을 만나야 해요. 그렇게만 한다면 충분히 그의 마음을 사로잡을 수 있어요.”

“너의 매력을 알긴 하지만 그래도 어렵지 않겠느냐?”

그 말에 데이지가 야무지게 입술을 깨물었다.

“어려워도 해내야죠. 그것만 성공하면 우리 가문은 펜슬럿에서 손꼽히는 명가가 될 수 있어요. 해 보지도 않고 지레 포기하는 것은 바보나 하는 짓이죠.”

발라르 백작의 얼굴이 환히 밝아졌다. 사실 그것은 그가 딸에게 부탁하고 싶은 종류의 일이었다.

그런데 딸이 저렇게 소매를 걷어붙이고 나서니 어찌 반갑지 않겠는가.

“알겠다. 혹시 지원이 필요하거든 아비에게 말해라. 뭐든지 지원해 주겠다.”

“일단은 레온 왕손과 만나는 것이 급선무예요.”

데이지의 눈동자는 초롱초롱 빛나고 있었다. 그러나 그녀는 얼마나 많은 귀족가에서 이와 비슷한 대화가 오가고 있는지 전혀 알지 못했다.

IV
왕실 청문회

밝은 햇살이 창을 통해 비쳤다. 눈을 뜬 레온이 기지개를 켰다. 코를 통해 스며드는 아침 공기가 더없이 상쾌했다.

어젯밤 운기행공을 통해 기혈을 다스렸기에 몸 상태는 최적이었다. 레온은 조용히 어제 있었던 일을 떠올렸다.

카심이 사라지고 얼마 지나지 않아 펜슬럿의 추적대가 그곳에 도착했다. 그들은 사건 현장에 흩어진 증거물을 모두 수집했다.

카심이 벗어놓은 붉은 빛 갑주를 비롯하여 마루스 정보요원들이 은폐해 놓은 용병들의 시신과 혼절한 채 널브러진 마법사들, 심지어 그들은 바닥에 새겨진 마법진의 파편까지 모두 수습했다. 장내를 정리한 후 그들은 레온과 함께 펜슬럿 왕궁으로 귀환했다.

돌아간 레온을 국왕이 친히 나와 맞이했다. 귀족들을 비롯한 대소신료들은 아직까지 충격이 가시지 않은 듯 레온을 힐끔힐끔 쳐다보기만 했다.

천덕꾸러기로 취급받던 레온 왕손의 진정한 정체가 대륙을 위진시킨 블러디 나이트였다는 사실은 그들을 아직까지 충격에서 헤어 나오지 못하게 했다. 로니우스 2세를 보자 레온이 급히 예를 올렸다.

"국왕전하를 뵈옵니다."

국왕은 유난히 따듯한 눈빛으로 레온을 쳐다보았다. 절체절명의 순간 왕실의 위기를 타개해 준 것은 한 마디로 엄청난 공을 세운 것이며 크나큰 상을 주어야 마땅하다. 그런데 대상이 자신의 피를 이어받은 손자였으니…….

로니우스 2세의 귓전에는 아까 레온이 했던 말이 아직까지 감돌고 있었다.

—저는 블러디 나이트이기 이전부터 할아버지의 손자였습니다.

그 말을 떠올린 로니우스 2세가 흐뭇한 표정을 지었다.

'과연 내 피를 이어받은 손자로고. 더없이 자랑스러운 내 손

자.'

 그러나 펜슬럿의 귀족사회는 쉽사리 레온을 인정하지 못했다. 블러디 나이트는 아르카디아로 건너와서 엄청난 일을 저질렀다.

 현존하는 초인 중 절반을 창으로 꺾는 위업을 거둔 것이다. 그럼에도 불구하고 블러디 나이트에 대한 것은 아무것도 밝혀지지 않았다.

 그가 트루베니아에서 어떤 과정을 거쳐 초인의 경지에 올랐으며 또한 어떤 이유로 아르카디아로 건너와서 초인들에게 도전했는지 등등 모든 것이 베일에 싸여 있었다.

 게다가 블러디 나이트와 크로센 제국과의 알력도 크나큰 부담이긴 마찬가지였다. 크로센 제국에서는 블러디 나이트에게 거액의 현상금을 걸어둔 상태였다.

 그런 만큼 펜슬럿으로서는 레온에 대한 모든 것을 파악하는 것이 급선무였다. 그 사실을 떠올린 국왕이 조용히 입을 열었다.

 "많이 피곤하겠구나, 레온."

 "괜찮습니다, 전하."

 "아니다. 하루 동안에 두 명의 초인과 맞서 싸우는 것은 결코 쉬운 일이 아니지. 게다가 왕궁에 난입한 적국 기사들 중 절반을 네가 처리하지 않았느냐? 그러니 무척 피곤할 게야. 암 그렇고말고."

로니우스 2세가 자애로운 표정으로 고개를 끄덕였다.

"오늘은 돌아가서 쉬도록 하라. 일단은 피로를 풀어야지. 그런 다음 내일 아침 일찍 입궐하도록 하라."

"알겠습니다. 국왕전하."

"아마 내일 궁정회의에서 청문회가 있을 것이다. 짐이 직접 참관할 것이니 너무 큰 부담을 갖지 않아도 된다. 단지 지금까지 네가 겪어온 사실들을 가감 없이 말하면 되느니라."

그 말을 들은 레온이 고개를 숙였다.

"알겠습니다."

이후 레온은 대청을 물러나 어머니가 기다리는 봄의 별궁으로 왔다.

엄청난 사실이 밝혀졌지만 어머니 레오니아는 여느 때와 다름없이 레온을 맞았다. 마치 일을 마치고 귀가한 아들을 맞이하는 듯한 태도였다.

"피곤할 테니 씻고 쉬도록 해라. 저녁을 준비해 두겠다."

"네, 어머니."

욕실에 들어간 레온이 몸을 뒤덮은 핏자국을 말끔히 씻었다. 피를 뒤집어쓴 마신갑도 말끔히 닦았다.

식사를 한 다음 잠자리에 들어갔고 지금까지 꿈도 꾸지 않고 달게 잔 것이다.

"어쨌거나 후련하긴 하군. 더 이상 감춰야 할 것이 없으니 말이야."

혼잣말처럼 중얼거린 레온이 몸을 일으켰다. 그때 누군가가 그의 방으로 들어왔다. 어머니 레오니아였다.

"안녕히 주무셨어요?"

"그래, 잘 잤느냐? 레온."

빙그레 미소를 지은 레오니아가 손에 들고 온 것을 레온의 침상에 놓았다. 그것은 곱게 개어진 제복이었다.

"할아버지께서 왕실기사의 정복을 보내셨느니라. 네 체형에 맞게 맞추었으니 입어 보아라."

레온이 감개무량한 표정으로 제복을 펼쳤다. 왕실기사란 국왕의 피를 이어받은 왕족 중에서 뽑는 기사단이었다.

마나를 다루는 엑스퍼트 이상의 경지에 오른 경우 왕실기사로 인정받을 수 있다. 따라서 그 성격이 일반적인 기사단과는 판이하게 달랐다.

일족의 명예직이라 할 수 있었기에 직접적인 임무에 투입되는 경우는 거의 없었다.

레온이 제복을 펼쳐들었다. 검은 바탕에 금빛 수실로 장식이 된 멋들어진 제복이었다. 가슴팍에는 비상하는 독수리의 문양이 기하학적으로 수놓아져 있었다. 레오니아가 자애로운 눈빛으로 레온을 쳐다보았다.

"입어 보거라. 네가 입으면 무척 멋있을 것 같구나."

레온이 잠자코 제복을 걸쳤다. 옷은 레온의 체격에 딱 맞았다. 제복을 입자 레온의 분위기가 확 달라졌다. 꿈틀거리는 근육의 실루엣이 그대로 드러났고 금빛 수실이 살아 움직이는 것처럼 생동감 있게 움직였다.

그런데 그 모습을 보는 레오니아의 눈시울은 벌겋게 달아 있었다. 급기야 그녀는 참지 못하고 눈물을 터뜨렸다.

"흐흐흑……. 레온……."

레온이 깜짝 놀라 어머니를 부축했다.

"어, 어머니."

레오니아는 레온을 부여잡고 하염없이 눈물을 쏟았다.

"내 새끼. 초인이 되기 위해 그 얼마나 고생을 했을까? 어미는 무정하게 널 버려두고 떠났건만 홀로 남겨진 네가 그토록 오르기 어렵다는 그랜드 마스터가 되어 찾아왔으니……. 네가 지금의 경지에 오르기 위해 얼마만큼의 시련을 겪었는지 보지 않아도 알 것 같구나."

레온은 숙연해지는 것을 느꼈다. 어머니의 말대로 레온은 그 누구도 상상하지 못할 고초를 겪은 끝에 지금의 경지에 오를 수 있었다.

"괜찮아요, 어머니. 모두 지난 일이에요. 어머니와 함께 있는 지금이 저에겐 가장 중요해요."

자신을 진정으로 걱정하는 어머니의 마음을 느꼈기에 레온의 눈동자도 붉게 충혈되어 있었다.

"이제 두 번 다시 어머니 곁을 떠나지 않겠어요. 어쩔 수 없이 정체가 밝혀지긴 했지만 전 모든 것을 떠나 어머니의 아들이랍니다.”

“그래, 내 아들.”

레오니아는 한참이 지나서야 냉정을 되찾았다. 그녀가 손을 들어 흥건한 눈물을 훔쳤다.

“시장할 테니 먼저 식사를 하렴. 시종들이 음식을 준비해 두었을 것이다.”

“네, 어머니.”

“연무장에 할아버지께서 보낸 기사들이 기다리고 있단다. 식사를 마치고 그들과 함께 입궐하도록 해라.”

“알겠어요, 어머니.”

식사를 마친 레온이 연무장으로 나섰다. 어머니가 말한 대로 십여 명의 기사들이 서 있었다.

그 뒤에는 왕실의 문장이 새겨진 큼지막한 마차가 서 있었다. 레온이 다가가자 선두의 기사가 예를 취했다.

“레온 왕손님을 뵙습니다.”

놀랍게도 그는 레온에게 한쪽 무릎을 꿇고 고개를 숙였다. 모시는 군주에게나 하는 충성의식이었다.

뒤에 시립해 있던 다른 기사들도 동일한 형식으로 예를 취했다. 당황한 레온이 떠듬거렸다.

“예가 과하오. 본인은……”

“지고의 경지에 오른 무인에게 존경의 뜻으로 바치는 예의입니다. 결코 과하다고 볼 수 없습니다.”

말을 마친 기사가 몸을 일으켰다. 짙은 눈썹이 인상적인 장년 기사였다. 몸에서 풍기는 분위기를 보니 마스터 이상의 경지였다.

"근위기사단 분대장 헥토르입니다. 레온 왕손님을 뵙게 되어 필생의 영광으로 생각하겠습니다."

그의 말이 끝나기가 무섭게 기사들이 복창을 하며 검례를 취했다.

"뵙게 되어 영광입니다. 레온 왕손님."

레온을 쳐다보는 기사들의 얼굴에는 달뜬 듯한 표정이 서려 있었다. 존경을 넘어서서 숭배에 가까운 눈빛이 집중되자 레온이 당황해했다. 그 기미를 눈치챘는지 헥토르가 입을 열었다.

"인간의 한계를 벗어던진 초인에게 합당한 예의입니다. 부담 가지지 말아주십시오. 저희들은 발렌시아드 공작전하에게도 동일한 예를 올립니다."

레온은 비로소 마음을 안정시킬 수 있었다.

"그, 그렇다면…… 알겠소."

"본궁까지 마차로 모시겠습니다. 부디 길을 여는 것을 허락해 주십시오."

레온으로서는 근위기사들의 극진한 태도가 쉽사리 적응되지 않았다. 지금껏 왕궁을 돌아다니며 적지 않게 근위기사들과 마주쳤던 레온이었다.

예를 취하기는커녕 소 닭 보듯 외면하는 경우가 태반이었다. 그나마 근위병들이 건성으로 예를 취하던 기억을 갖고 있던 레온에겐 상당히 거북할 수밖에 없었다.

'역시 사람은 능력에 따라 대접받는 것인가?'

느릿하게 고개를 끄덕인 레온이 근위기사들의 안내를 받으며 마차에 올라탔다.

헥토르와 두 명의 근위기사가 마차 안에 같이 탑승했다. 나머지 기사들은 말에 올라탄 채 마차를 에워쌌다. 마부가 고삐를 잡아당기자 마차가 느린 속도로 움직이기 시작했다.

"별궁을 나설 때 놀라지 마십시오."

헥토르가 나지막이 귀엣말을 했다. 영문을 모른 레온은 고개만 갸웃거릴 뿐이었다. 마차가 다가가자 근위병들이 별궁의 정문을 열었다.

쿠르르르.

놀랍게도 별궁의 밖에는 사람들이 모여 인산인해를 이루고 있었다. 레온이 탄 마차는 순식간에 수십 명의 사람들에게 둘러싸였다.

특이한 것은 몰려드는 사람들의 태반이 젊은 여인이라는 사실이다. 하나같이 곱게 차려입은 것을 보아 귀족 가문의 영애들임을 알 수 있었다.

"레온 왕손님, 잠시만 기다려 주세요."

"드릴 말씀이 있어요."

몰려드는 여인네들 때문에 마차는 움직이지 못하고 그 자리에 멈춰 섰다.

마차 안에 탄 레온이 당혹한 표정을 지었다. 도대체 무슨 일로 저 많은 귀족 영애들이 별궁 앞에 진을 치고 있다는 말인가? 여인들을 쳐다보는 레온의 안색이 살짝 경직되었다.

'저들은?'

대부분이 그의 기억 속에 있는 여인들이었다. 다시 말해 레온을 무참히 퇴짜 놓은 귀족 영애들인 것이다. 그녀들이 대관절 무슨 일로 자신을 다시 만나고자 한다는 말인가?

마차를 에워싸고 웅성거리는 여인들 사이에는 데이지도 있었다. 고래고래 고함을 지르며 손수건을 흔드는 영애들을 보며 데이지가 입술을 질끈 깨물었다.

오늘 아침 그녀는 곱게 단장한 채 집을 떠났다. 이미 아버지를 통해 왕궁에 입궐할 수 있는 허가증을 입수했기에 걸릴 것은 아무것도 없었다.

이대로 별궁에 가서 면회신청을 한다면 틀림없이 레온 왕손을 만날 수 있을 것이다.

'호호, 일단 만나기만 하면 그의 관심을 끄는 것은 문제없어.'

레온을 떠올린 데이지가 자신만만해했다. 그럴 것이 레온 왕손은 무도회 당시 자신에게 유독 많은 관심을 보였다.

가장 먼저 춤 신청을 했으며 또한 가장 먼저 혼담이 들어온 것도 자신의 가문이다. 그런 만큼 그를 만나 자신의 매력을 한껏 뽐내면 넘어올 수밖에 없을 것이라 확신했다.

그런데 막상 별궁에 와 보니 이런 소란이 벌어져 있는 것이다. 마차를 쳐다보던 데이지가 입술을 질끈 깨물었다.

'어떻게든 레온 왕손의 눈에 띄어야 해.'

그녀가 야무지게 각오를 다지는 사이 마차 안에서는 냉랭한 대화가 오고가고 있었다.

헥토르가 성난 눈빛으로 마차에 매달리는 영애들을 노려보았다.

"흥, 하는 짓들이 너무도 추악하구나."

그러나 한없이 매섭기만 하던 그의 눈빛은 레온과 마주치자마자 존경의 빛이 담겼다.

"저는 레온 왕손님께서 당하신 일을 잘 알고 있습니다. 무도회에서 겪은 수모 말입니다."

"……."

"레온 왕손님의 정체가 드러나자 어떻게든 끈을 다시 이어 보려고 모여든 것들입니다. 제가 나서서 쫓아 버리겠습니다."

"하, 하지만……."

어찌할 바를 몰랐던 레온이 떠듬거렸다. 그러나 헥토르의 말투는 시종일관 냉랭했다.

"어차피 달면 삼키고 쓰면 뱉는 것들입니다. 저런 것들에게 관심 가지실 필요 없습니다."

말을 마친 헥토르가 마차 문을 열고 나섰다. 그러자 주위가 순식간에 조용해졌다.

"드, 드디어……."

대열 중간에 서서 마차를 쳐다보던 데이지의 눈빛이 빛났다. 그러나 그녀의 얼굴에는 금세 실망감이 떠올랐다.

문을 열고 나온 이는 레온 왕손이 아니라 분대장의 문장을 달고 있는 근위기사였다. 그가 성난 눈빛으로 영애들을 노려보았다.

"본인은 현재 왕명을 수행하고 있소. 레온 왕손께서는 청문회에 참석하기 위해 입궐 중이시오. 당신들은 지금 공무를 방해하고 있소. 길을 열지 않을 경우 왕명집행 방해죄로 체포할 것이오."

그 말을 들은 영애들의 안색이 창백해졌다. 단지 레온 왕손을 만나 대화를 하기 위해 몰려온 것뿐인데 왕명집행 방해죄 운운하니 놀라지 않을 수 없다.

당황한 영애들이 뒤로 물러났다. 그 모습을 매서운 눈빛으로 쳐다보던 헥토르가 마부에게 명령을 내렸다.

"마차를 본궁으로 몰아라. 서둘러야 한다."

마차가 열린 길로 움직이기 시작했다. 영애들이 아쉬운 얼굴로 멀어지는 마차를 쳐다보았다. 그녀들의 바람을 아는지 모르는지 마차는 빠른 속도로 멀어지고 있었다.

그 사이에는 데이지의 허탈한 얼굴이 끼여 있었다.

레온을 태운 마차는 내성으로 들어갔다. 왕이 기거하는 본궁과 주요 건물들은 방비가 탄탄한 내성 안에 있었다.

마차를 보자 근위병들이 두말하지 않고 성문을 열어주었다. 마차는 늘어선 근위병들의 도열을 받으며 내성 깊숙이 들어갔다.

"이곳입니다. 저를 따라오십시오."

레온이 헥토르의 안내를 받아 들어선 곳은 본궁의 대청이었다. 국왕이 각급대신들과 회의를 벌이는 장소가 바로 이곳이다.

대청 안은 이미 인산인해를 이루고 있었다. 화려한 옷을 차려입은 귀족들이 대청의 벽을 빽빽하게 채우고 있었다. 펜슬럿을 이끌어나가는 고급 귀족들이 한자리에 모인 것이다.

그들은 호기심 어린 눈빛으로 레온을 힐끔힐끔 쳐다보았다. 아르카디아를 위진시킨 블러디 나이트를 직접 보게 되니 흥분이 되지 않을 수 없다. 레온은 근위기사들에게 둘러싸인 채 대청 안쪽으로 깊숙이 들어갔다.

대청의 상석에는 국왕이 앉아 있었다. 레온과 시선이 마주치자 그가 빙그레 미소를 지었다. 살짝 목례를 한 레온이 주위를 둘러보았다.

대청의 가운데에는 단이 설치되어 있었다. 단 위에는 50대 정도 되어 보이는 콧수염을 멋들어지게 기른 사내가 서 있었다. 헥토르는 레온을 단 쪽으로 안내했다.

“레온 왕손님을 모셔왔습니다.”

헥토르의 보고를 들은 중년 사내가 레온을 보며 목례를 했다.

“안녕하십니까? 레온 왕손님. 오늘 청문회의 진행을 맡은 코빙턴 후작이라고 합니다.”

레온이 마주 예를 취해 보였다.

“뵙게 되어 영광입니다.”

슬며시 미소를 지은 코빙턴 후작이 손짓을 했다. 그러자 헥토르를 위시한 근위기사들이 입구 쪽으로 물러났다.

“이리 올라가십시오. 레온 왕손님.”

레온은 코빙턴 후작이 시키는 대로 단 위에 올라섰다. 곧 모든 귀족들의 시선이 레온에게로 쏠렸다. 코빙턴 후작이 귀족들을 둘러보며 입을 열었다.

“그럼 지금부터 레온 왕손님에 대한 청문회를 시작하겠습니다.”

모인 귀족들은 상기된 표정으로 레온과 코빙턴 공작을 번갈아 쳐다보았다. 이 청문회의 결과에 따라 레온, 즉 블러디 나이트의 인정 여부가 판가름 난다.

사실 대부분의 아르카디아 왕국에서는 블러디 나이트의 정체를 의심하고 있었다. 트루베니아의 강국 헬프레인에서 보냈을 가능성도 생각해야 했기에 철저히 조사할 수밖에 없다.

단 한쪽에 버티고 선 코빙턴 공작이 레온을 지그시 응시했다.

"바로 어제 마루스의 참람한 음모가 있었습니다. 다행히 레온 왕손님의 활약 덕분에 위기를 넘길 수 있었지요."

그 말에 귀족들이 일제히 고개를 끄덕였다. 만약 레온이 가세하지 않았다면 펜슬럿 왕실은 크나큰 위기를 겪어야 했을 터였다.

"그럼 지금부터 질문을 시작하겠습니다. 레온 왕손님의 정체가 블러디 나이트 맞습니까?"

레온은 머뭇거림 없이 고개를 끄덕였다.

"그렇습니다."

"그렇다면 블러디 나이트로 모습을 바꾸어 주시길 요청하는 바입니다. 강제성은 없지만 제가 워낙 확실한 것을 좋아하는 성품이라."

"그렇게 하지요."

레온은 선선히 고개를 끄덕였다. 이미 많은 왕족들 앞에서 선보인 적이 있기 때문에 거부감은 없었다.

"대신 상의를 탈의해야 합니다. 전하께서 내려주신 제복이 상할 수도 있기에……."

그때 국왕이 입을 열었다.

"괜찮다, 제복은 여유분이 충분히 있으니 그대로 시행하라."

"알겠습니다."

고개를 끄덕인 레온이 마신갑에 마나를 집중시켰다. 그의 웅혼한 마나가 밀물처럼 마신갑으로 밀려들었다.

마신갑이 부르르 떨며 증식하기 시작했다. 동시에 상체에 걸친 제복이 갈가리 찢어졌다.

좌르르르르.

제복을 찢으며 솟구쳐 오른 마신갑이 금세 제 형태를 이루어갔다.

질서정연하게 접히며 블러디 나이트 본연의 모습을 드러내는 것이다. 귀족들은 입을 딱 벌린 채 눈앞에서 벌어지는 장관을 주시했다.

"세, 세상에……."

"저런 갑옷이 존재했었다니……."

잠시 후 레온은 완벽히 블러디 나이트의 모습으로 화신한 채 버티고 서 있었다.

그의 등에는 검붉은 빛을 띠는 장창이 걸려 있었다. 코빙턴 후작도 놀랐는지 숨을 훅 들이켰다.

"정말 놀라운 갑옷이군요. 이런 갑옷을 가지고 계셨기에 각국의 정보망에 걸리지 않고 빠져나가실 수 있었던 것이군요."

모여 있던 귀족들이 일리가 있다는 듯 고개를 끄덕였다. 비로소 블러디 나이트가 신출귀몰하며 아르카디아 전역을 누빈 것이 이해가 되었다.

"혹시 갑옷의 출처를 알 수 있겠습니까?"

코빙턴 후작의 질문에 잠시 고민하던 레온이 묵묵히 대답했다.

"이 갑옷은 트루베니아의 드래곤 로드가 만들어 준 것입니다."

사람들의 얼굴에 경악이 어렸다. 인간의 일에 거의 관여하지 않는 드래곤 종족이, 그것도 로드가 갑옷을 만들어 주다니…….

"자세한 내막은 모르지만 드래곤 로드는 스승님과 모종의 묵계가 있는 것 같습니다. 그것 때문에 갑옷을 만들어 준 것 같습니다."

사람들은 조용히 침묵을 지켰다. 그러나 지금 상황에서 중요한 것은 갑옷이 아니라 갑옷 안의 사람이었다.

코빙턴 후작은 아르카디아 사람들이 가장 궁금해 하는 내용을 질문하기로 마음을 굳혔다. 다름 아닌 블러디 나이트가 초인들과 대결을 벌인 목적 말이다.

"다시 질문하겠습니다. 그러시다면 아르카디아로 건너와서 초인들과 대결을 벌인 이유가 무엇입니까? 사실대로 말씀해 주십시오."

그 말에 귀족들이 숨을 죽였다. 그들 역시 그것이 가장 궁금했기 때문이었다. 사실 블러디 나이트가 초인들을 꺾고 다니는 이유로 여러 가지 가정이 분분했다.

심지어 블러디 나이트가 헬프레인 제국의 숨겨진 비밀병기라는 의견도 있었다. 그런 만큼 귀족들은 침을 삼키며 레온의 입만을 쳐다보았다.

주위를 살짝 둘러본 레온이 입을 열었다.

"저는 스승님의 명령을 이행하기 위해 아르카디아의 초인들에게 도전했습니다."

"……."

"스승님께서는 저에게 가르침을 주어 초인의 길로 인도하셨습니다. 그분께서는 이렇게 말씀하셨습니다. 내가 가르쳐 준 무예로 세상의 강자들을 꺾어라. 그리하여 내가 가르쳐 준 무예의 위대함을 만천하에 증명하라."

말을 마친 레온이 귀족들을 둘러보았다. 그의 눈동자에는 안광이 활활 타오르고 있었다.

"초인들에게 도전한 것은 바로 스승님의 당부를 이행하기 위해서입니다."

레온의 말에 귀족들이 탄성을 내질렀다. 비로소 블러디 나이트에 대한 가장 큰 의문이 풀린 것이다. 코빙턴 후작의 질문이 이어졌다.

"그렇다면 그 이유 때문에 아르카디아로 건너오신 것입니까?"

"그런 이유도 있습니다. 하지만 그것보다 중요한 이유는 어머님을 만나기 위해서입니다."

그 말을 들은 국왕의 눈매가 미미하게 떨렸다. 지금 그는 레온이 느끼는 혈육의 정을 그 이상으로 느끼고 있었다.

다시 질문이 이어졌다. 코빙턴 후작은 상당히 많은 질문을 준비해 둔 상태였다.

"그렇다면 레온 왕손님을 가르친 스승님은 도대체 어떤 분이십니까?"

레온은 선선히 모든 사실들을 털어놓았다.

"스승님은 이곳의 분이 아닙니다. 차원의 벽을 넘어오신 이계의 분입니다. 자세한 것은 모르지만 아르카디아를 건국하신 크로센 대제와 같은 세상에서 오신 분으로 알고 있습니다."

귀족들이 일제히 숨을 훅 들이켰다. 그게 사실이라면 실로 엄청난 일이었다.

레온 왕손을 가르친 스승이 크로센 대제와 같은 세계에서 온 이계인이라니.

레온은 의도적으로 스승의 신분을 숨겼다. 스승이 마왕인 데이몬이란 사실을 밝힌다면 분명 곤란한 지경에 처해질 것이다. 때문에 이곳에 오며 레온은 스승에 대한 사실을 일부만 밝히기로 마음먹었다.

"스승님은 아직 트루베니아에 계십니까?"

레온이 조용히 머리를 흔들었다.

"그분은 저에게 가르침을 주신 뒤 다시 고향으로 돌아가셨습니다."

"혹시 스승님께서 레온 왕손님께 다른 부탁을 하신 것이 있습니까?"

"아닙니다. 스승님은 저에게 아무것도 바라지 않는다고 하셨습니다. 단지 스승님께서 전수해 주신 무예의 우수성을 만천하게 증명하는 것만이 유일한 바람이라고 하셨습니다.”

귀족들은 숙연해졌다. 블러디 나이트가 아르카디아로 건너와 초인들을 꺾고 다닌 이유가 스승의 당부를 이행하기 위함이라는 단순한 이유였다니…….

코빙턴 후작의 질문은 계속해서 이어졌다.

“혹시 트루베니아의 헬프레인 제국과 관계를 맺고 계십니까?”

“그렇지 않습니다. 헬프레인 제국의 벨로디어스 후작을 꺾기 위해 한 번 방문한 적은 있지만 그 이상의 일은 없었습니다.”

목록을 들어올린 코빙턴 후작의 눈이 빛났다. 이번 것은 상당히 중요한 질문이었기 때문이었다.

“혹시 레온 왕손님께서는 지금껏 어떠한 왕국으로부터 기사 서임이나 귀족의 작위를 받으신 적이 있습니까? 사실대로 말씀해 주십시오.”

이것은 레온의 정체를 밝혀낼 수 있는 가장 중요한 질문이었다. 만약 어떤 왕국으로부터 기사 서임이나 귀족 작위를 받았다면 대번에 그 왕국과의 연관관계를 의심해 볼 수 있다.

레온은 잠시 입을 닫았다. 그러나 침묵은 그리 길지 않았다.

“저는 트루베니아와 아르카디아를 통틀어 현존하는 그 어떤 왕국으로부터도 기사 서임이나 귀족 작위를 하사받은 일이 없습니다.”

레온의 말은 엄연히 사실이었다. 아르니아로부터 기사 서임을 받긴 했지만 이미 그 나라는 세상에 존재하지 않는다.

그러므로 현존하는 그 어떤 국가에서도 기사 서임을 받지 않은 것이나 다름없었다.

그 말을 들은 국왕의 얼굴이 환히 밝아졌다. 이번 대답으로 블러디 나이트에 대한 의혹이 한 꺼풀 벗겨졌다. 적어도 그 배후에 다른 왕국이 있지 않는 것이다.

귀족들의 얼굴도 밝은 편이었다. 지금까지 밝혀진 내용대로라면 블러디 나이트를 인정하는데 아무런 문제가 없다. 더 이상 질문이 필요 없음을 느낀 코빙턴 후작이 레온의 눈을 직시했다.

"마지막 질문입니다. 지금까지 증언하신 모든 내용이 진실이십니까? 펜슬럿 왕실의 명예를 걸고 서약해 주십시오."

레온은 머뭇거림 없이 손을 들고 서약했다.

"저는 지금까지 진실만을 말했습니다. 그 사실을 펜슬럿 왕실의 명예를 걸고 서약합니다."

코빙턴 후작의 입가에 미소가 떠올랐다.

"이로써 레온 왕손님에 대한 청문회를 모두 마치겠습니다."

말을 마친 코빙턴이 늘어선 귀족들을 쳐다보았다.

"혹시라도 레온 왕손님을 인정할 수 없다는 의견을 가진 분이 계시면 나서 주십시오."

그러나 나서는 귀족은 아무도 없었다. 지금 펜슬럿은 한 명의 초인을 더 거둘 수 있는 기회를 잡았다.

블러디 나이트의 배후에 아무도 없다는 사실이 증명된 이상 흠을 잡으려는 자가 있을 리가 없었다. 레온을 쳐다보던 로니우스 2세가 조용히 입을 열었다.

"지금까지 기사 서임을 받지 못했다고?"

레온이 공손히 고개를 숙였다.

"그렇사옵니다, 전하."

"블러디 나이트와 같은 위대한 무인이 기사 서임을 받지 못했다니 어처구니가 없구나. 이 자리를 빌려 짐은 블러디 나이트에게 기사 서임을 하고자 한다. 짐은 블러디 나이트 레온을 왕실기사로 서임할 생각이다."

그 말을 들은 귀족들이 일제히 박수를 보냈다.

짝짝짝짝.

아르카디아를 위진시킨 블러디 나이트가 펜슬럿의 기사로 서임되는 순간이니 어찌 박수를 보내지 않겠는가? 코빙턴 후작이 웃는 낯으로 기사들에게 손짓을 했다.

서임의식에 필요한 물품을 가져오라는 신호였다. 그렇게 해서 블러디 나이트의 정체를 밝히는 청문회장은 난데없이 레온의 기사 서임장으로 바뀌었다.

"그대는 명예로운 기사로서 펜슬럿의 왕실에 충성과 헌신을 할 것인가?"

국왕의 질문에 레온이 단호하게 대답했다.

"그렇습니다."

국왕이 예식용 검을 들어 레온의 양쪽 어깨를 두드렸다.

"그대를 왕실기사단의 일원으로 인정하겠다. 블러디 나이트는 지금 이 시간 이후부터 명예로운 펜슬럿의 기사가 되었다."

그의 말이 끝남과 동시에 박수소리가 장내에 울려 퍼졌다.

짝짝짝짝.

귀족들이 레온의 기사 서임을 축하하며 보내는 박수였다. 대기하던 기사에게 검을 넘겨준 국왕이 두 팔을 좍 벌렸다.

"이리 오너라. 그랜드 마스터라는 위업을 성취한 손자를 할아버지의 입장에서 한 번 안아보고 싶구나."

잠시 머뭇거리던 레온이 국왕에게 다가갔다.

"예, 전하."

로니우스 2세가 레온을 와락 끌어안았다. 레온의 덩치가 워낙 커서 완전히 안지는 못했지만 말이다.

"역시 내 손자로고. 앞으로 펜슬럿 왕실은 네가 지켜야 할 것이니라."

레온의 눈빛이 살짝 흔들렸다. 친 혈육의 품에 안긴 감정은 실로 형언할 수 없을 정도로 격정적이었다.

"제 목숨이 다하는 한 그렇게 할 것입니다."

국왕이 만족스런 표정으로 레온의 어깨를 두드렸다.

"그래야지. 정말 장하다, 레온."

고개를 끄덕인 국왕이 코빙턴 후작을 쳐다보았다.

"짐은 레온에게 내성에 위치한 궁을 하나 내리고자 하오. 혹시 적합한 궁이 있소?"

코빙턴 후작이 머뭇거림 없이 대답했다.

"비어 있는 궁이 있습니다. 즉각 사람을 시켜 단장하도록 하겠습니다."

이제 레온 왕손은 천대받는 천덕꾸러기가 아니다. 발렌시아드 공작과 더불어 펜슬럿을 지키는 양대 수호신이 되어 버린 것이다. 따라서 그에 걸맞은 대우가 불가피했다.

지금껏 레온이 어머니와 함께 머물렀던 봄의 별궁은 외성에 위치해 있다. 허가증만 발부받으면 손쉽게 접근할 수 있는 장소이다. 아침에 벌어진 영애들의 소란도 바로 그 때문에 일어났다.

그러나 내성은 외성과는 경비 수준 자체가 틀렸다. 허락받지 않은 자는 결코 들어서지 못하는 금역이었다.

펜슬럿 왕실은 레온에게 그런 내성의 궁을 내어주려 하고 있었다. 현재 레온의 입지를 감안하면 합당한 조치라고 볼 수 있었다.

"그럼 레온. 오늘부터 레오니아와 함께 새로운 궁에 머물도록 하라. 내 빠른 시일 내에 궁의 이름을 지어주도록 하겠다."

"하해와 같은 은혜에 감히 몸 둘 바를 모르겠습니다."

고개를 끄덕인 국왕이 늘어선 귀족들을 쳐다보았다.

"어쨌거나 마루스의 초인인 플루토와 기사 백여 명을 격살한 것은 실로 크나큰 쾌거라고 할 수 있소. 따라서 짐은 내일부터 삼 일 동안 승전연을 열 계획이오. 그러니 많이들 참여해주시기 바라오."

말을 마친 국왕의 눈빛은 이글거리며 타오르고 있었다.

"승전연이 끝나면 곧바로 이런 더러운 계획을 실행한 마루스에 대한 응징을 할 것이오. 이번 기회에 잃어버린 영토를 반드시 되찾을 생각이오. 거기에 많은 협조를 부탁드리겠소."

귀족들이 기다렸다는 듯 고개를 끄덕였다. 마루스가 일을 벌인 순간부터 이미 전쟁은 예고된 것이나 다름없었다.

대부분의 귀족들은 이미 지원할 병력과 기사의 차출 규모를 정해놓은 상태였다. 코빙턴 후작이 나서서 회의의 종료를 알렸다.

"이것으로 국무회의와 청문회를 모두 마치겠습니다."

회의가 끝나자 귀족들이 뿔뿔이 흩어지기 시작했다. 그러나 귀족들 대부분은 시선을 레온에게로 두고 있었다.

펜슬럿이 새로이 받아들인 그랜드 마스터. 국왕의 피를 이어받았기 때문에 왕실과 정략결혼을 할 필요가 없는 젊은 사자가 바로 레온이다.

귀족들에겐 한 마디로 최고의 먹잇감이나 다름없었다. 혼인을 통해 관계를 맺는다면 그야말로 사상 최고의 후견인을 두게 되는 것이다.

관례에 따라 국왕이 가장 먼저 자리에서 일어났다. 그가 근위기사들의 철통같은 호위를 받으며 대청을 나섰다. 이어 권세 높은 귀족들 순으로 퇴장하는 것이 예정된 수순이다.

그러나 장내의 귀족들은 아무도 움직일 생각을 하지 않았다. 왜냐하면 하나같이 레온과 대화를 나눠보려는 꿍꿍이를 품고 있었기 때문이다.

그런데 누군가가 벌떡 일어나서 레온을 향해 걸어갔다. 그 모습에 귀족들이 움찔했다.

왜냐하면 레온에게 다가가는 이는 지금껏 펜슬럿을 지켜온 수호신 발렌시아드 공작이었기 때문이었다. 레온을 쳐다보는 발렌시아드 공작의 눈동자는 활활 타오르고 있었다.

그의 머릿속에는 아직까지 군나르 왕자궁에서 오고갔던 공방이 감돌고 있었다.

분노에 젖어 가한 공격이었지만 그래도 명색이 초인의 공격이었다. 그러나 레온 왕손은 너무도 수월하게 자신의 공격을 차단했다.

특히 폼멜을 찍어 검을 바닥에 박아버린 대응은 발렌시아드 공작조차 감탄을 금치 못했다. 당시 발렌시아드 공작은 젖 먹던 힘까지 짜내어 검을 뽑으려 했다.

그러나 레온 왕손의 창은 꼼짝도 하지 않았다. 그 사실을 떠올린 발렌시아드 공작이 입을 열었다.

"레온 왕손님. 한 가지 물어볼 것이 있습니다."

“말씀하시지요.”

“왕손님께서는 스승의 명령을 이행하기 위해 초인들에게 도전해 왔습니다. 그렇지 않습니까?”

발렌시아드 공작의 말에 레온이 머리를 끄덕였다.

“그렇습니다.”

“그런데 왜 저에게는 도전하지 않으셨습니까? 제 실력이 부족해서입니까?”

그 말에 레온은 적이 당혹해했다.

“그렇지 않습니다. 공작님은 펜슬럿을 지키는 수호신입니다. 펜슬럿 왕가의 일원인 제가 어찌 공작님께 도전할 수 있단 말입니까?”

“사실입니까?”

레온이 조용히 머리를 끄덕였다. 순간 발렌시아드 공작의 눈빛이 강렬해졌다.

“그러시다면 제 도전을 받아주십시오. 펜슬럿의 그랜드 마스터 발렌시아드가 감히 대륙의 무수한 초인들을 꺾은 블러디 나이트에게 도전하고 싶습니다.”

그 말이 터져 나오는 순간 장내가 순식간에 조용해졌다. 귀족들은 하나같이 입을 딱 벌리고 놀라워했다.

“세, 세상에…….”

발렌시아드 공작의 눈은 전의로 불타고 있었다. 가짜 블러디 나이트와 싸웠을 때 그 얼마나 통쾌했던가?

당시 발렌시아드 공작은 지금껏 갈고 닦은 검격을 마음껏 펼쳤다. 그런데도 상대는 자신의 공격을 척척 받아냈다.

근위기사단의 그 누구도 받아내지 못한 공격을 말이다. 때문에 발렌시아드 공작은 당시 맞서 싸운 상대에게 일말의 경외감을 품고 있었다. 그런데 그자가 가짜였다니…….

카심을 탈출시킨 뒤 레온은 바닥에 널브러진 시체 중 하나가 가짜라고 지목했다. 따라서 발렌시아드 공작과 접전을 벌인 가짜는 레온 왕손에 의해 처치되었다는 결론이 났다.

의도한 것은 아니었지만 결과적으로 발렌시아드 공작의 체면이 말이 아니게 되어 버렸다. 단순히 사칭한 가짜와 거의 한 시간 가까이 혈투를 벌였으니 말이다.

게다가 레온 왕손의 손에 마루스의 초인 플루토 공작의 검이 꺾였다. 펜슬럿과 마루스가 앙숙이듯 발렌시아드 공작 역시 플루토 공작에게 모종의 경쟁의식을 가지고 있는 것이 사실이다.

드러난 결과를 종합해 보면 결론이 나온다. 블러디 나이트인 레온 왕손의 실력이 발렌시아드 공작을 월등히 능가한다는 결론 말이다.

자존심이 강한 발렌시아드 공작으로서는 그것을 견디기 힘들었다. 공개적인 장소에서 레온에게 도전한 것은 바로 그 때문이었다. 발렌시아드 공작은 활활 타오르는 눈빛을 거두지 않았다.

"부디 내 도전을 받아주시오. 블러디 나이트."

레온은 가만히 발렌시아드 공작의 눈빛을 맞받았다. 상대의 눈에서는 직접 싸워보지 않고서는 결과를 수용할 수 없다는 결의가 빛나고 있었다.

상황을 보니 한바탕 접전을 피할 수 없어 보였다. 그러나 레온은 고개를 끄덕이지 않았다.

"발렌시아드 공작님의 도전을 받아들일 수 없습니다."

발렌시아드 공작의 눈에 실망감이 어렸다. 설마 레온 왕손이 도전을 거부할 것이라곤 미처 예상하지 못했기 때문이었다. 그러나 이어지는 말에 그의 눈에 이채가 서렸다.

"친선대련이라면 몰라도 말입니다."

"대, 대련 말이오?"

"그렇습니다. 공작님은 다름 아닌 펜슬럿의 수호신, 저 역시 펜슬럿을 지켜야 할 사명을 지니고 있습니다. 그런 두 사람이 어찌 생사가 걸린 대결을 벌일 수 있겠습니다. 그러니 도전을 받아들일 수 없음을 용서하십시오. 하지만 친선대련이라면 얼마든지 환영하겠습니다."

발렌시아드 공작의 입가에 미소가 번져갔다. 대결이든 친선대련이든 블러디 나이트와 검을 섞을 수 있다면 무엇이든 환영이었다. 그가 희색이 만연한 얼굴로 손을 내밀었다.

"좋소. 쇠뿔도 단김에 빼라고 지금 당장 연무장으로 갑시다."

"그렇게 하겠습니다."

레온이 빙그레 웃으며 내민 손을 맞잡았다. 함께 손을 잡고 걸어 나가는 두 초인의 뒤로 귀족들이 슬금슬금 걸음을 옮겼다.

평생 가야 볼 수 있을까 말까 한 초인들의 대결을 그들이 어찌 보지 않을 수 있겠는가? 급기야 국무회의장에 모인 모든 귀족들이 연무장으로 걸음을 옮기고 있었다.

근위기사단의 연무장에서 벌어진 대결은 더없이 장중했다. 레온과 발렌시아드 공작이 도착하자 연무장은 발칵 뒤집혔다.

훈련 중이던 근위기사들이 일제히 수련을 멈추고 연무장을 둘러쌌다. 검의 길을 걷는 검사에게 초인의 대련을 보는 것은 엄청난 기연이라고 할 수 있다.

때문에 근위기사들의 눈은 기대로 번들거리고 있었다. 그 뒤를 국무회의장에서 나온 귀족들이 빼곡히 채웠다.

레온과 발렌시아드 공작은 그들이 지켜보는 앞에서 대련을 벌였다.

발렌시아드 공작은 처음부터 전력을 다해 공격을 가했다. 시릴 듯한 오러 블레이드가 자욱하게 뿜어져 나왔다.

콰콰콰콰—

그러나 레온은 여유를 갖고 발렌시아드 공작의 공세를 막아 냈다. 이번 대련은 지금까지 레온이 치러왔던 혈투와는 사정이 판이하게 다르다.

시간 내에 상대를 꺾어야 한다는 절박감도 없었고 탈출을 의식할 필요도 없다.

그저 익힌 창술을 십분 발휘해 발렌시아드 공작의 공격을 막아내기만 하면 된다. 그런 마음가짐은 레온을 한층 더 성장시켰다.

챵, 촤챵, 챵!

발렌시아드 공작의 눈에 비친 레온은 한 마디로 철벽이었다. 그 어떤 공격을 가해도 무리 없이 막아내거나 흘렸다. 혼신의 힘을 다한 필살기를 펼쳐도 일절 동요하지 않았다.

창대를 빙글빙글 돌리며 공격을 막아내는 기술은 그야말로 예술이었다. 창에 이러한 쓰임새가 있는 줄 지금껏 전혀 예상하지 못했다.

초인의 반열에 오른 발렌시아드 공작이 그럴 진데 그보다 수준이 떨어지는 근위기사들과 귀족들은 오죽하겠는가? 그들은 눈을 크게 뜨고, 혹은 침을 질질 흘리며 두 초인의 대결을 관전했다.

시간이 지나자 발렌시아드 공작의 숨결이 급격히 거칠어졌다. 그의 검에서 뿜어져 나오는 오러 블레이드도 조금씩 길이가 줄어들었다. 평정을 유지하며 창을 휘두르던 레온이 그 기미를 눈치챘다.

'이쯤에서 대련을 종료해야겠군.'

사실 발렌시아드 공작의 실력은 플루토 공작에게 견주어볼

때 조금 떨어지는 수준이다. 그러나 구태여 그 사실을 밝혀 발
렌시아드 공작의 자존심을 건드릴 필요는 없다.

챠챙.

크게 창을 휘둘러 발렌시아드 공작의 검을 퉁겨낸 레온이
뒤로 물러났다.

"공작님. 대련은 이 정도로 충분할 것 같습니다만."

발렌시아드 공작의 얼굴에 아쉬움이 서렸다. 물론 그도 상
대의 실력이 자신을 월등히 능가한다는 사실을 확실하게 인지
했다.

필사적으로 공격을 가했지만 레온 왕손은 전혀 허점을 드러
내지 않았다. 그리고 상대의 창에 깃든 힘은 처음부터 지금까
지 균일했다.

반면 자신은 숨이 턱 밑까지 치밀어오를 정도로 지친 상태
였고 마나홀도 거의 고갈되어 있었다. 둘의 실력 차이가 확실
하게 판가름 난 것이다.

그럼에도 불구하고 그는 아쉬움을 떨치지 못했다. 초인의
경지에 든 이후 지금처럼 통쾌하게 싸워본 적이 얼마나 있었
던가? 더 싸워보고 싶은 것이 그의 솔직한 심경이었다.

"하, 하지만……."

레온이 빙그레 웃으며 발렌시아드 공작을 달랬다.

"오늘 만이 날이 아닙니다. 친선대련은 언제든지 벌일 수
있습니다. 다음에는 제가 공작님께 대련신청을 하고 싶군요.

내일이 어떠십니까?"

발렌시아드 공작은 그때서야 비로소 아쉬움을 접을 수 있었다.

레온 왕손의 말대로 내일 또 대련을 벌일 수 있다면 굳이 고집을 부릴 필요가 없다. 그가 홀가분한 표정으로 검을 검갑에 수납했다.

딸깍.

레온을 쳐다보는 그의 눈빛은 한결 부드러워져 있었다. 레온의 실력에 진심으로 탄복한 것이다.

"과연 아르카디아를 위진시킨 블러디 나이트답소."

"과찬이십니다."

"아니오. 무의 길에는 끝이 없다는 사실을 본인으로 하여금 일깨워 주신 데 대해 감사드리고 싶소."

성큼성큼 걸어온 발렌시아드 공작이 레온을 올려다보았다.

"점심시간이 되었는데 함께 식사라도 하지 않겠소? 무의 경지에 대해 몇 가지 대화를 나누고 싶구려."

레온의 입가에도 미소가 번져갔다.

"도리어 제가 바라는 바입니다."

"갑시다. 근위기사들이 사용하는 식당의 음식이 비교적 괜찮은 편이오."

말을 마친 발렌시아드 공작이 몸을 돌려 휘적휘적 걸어갔다. 그 뒤를 따르는 레온이 마신갑을 해체했다.

좌르르르.

질서정연하게 접히던 마신갑이 원래의 모습으로 돌아왔다. 그들의 뒷모습을 쳐다보던 귀족들이 아쉬운 표정을 지었다. 마음 같아서는 다가가서 말을 걸고 싶었지만 감히 발렌시아드 공작의 심기를 거스를 순 없었다.

'오늘 만이 날은 아니지.'

'기회는 언제든지 있어.'

눈치를 보던 귀족들이 하나 둘씩 흩어지기 시작했다.

V

발렌시아드 공작의 아픔

하르시온 후작의 눈빛은 차분히 가라앉아 있었다.

'어떠한 일이 있어도 이번 기회를 흘려보내선 안 돼.'

그는 펜슬럿 동부에 상당히 큰 영지를 보유한 고급 귀족이었다. 대지도 비옥한 편이고 많은 영지민들로부터 거둬들이는 세금으로 상당한 재력을 보유하고 있었다.

하르시온 후작은 그 재산을 바탕으로 중앙귀족으로의 진출을 꾀하고 있었다.

아들에게 영지의 관리를 맡겨두고 거의 수도에서 머무는 것만 보아도 알 수 있었다. 그 사실을 떠올린 하르시온 후작이 눈을 빛냈다.

'중앙귀족으로 편입하기 위해 우리 가문은 그야말로 엄청난 돈을 썼다. 영지에서 거둬들이는 세금 대부분이 파티를 열어 귀족들을 접대하는데 소모된 것이지.'

제아무리 부유한 영지라도 거둬들일 수 있는 세금은 한정될 수밖에 없다. 아르카디아는 농민과 농노의 자유로운 이주가 보장되어 있다.

그런 탓에 기준 이상으로 세금을 거둬들인다면 농노와 농민들은 머뭇거림 없이 다른 영지로 떠날 것이다.

때문에 하르시온 후작은 농노와 농민을 쥐어짤 엄두를 못하고 대신 군비를 줄여 자금을 만들어냈다. 억지로 짜낸 자금으로 끊임없이 귀족사회에 로비를 해 왔던 것이다.

그 결과 하르시온 후작이 보유한 기사단과 병력은 비슷한 영지를 가진 여타의 귀족들에 비해 현저히 약해졌다. 그나마 하르시온 후작령이 치안이 탄탄한 펜슬럿 동부 지역에 위치해 있었기에 지금까지는 문제가 발생하지 않았다.

그러나 마루스와의 전쟁에 병력을 차출할 것을 감안하면 머지않아 문제가 생길 것이 분명했다. 어느 정도의 병력이 있어야만 영지의 관리가 가능한 법이다.

원칙대로라면 귀족사회의 로비를 중단하고 그 자금으로 새로운 병력을 양성해야 한다. 그러나 중앙귀족으로의 편입을 생각하는 하르시온 후작에겐 쉽지 않은 결정임에는 틀림이 없었다.

그렇게 골머리를 썩던 하르시온 후작에게 절호의 기회가 생겼다.

느닷없이 펜슬럿에 등장한 블러디 나이트. 현 국왕의 피를 이어받은 왕족이기에 왕가와의 정략결혼이 필요 없다.

조금 전 궁정회의에서 하르시온 후작은 블러디 나이트가 펜슬럿의 귀족사회에 인정받는 장면을 두 눈으로 똑똑히 목격했다. 그 사실을 떠올린 하르시온 후작의 눈에는 끝없는 욕망이 담겨 있었다.

'어떤 일이 있어도 레온 왕손을 우리 가문에 끌어들여야 해.'

그것이 성공한다면 하르시온 후작가는 대번에 명문가의 반열로 접어들 수 있다. 일단 국왕의 손자를 가문에 받아들인다면 펜슬럿의 권력 중추에 한 발 더 다가갈 수 있다.

게다가 대상은 인간의 한계를 벗어난 그랜드 마스터이다. 그 한 사람만으로도 최약체로 평가되는 하르시온 후작가의 전력이 비약적으로 보강되는 것이다.

그 때문에 하르시온 후작은 레온 왕손과의 정략결혼에 가문의 사활을 걸기로 마음먹었다.

물론 그것은 얼마 전 벌어진 레온 왕손 결혼작전의 실패에 대한 사실을 알고 있었기 때문이었다. 당시 하르시온 후작가에서는 봄의 별궁에서 벌어진 무도회에 참석하지 않았다.

그 스스로 고위 귀족이라고 자부했기 때문에 의도적으로 참석을 회피한 것이다. 무엇보다도 하르시온 후작 슬하에는 결혼 적령기의 여인이 없었다.

유일한 외동딸은 벌써 오래전에 결혼한 상태였고 영지의 관리를 맡은 큰아들의 딸이 고작해야 열 살 전후였다. 그런 까닭에 굳이 무도회에 참석할 필요가 없었다.

그런데 레온 왕손의 혼인작전은 실패로 돌아갔다. 하르시온 후작은 왕실에 깔아둔 끄나풀을 통해 거기에 왕세자의 입김이 닿았음을 눈치챌 수 있었다.

그때까지만 해도 하르시온 후작은 레온 왕손에 대해 관심을 갖지 않았다. 운 좋게 펜슬럿 왕실에 편입된 촌놈이란 판단이 하르시온 후작의 머리를 채우고 있었기 때문이었다.

하지만 지금은 사정이 바뀌었다. 레온 왕손의 정체가 아르카디아를 위진시킨 블러디 나이트란 사실로 인해 모든 고위급 귀족들이 관심을 갖는 상황이었다.

그런 만큼 다른 귀족들보다 먼저 손을 뻗는 것이 유리하다. 생각을 거듭해 나가는 하르시온 후작의 눈에 빛이 일렁였다.

'왕실에서는 빠른 시일 내에 레온 왕손을 혼인시키려 하고 있다. 그런 만큼 먼저 나서서 혼담을 넣는 것이 가장 중요하다.'

그는 지금 국왕에게 알현신청을 해 놓은 상태였다. 국왕과 직접 만나 담판을 지으려는 것이다. 그러나 알현대기 시간은 생각보다 길어지고 있었다.

보통의 경우 30분 내에 시종장이 들어와 국왕의 집무실로 안내해 간다.

하지만 지금은 벌써 한 시간 반 정도가 지난 상태였다. 그러나 하르시온 후작은 생각에 몰두하느라 거기에 별 신경을 쓰지 못했다.

'왕실에서도 우리 가문과의 연계를 중하게 생각할 것이다. 문제는 레온 왕손에게 어울릴 만한 가문의 여아를 구할 수 있는가인데…….'

물론 하르시온 후작 슬하에는 그럴 만한 여인이 없었다. 그러나 문제될 것은 아무것도 없다. 조카들이나 거리가 먼 친척의 딸아이를 양녀로 맞아들이면 깨끗이 해결될 문제였다.

이미 그는 사람을 보내 가문에서 결혼 적령기에 놓인 처녀를 대대적으로 물색해 놓으라고 명령해놓은 상태였다. 하르시온 후작의 입가에 미소가 걸렸다.

'정 안되면 첩들 중에서 하나를 골라 양녀로 입양하면 될 테지.'

살짝 머리를 흔들고 있는데 누군가가 문을 두드렸다. 퍼뜩 정신을 차린 하르시온 후작이 몸을 일으켰다. 문이 열리고 제복을 입은 시종장이 모습을 드러냈다.

"많이 기다리셨습니다. 전하의 집무실로 모시겠습니다."

"생각보다 기다리는 시간이 길었군."

불쾌한 듯 눈살을 찌푸렸지만 하르시온 후작은 더 이상 불

평하지 않고 시종장을 따라 나섰다. 지금은 국왕을 만나 혼담
을 논의하는 것이 가장 중요했다.

펜슬럿의 국왕 로니우스 2세는 집무실에 앉아 있었다. 뭔가
골똘히 생각하는 탓에 하르시온 후작이 들어서는 것도 인지하
지 못했다.

"전하. 하르시온 후작님께서 드셨사옵니다."

시종장의 소개에 국왕이 퍼뜩 정신을 차렸다.

"오, 어서 오시오. 하르시온 경."

안내를 마치자 시종장이 밖으로 나갔다. 국왕과 고위 귀족
의 대화를 굳이 그가 들어봐야 좋을 것이 없다. 시종장이 문을
닫자 국왕이 하르시온 후작을 쳐다보았다.

"그래, 무슨 일로 알현신청을 하였소?"

"안녕하십니까? 전하. 긴히 논의할 일이 있사옵니다."

국왕이 흥미롭다는 눈빛을 던졌다.

"긴히 논의할 일이라는 게 무엇이오?"

"예, 전하. 얼마 전 왕실에서 제의한 혼담이 깨어졌다는 소
문을 들었사옵니다. 멍청한 하급 귀족들이 레온 왕손님의 진
가를 몰라본 것이지요."

하르시온 후작이 머뭇거림 없이 속내를 털어놓았다.

"레온 왕손이 대관절 누구입니까? 존경하옵는 국왕전하의
외손자 아닙니까? 그런 레온 왕손의 배필로 하급 귀족의 영애

를 택하는 것은 왕실로서도 상당한 손해라고 볼 수 있습니다.”

국왕이 재미있다는 눈빛으로 하르시온 후작의 말을 듣고 있었다.

“레온 왕손의 배필은 최소한 후작 이상의 가문 영애이어야만 합니다. 그래야만 왕실의 명예가 지켜질 수 있습니다. 만약 국왕전하께서 괜찮으시다면 저희 하르시온 후작가에서 그 역할을 대신 맡고 싶습니다.”

“오! 그렇다면 레온을 하르시온 후작가의 영애랑 짝지어 주고 싶다는 뜻이오?”

하르시온 후작이 머뭇거림 없이 고개를 끄덕였다.

“그렇사옵니다, 전하.”

“하지만 후작의 슬하에는 그럴 만한 영애가 없지 않소? 외동딸이 몇 년 전에 혼인을 한 것으로 기억하는데?”

하르시온 후작은 적이 당황했다. 설마 국왕이 그것까지 기억하고 있을 줄은 몰랐기 때문이었다.

그러나 노회한 정치인답게 후작은 금세 평정을 회복하고 국왕의 질문에 대답했다.

“그렇긴 합니다. 하지만 양녀도 엄연히 하르시온 후작가의 식솔입니다. 저는 얼마 전 조카를 제 양녀로 입양했습니다. 그래서 그 아이를……”

국왕이 더 이상 대화하고 싶지 않다는 듯 머리를 흔들었다.

“알겠소. 하르시온 경의 뜻을 잘 알았으니 이만 물러가보시오."

그 말에 하르시온 후작이 깜짝 놀랐다.

"하, 하지만 전하. 저는 확답을……."

국왕이 느릿하게 손을 뻗어 탁자 위를 가리켰다. 거기에는 서류가 한 뼘이 넘게 쌓여 있었다.

"솔직히 말하리다. 하르시온 경은 정확히 레온의 혼담을 거론한 열한 번째 가문이오."

하르시온 후작의 눈이 경악으로 물들었다. 벌써 열 명의 귀족들이 다녀갔으리라곤 짐작하지 못했다.

"제너드 공작, 델린저 공작, 바그수스 후작 등등 열 명이 짐을 알현하고 갔소이다. 그들의 목적은 모두 가문의 영애와 레온을 짝지어 주자는 것이었소. 심지어 델린저 공작은 지참금으로 정병 일만을 내어주겠다고 하더구려. 마루스와의 전쟁을 대비해서 말이오."

하르시온 후작은 소름이 오싹 돋는 것을 느꼈다. 다른 귀족들이 이토록 빨리 행동에 나설 줄은 몰랐다. 게다가 지참금으로 일만의 정병이라니…….

하르시온 후작가의 상황으론 꿈도 꾸지 못하는 전력이며 전쟁을 앞두고 있는 국왕으로서는 귀가 솔깃할 수밖에 없는 제안이다. 때문에 하르시온 후작은 순간 어찌할 바를 모르고 쩔쩔맸다.

"저, 저는……."

"참고로 알아두시오. 앞서 짐을 알현한 귀족들은 대부분 친딸이나 손녀를 거론했소. 양녀를 거론한 것은 하르시온 경이 처음이오."

"……"

"이만 나가보시오. 결정된 사항은 나중에 알려주도록 하겠소."

결국 하르시온 후작은 어깨를 축 늘어뜨린 채 집무실을 나설 수밖에 없었다. 펜슬럿 귀족사회의 벽이 얼마나 높은지를 실감한 채 말이다.

하르시온 후작의 뒷모습을 응시하는 로니우스 2세의 입가에는 흐뭇한 미소가 떠올라 있었다.

고위 귀족들의 혼담이 꼬리에 꼬리를 물고 들어오니 기분이 좋지 않다면 그것이 거짓말이었다. 불과 얼마 전까지만 해도 어떻게 레온을 장가보낼까 고민했던 것이 사실이다.

레온이 영애들에게 연거푸 퇴짜를 맞았을 때 그 얼마나 속이 상했던가? 당시 로니우스 2세는 강제로라도 레온을 귀족 영애와 맺어주려는 생각까지 품고 있었다.

야인으로 살아온 레온의 부족함을 메워주는 방법은 오로지 결혼뿐이라고 생각했기 때문이었다.

그러나 레온의 숨겨진 정체가 드러나자 상황은 완전히 뒤바뀌었다. 이제 더 이상 레온의 예법을 탓하는 귀족은 없었다.

그 나이에 그랜드 마스터의 경지에 올랐다면 예법을 아는 것이 도리어 이상하다. 게다가 글을 읽지 못하는 문맹이라는 점도 더 이상 문제가 되지 않았다. 그 결과가 바로 쇄도하는 혼담이었다.

로니우스 2세가 보기에도 손자인 레온은 그야말로 최고의 신랑감이었다. 왕가의 핏줄이라 왕실과 혼인을 할 필요가 없다는 점이 최고의 장점이었다. 게다가 나이도 젊었다.

각 왕국에서 발굴되는 초인의 평균 나이가 50대 이상이라는 점을 감안할 때 고위급 귀족들이 눈독을 들이지 않는다는 것 자체가 이상했다. 생각을 거듭해 나가는 국왕이 너털웃음을 터뜨렸다.

"허허. 레온 그 녀석 정말로 장하군. 암 그렇고말고."

이미 몇몇 귀족들은 레온을 가문으로 받아들이기 위해 엄청난 지참금을 조건으로 내걸었다. 천문학적인 양의 군량미를 제시한 가문도 있었고 정병 일만을 보태겠다는 귀족 가문도 있었다.

그 정도 희생을 감수하고서라도 혼담을 진행하려는 것이다. 다시 말해 레온을 가문에 받아들임으로써 얻는 이득이 그 만큼 크다는 뜻이다. 그러나 국왕은 레온을 서둘러 결혼시키려 하지 않았다.

'급하게 서두를 필요는 없어. 일단 레온의 의사가 중요한 법이지.'

만약 로니우스 2세가 20년만 젊었다면 더 이상 생각할 것
도 없이 가장 좋은 조건을 제시한 귀족 가문의 혼담을 받아들
였을 것이다.

어차피 정략결혼이라는 것이 당사자의 의사를 무시하는 경
우가 태반이다. 그러나 인생의 황혼기에 접어든 만큼 로니우
스 2세는 상황을 급하게 진행하려 하지 않았다. 생각 끝에 국
왕은 레온의 의사를 존중해 주기로 마음먹었다.

'어차피 조건만을 따져 행하는 정략결혼은 종국에는 누군가
가 불행해지기 마련이지. 비록 조건이 좋지 않더라도 레온이
진정으로 마음에 들어 하는 영애를 고르게 하는 것이 현명할
것이야.'

고개를 끄덕인 로니우스 2세가 책상 위의 서류를 서랍에 집
어넣었다.

그의 눈가에는 손자를 걱정하는 할아버지의 정이 줄기줄기
흘러나오고 있었다.

⚜

쾅.

누군가가 분기를 참지 못한 듯 책상을 내리쳤다.

"세상에 이런 어처구니없는 일이 벌어지다니……."

마구 화를 내는 이는 다름 아닌 펜슬럿의 에르난데스 왕세

자였다. 그의 앞에는 부관이 부르르 몸을 떨고 있었다.

"레온 그 자식이 설마 블러디 나이트였을 줄은……."

에르난데스 왕세자가 질끈 입술을 깨물었다. 왕가의 명예를 더럽힌 잡종으로 간주하고 숙청하리라 결심했던 대상이 바로 레온이었다. 그런데 그의 정체가 인간의 한계를 넘어선 그랜드 마스터였으니…….

지금 왕실에서 레온의 위상은 시시각각 높아지고 있었다. 시간이 지난다면 설사 에르난데스 왕세자라고 해도 쉽사리 숙청할 수 없는 거물이 되어 버릴 터였다.

게다가 그는 조금 전 청천벽력이라 할 만한 소식을 들었다. 둘째 왕자 에스테즈가 레온을 자기편으로 끌어들이기 위해 적극적으로 나서고 있다는 첩보였다.

에르난데스 왕세자로서는 가만히 손 놓고 지켜볼 수 없는 상황이 되어 버린 것이다.

일개 왕국에서 그랜드 마스터가 차지하는 위치는 실로 엄청나다. 그것이 왕족들 간의 세력다툼이라면 그 차이가 극명하게 두드러진다. 그 예가 바로 발렌시아드 공작이었다.

그를 포섭하기 위해 왕세자와 둘째 왕자는 치열하게 물밑싸움을 벌였다. 먼저 발렌시아드 공작을 영입하는 쪽이 절대적으로 유리하기 때문에 둘은 수단과 방법을 가리지 않고 회유에 회유를 거듭했다. 그러나 발렌시아드 공작은 결과적으로 중립을 선언했다.

—본인은 그 어느 쪽도 편을 들지 않을 것입니다. 오로지 차기 국왕으로 내정되신 분에게 충성을 바칠 것입니다.

발레시아드 공작의 중립선언으로 말미암아 승자도 패자도 없는 싸움이 되었지만 왕세자는 만족했다. 한 발 앞서 있는 그의 입장에서 발렌시아드 공작이 중립을 선언한 것만으로도 성공한 것이나 다름없었다.

반면 둘째 왕자는 포기하지 않고 계속해서 발렌시아드 공작을 포섭하려 했다. 밀리는 형세를 뒤엎기 위해서는 그랜드 마스터의 영입이 절실했던 것이다.

그러나 발렌시아드 공작은 좀처럼 둘째 왕자의 의도에 넘어가지 않았다. 종국에는 둘째 왕자 측 사람들이 궁에 들어오는 것조차 허락하지 않았다.

그쯤 되자 그도 결국 포기할 수밖에 없었다. 자칫 잘못해서 분노한 발렌시아드 공작이 반발심으로 왕세자의 편을 들 가능성도 있었기 때문이었다.

그렇게 해서 혼란은 수습되었다. 이대로 시간이 지난다면 차기 국왕으로 왕세자 에르난데스가 등극할 것이 틀림없었다.

그런 상황에서 레온이라는 그랜드 마스터가 등장했다. 물론 둘째 왕자 측의 반응은 보지 않아도 뻔했다.

필사적으로 레온을 자기 진영으로 영입하려고 나설 것이 틀림없었다. 왕세자에게는 그것을 막아야 하는 사명이 생긴 것이다. 골치가 아파진 에르난데스가 이를 부드득 갈았다.

"하필이면 그놈이 그랜드 마스터라니……."

만약 레온이 둘째 왕자 진영으로 간다면 실로 엄청난 타격이 가해질 것이다.

그랜드 마스터의 힘은 세력의 격차를 역전시키고도 남는 법이다. 연신 씨근거리는 에르난데스에게 부관이 조심스럽게 조언을 했다.

"저희도 손을 써야 할 것 같습니다. 최소한 중립을 지키겠다는 약속이라도 받아야……."

왕세자의 성난 눈빛이 쏟아지자 부관이 찔끔하며 입을 닫았다. 사납게 부관을 쏘아보던 왕세자가 슬며시 눈을 감았다.

제아무리 다혈질이라도 그는 엄연히 제왕학을 익힌 군주 후보이다. 때문에 필요할 때는 고집을 꺾어야 한다는 사실을 누구보다 잘 알고 있었다.

"첩자를 통해 에스테즈 쪽이 제시하려는 조건을 알아내라. 그리고 레온이란 놈에게 사람을 보내어 같은 조건을 제시하도록 하라."

그 말에 부관의 얼굴이 환히 밝아졌다.

"알겠습니다. 즉각 시행하도록 하겠습니다."

부관이 달려 나갔음에도 불구하고 잔뜩 찌푸려진 에르난데스의 안색은 좀처럼 풀리지 않았다.

그 시각 레온은 발렌시아드 공작과 함께 식사에 열중하고 있었다.

"호! 깨달음을 얻기 위해선 실전과 다름없는 치열한 접전을 겪어야 한다는 말인가?"

"그렇습니다. 마스터 이상의 기사에겐 수련보다 깨달음이 더욱 중요한 법이지요."

"그렇군."

대화를 나누며 발렌시아드 공작은 연신 감탄사를 내뱉었다. 대화를 나누며 둘은 한결 더 친밀해진 상태였다.

식당에 와서 마주 앉은 순간 레온은 발렌시아드 공작에게 자신을 편하게 대해 달라는 요구를 했다. 항렬상 발렌시아드 공작이 레온의 외조부가 되기 때문이다.

초인의 경지에 오르자 펜슬럿 왕가에서는 가장 먼저 발렌시아드 공작을 왕실의 여인과 정략결혼시켰다. 그 왕실 여인이 현 국왕 로니우스 2세의 배다른 여동생이었다.

결혼을 승낙함으로써 발렌시아드가는 공작의 작위를 부여받았다. 그렇기에 발렌시아드 공작이 레온에게 먼 외조부뻘이 되는 것이다.

"절 편하게 대해 주십시오. 항렬상 외조부가 되지 않습니까?"

"하, 하지만……."

"전 그것이 편합니다. 가문의 어른으로 대하고 싶습니다."

생각지 못한 레온의 마음씀씀이에 발렌시아드 공작은 마음

한구석이 찡하는 것을 느꼈다.

"알겠네. 그럼 그렇게 하지."

"감사합니다."

식당의 식단은 괜찮은 편이었다. 종일 고된 훈련을 하는 근위기사들을 생각해서 단백질이 풍부한 육류가 풍성하게 나왔다.

레온과 발렌시아드 공작은 음식을 먹으며 끊임없이 대화를 나누었다. 물론 대화의 소재는 무에 관한 것이었다.

"그래서 내 실력이 좀처럼 진전되지 않았던 것이로군. 대련할 상대라고 해 봐야 근위기사들이 전부이니 말일세."

"근위기사들을 상대로도 충분히 수련할 수 있지 않습니까? 일 대 다수의 대련을 하면……."

발렌시아드 공작이 그게 아니라는 듯 머리를 흔들었다.

"그렇지 않네. 일단 기사들이 먼저 몸을 사린다네. 만에 하나 나에게 상처를 입힐 경우 엄중한 문책을 각오해야 하기 때문이지."

"그렇겠군요."

일리가 있다는 듯 레온이 고개를 끄덕였다. 감히 어느 근위기사가 국가의 수호신에게 상처를 입힐 엄두를 낼 수 있단 말인가? 이런저런 대화를 나누던 발렌시아드 공작의 입가에 미소가 맺혔다.

"그나저나 자네도 이제 큰일났군."

"네? 무슨 말씀이신지?"

"모르긴 몰라도 귀족 영애들이 자넬 가만히 내버려두지 않을 터. 상당히 골머리를 썩을 각오를 해야 할 걸세."

그 말에 레온이 씁쓸히 웃으며 고개를 흔들었다.

"그렇진 않을 것입니다. 제가 보기보다 인기가 없더군요. 저는 이미……."

발렌시아드 공작이 그게 아니라는 듯 손가락을 흔들었다.

"아니야. 봄의 별궁에서 벌어진 해프닝은 나도 보고를 받아서 잘 알고 있네. 하급 귀족 영애들이 공개적으로 자넬 바람맞혔다면서?"

"그렇습니다. 누구 하나 저의 춤 신청을 받아주지 않았습니다. 그리고 만난 자리에서도……."

"거기에는 음모가 있었네. 자세한 것은 말해줄 수 없지만 모종의 음모가 있다는 사실 하나만 알아두게. 그리고 자넬 바람맞힌 영애들은 지금쯤 그때의 일을 뼈저리게 후회할 것이야."

그 말에 레온의 눈이 살짝 커졌다.

"그, 그게 무슨 말씀이신지?"

"오늘 아침 봄의 별궁에서 소란이 벌어졌다는 보고를 받았네. 자네도 알고 있겠지? 귀족 영애들이 몰려들어 벌인 소란 말이야."

레온이 묵묵히 고개를 끄덕였다.

"그게 전부 자네와 다시 인연을 이어보기 위해 몰려든 것일

세. 실낱같은 가능성 하나만 믿고 말일세.”

레온이 믿을 수 없다는 듯 머리를 흔들었다.

“설마 그럴 리가요?”

“자네도 참 순진하군. 한 가지만 알아두게. 자넨 현존하는 최고의 신랑감이야. 모르긴 몰라도 지금쯤 귀족 가문들의 혼담이 줄을 이어 들어오고 있을 게야. 암 그렇고말고.”

왕궁에서 오래 생활한 탓에 발렌시아드 공작은 귀족사회의 생리에 대해 잘 알고 있었다. 한없이 비정하면서도 필요할 경우 간까지 내어주며 굽실거리는 귀족들의 속성까지 모두 다 말이다.

“귀족사회의 결혼은 대부분 정략이라고 보면 되네. 가문의 이익을 따져 개개인의 사랑 따윈 깡그리 무시하고 엮어지는 경우가 태반이지. 나도 그런 아픔을 겪었다네.”

발렌시아드 공작의 눈가에 어느덧 애수가 맺혔다. 지금은 죽고 없는 첫 아내가 떠오른 모양이었다.

그는 50대 중반에 그랜드 마스터의 경지에 올랐다. 나이가 나이라서 당시 그는 결혼을 하여 아내를 둔 상태였다.

“우린 금슬이 매우 좋았다네. 아내는 몰락한 하급 귀족의 딸이었지. 누구보다 이해심이 넓고 가정적이었던 사람이었지.”

어찌 보면 발렌시아드 공작이 이룬 성취는 첫 아내의 헌신적인 보살핌 때문일 수도 있었다. 그러나 둘의 운명은 발렌시아드 공작이 초인의 경지에 올라서며 판이하게 바뀌었다.

펜슬럿에서는 발렌시아드 공작에게 왕실의 여인을 강제로 맺어주었다. 20대 초반의 세상물정 모르는 아가씨가 발렌시아드 공작의 새로운 배필이었다. 현 국왕의 배다른 여동생이라고는 하나 나이 차이가 무려 30년 가까이 났다.

그렇게 되자 발렌시아드 공작의 아내는 선택을 해야 했다. 지고한 신분의 공주를 후처로 들일 수는 없는 노릇. 때문에 아내는 발렌시아드 공작과 형식적인 이혼을 해야 했다. 그래야만 공주가 본처가 될 수 있기 때문이다.

우여곡절 끝에 정략결혼이 이루어졌고 본처였던 그녀는 공작의 첩으로 들어갔다. 그러나 문제는 거기에서 끝나지 않았다.

새로이 본처가 된 공주가 옛 아내를 구박하기 시작한 것이다. 신분상의 차이도 있었고 명목상 첩이었기 때문에 그녀는 전혀 반발할 수 없었다. 그때를 떠올린 발렌시아드 공작의 눈가에 주름이 맺혔다.

"나는 그 일을 전혀 눈치채지 못했어. 하루 종일 근위기사단을 훈련시키고 개인 수련을 했기 때문이지. 어느 정도 사정을 알아차렸을 때에는 상황이 돌이킬 수 없는 지경에 이르렀지."

거듭되는 구박과 무시에 옛 아내는 마음의 병을 얻었다. 그리고 손쓸 틈도 없이 발렌시아드 공작을 두고 세상을 떠나갔다.

그것이 발렌시아드 공작에겐 가장 큰 마음의 짐이었다. 말을 이어나가는 발렌시아드 공작의 눈시울이 벌겋게 달아올라 있었다.

"이후 난 지금의 아내와 거리를 두기 시작했지. 나로서는 도저히 그녀를 용서할 수 없더군. 그러나 그녀는 엄연히 공주. 내가 할 수 있는 것은 그저 없는 사람처럼 외면하는 방법 밖에 없더군."

두 부부의 사이는 점점 벌어져서 지금은 잠자리조차 같이 하지 않는 지경에 이르렀다. 물론 문제를 겉으로 드러낼 수는 없었다.

왕실의 명예가 걸려 있기 때문에 설사 죽는 한이 있더라도 이혼은 생각조차 할 수 없는 노릇. 때문에 두 사람은 다른 방식으로 욕구를 풀기 시작했다.

"우리 부부가 바람을 피기 시작한 것은 그때부터야. 우린 아무 거리낌 없이 맞바람을 피웠지."

그 당시는 발렌시아드 공작이 나이 60이 넘은 상태였다. 남자로서 황혼기에 접어든 나이지만 인간의 한계를 벗어난 무위는 공작의 육체를 젊은이에 비해 손색이 없게 만들었다. 무엇보다도 그의 주위에는 끝없이 추파를 던지는 귀부인들이 있었다.

심지어 어리디 어린 귀족 영애들도 노골적으로 발렌시아드 공작을 유혹해 왔다.

강한 수컷에게 끌리는 것이 암컷의 본능인 법. 초인이라는 메리트를 가진 발렌시아드 공작에게 육체적인 매력을 느낀 것이다.

명목상 그의 아내인 공주도 그에 질세라 맞바람을 피웠다. 지금껏 하인이나 시종들과 벌거벗고 뒹구는 아내를 본 적이 한두 번이 아니었다.

"일흔이 넘자 그것도 시들해지더군. 아내와의 관계는 이미 돌이킬 수 없는 지경에 이르렀어. 이제는 한 달에 한 번 정도 얼굴을 볼 수 있을 정도이네. 물론 겉으로는 더없이 금슬이 좋은 내외로 행사해야 하지."

상상도 하지 못했던 정략결혼의 폐해를 들은 레온이 입을 딱 벌렸다. 말을 잇지 못하는 레온을 보며 발렌시아드 공작이 씁쓸히 미소를 지었다.

"모르긴 몰라도 대부분의 정략결혼이 이런 결말을 야기하지. 내가 이런 말을 자네에게 하는 이유는 간단하네. 정확한 사실을 깨달으라는 것이지."

"저, 정확한 사실이라면?"

"관심을 보이는 영애들의 목적은 자네 자신이 아니야. 자네의 배경과 지닌 실력이지. 그리고 이것만은 알아두게."

레온은 조용히 침묵을 지키며 발렌시아드 공작의 말을 경청했다.

"만약 자네가 혼인을 한다고 해도 아내는 결코 자네의 편이 아니야. 처가에서 붙여준 첩자라고 보는 것이 합당할 게야."

"서, 설마 그럴 리가요?"

"내 말은 사실이야. 이미 어릴 때부터 귀족사회의 생리에 닳고 닳은 여인들이네. 결정적인 순간 자네의 편을 들지 않고 처가의 편을 드는 경우가 태반일걸세. 그러니 영애들을 만나더라도 그 사실 하나만은 명심하게."

묵묵히 듣던 레온이 진심으로 고개를 숙였다.

"뼈가 되고 살이 되는 충고에 감사드립니다."

발렌시아드 공작의 입가에 미소가 번져갔다. 아직까지 때 묻지 않은 레온의 성정이 더없이 마음에 들었다.

'부디 저 순수한 성품이 변하지 말아야 할 텐데……'

그러나 발렌시아드 공작은 그것이 단지 바람에 불과하다는 사실을 잘 알고 있었다.

식사를 마친 레온은 발렌시아드 공작과 또 한 차례 대련을 했다. 30분 정도 걸린 간단한 대련이었다. 대련을 끝낸 후 레온은 지금껏 머물던 숙소인 봄의 별궁으로 향했다. 숙소가 바뀐 것을 미처 인지하지 못한 것이다.

별궁 내부는 한산했다. 시종들이 짐을 모조리 옮겨간 탓에 텅 비어 있었다. 황량한 자신의 방을 본 레온이 쓴웃음을 지으며 걸음을 옮겼다.

"숙소가 내성 안으로 바뀌었다고 했지?"

근위병에게 물어보면 바뀐 숙소를 알려줄 것이다. 고개를

끄덕인 레온이 무심코 별궁을 나섰다. 그때 누군가가 그에게
다가왔다.

"레, 레온 님."

고개를 돌린 레온의 눈에 한껏 아름답게 차려입은 젊은 여
인의 모습이 들어왔다. 발라르 백작 영애인 데이지였다.

그녀의 뒤에는 서너 명의 영애들이 엉거주춤 서서 이쪽을
쳐다보고 있었다. 레온의 얼굴에 놀란 표정이 떠올랐다.

'지금까지 날 기다렸다는 말인가?'

레온은 아침 일찍 별궁을 나섰다. 이후 청문회에 참가하고
발렌시아드 공작과 대련을 벌였다. 거의 한나절이 지난 것이
다. 그런데 아침에 보았던 데이지가 아직까지 이곳에서 자신
을 기다리다니…….

그러나 레온의 표정은 무심했다. 발렌시아드 공작에게서 귀
족사회의 생리에 대해 들은 탓도 있었지만 그녀는 레온에게
참을 수 없는 모욕을 안겨준 여인이었다.

"데이지 님?"

그 말을 듣자 데이지의 눈빛이 빛났다.

"아직까지 제 이름을 기억하고 계시는군요."

"물론이지요, 그런데 여기는 무슨 일로?"

레온의 말에 데이지가 치마를 펼치며 고개를 숙였다.

"일전에 제가 저지른 무례를 사과하려고 왔답니다. 그땐 제
가 좀 심하게 말…….”

레온이 조용히 그녀의 말을 끊었다.

"신경 쓰지 마십시오. 모두 잊었습니다."

레온의 냉정한 대응에 데이지가 다소 당황했다. 이렇게 차가운 반응을 보일 줄 미처 예상하지 못한 모양이었다.

"사, 사과하는 뜻에서 식사대접을 하고 싶어요. 그러니 잠시만 시간을 내어주시겠어요?"

"전 이미 식사를 했습니다. 그리고……."

레온의 눈매가 실팍하게 가늘어졌다.

"전 두 번 다시 바보가 되고 싶은 생각이 없습니다. 모욕은 한 번으로 충분하니까요."

"……."

"더 이상 볼일이 없으시다면 이만 가보겠습니다."

살짝 목례를 한 레온이 걸음을 옮겼다. 홀로 남겨진 데이지가 입술을 질끈 깨물었다.

그토록 자신했건만 그녀의 매력은 더 이상 레온에게 어필하지 못한 것이다.

선을 긋는 듯 냉정한 레온의 태도에 남아 있던 다른 영애들의 얼굴빛도 어두워졌다.

저토록 차갑게 대하니 도저히 다가갈 엄두가 나지 않았다. 그녀들로서는 오직 과거의 선택을 뼈저리게 후회할 수밖에 없었다.

내성 입구에 도착하자 레온이 근위병에게 다가갔다. 레온을 보자마자 근위병들은 부동자세를 취했다.

"레온 왕손님을 뵙습니다."

며칠 전과는 딴판인 근위병의 반응에 레온이 쓴웃음을 지었다.

"새로 바뀐 거처를 알고 싶소."

용건을 꺼내자 근위병들이 머뭇거림 없이 새로 정해진 숙소를 알려주었다. 고개를 끄덕인 레온이 근위병이 알려준 길을 따라 걸음을 옮겼다.

새로이 레온에게 배정된 궁은 지금껏 그가 머물던 봄의 별궁보다 규모가 작았다. 그러나 내성 깊숙한 곳에 위치해 있어 외부의 침입이 쉽지 않아 보였다.

'쿠슬란 아저씨가 보고 싶군.'

레온이 이런저런 생각을 하며 걸음을 옮겼다. 새로운 궁의 경비상황은 봄의 별궁과 확연히 틀렸다.

근위병들이 지키던 봄의 별궁과는 달리 새로운 궁의 정문에는 근위기사들이 배치되어 있었다. 그들이 레온을 보자 공손히 검례를 취했다.

"레온 왕손님을 뵙습니다."

마주 예를 취한 레온이 안으로 들어가려 하자 근위기사 하나가 조심스럽게 입을 열었다.

"저기, 찾아온 손님이 있습니다."

“손님?”

“둘째 왕자님의 부관이십니다. 긴히 의논드릴 것이 있다고 하더군요.”

레온의 뇌리에 둘째 왕자 에스테즈의 얼굴이 떠올랐다. 자신과 어머니에게 눈길 한 번 주지 않던 무정한 외삼촌. 그가 대관절 왜 부관을 보내왔다는 말인가?

레온의 이마에 슬며시 핏대가 돋았다. 그는 사실 자신을 쳐다보지도 않는 무정한 외삼촌에게 반감을 가진 상태였다. 때문에 그는 부관을 만나보지 않기로 작정했다.

“지금은 만나보고 싶지 않습니다.”

짤막하게 대꾸한 레온이 궁 안으로 걸음을 옮겼다. 엉거주춤 서 있던 근위기사가 한숨을 내쉬었다.

“그대로 전해야겠군. 왕손님이 거부하시니 말일세.”

“둘째 왕자님이 오해하시지 않을까 두렵군.”

소식을 전해들은 둘째 왕자 에스테즈가 이맛살을 지그시 모았다.

“레온을 만나보지도 못하고 왔다고?”

부관이 우거지상을 지으며 쩔쩔맸다.

“그, 그렇습니다. 저는 레온 왕손님의 얼굴조차 보지 못했습니다.”

의당 역정을 낼 것으로 생각했지만 에스테즈는 예상 밖으로 껄껄 웃었다.

"후후, 그 녀석 지금까지 무술만 죽어라 익혔지 정치에 대해서는 아무것도 모르는군. 차라리 잘 된 일이야."

한바탕 웃고 난 에스테즈가 눈빛을 빛냈다.

"왕세자 측의 끄나풀 중 정체가 드러난 녀석들이 있었지?"

"그렇습니다. 정체를 밝혔지만 역정보를 흘리기 위해 그냥 내버려둔 녀석들이 몇 있습니다."

"그놈들을 통해 정보를 흘리도록 해라. 레온이 벌써 우리와 뜻을 같이 하기로 했다는 소문을 말이다."

깜짝 놀란 부관이 눈을 크게 떴다.

"하, 하지만……."

에스테즈가 눈살을 찌푸렸다.

"쯔쯔, 아직까지 머리가 잘 안 돌아가는구나. 내 말대로 시행하도록 하라. 허위정보가 왕세자의 귀에 들어가도록 말이다."

"아, 알겠습니다."

말을 마친 에스테즈가 몸을 일으켜 집무실을 걷기 시작했다.

"혹시 준비되어 있는 예물이 있는가?"

"네, 만약을 위해 비밀금고에 준비해 두었습니다."

"값비싸고 귀한 것을 골라 레온의 궁으로 보내도록 하라."

"하, 하지만 받지 않으실 가능성이……."

"멍청하기는……. 수신인을 레온으로 하지 않으면 된다. 그

녀석의 어미인 레오니아에게로 보내도록 하라. 그리고…….”

말을 마친 에스테즈가 탁자로 걸어갔다. 펜을 집어든 그가 뭔가 서류를 작성하기 시작했다.

“흠……. 이 정도면 훌륭하지.”

서류를 집어든 에스테즈가 만족스럽다는 듯 미소를 지었다.

“이것을 예물 위에 얹어 보내도록 하라.”

기다리고 있던 부관이 복명했다.

“알겠습니다.”

그 시각 레온은 침대에 누워 있었다. 판이하게 변한 입지를 실감하며 말이다. 궁에 들어선 레온을 기다리고 있는 것은 수를 헤아릴 수 없는 초청장이었다.

레온을 무도회에 초청한다는 초청장이 마치 산처럼 쌓여 있었다. 무도회를 주최하는 귀족들이 보낸 초청장이었다.

레온은 왕실의 일원이 된 후 단 한 장의 초청장도 받아보지 못했다. 그런데 블러디 나이트라는 사실이 밝혀지자 수를 헤아릴 수 없을 정도의 초청장이 쇄도했다. 하나같이 금박을 입힌 고급이었다.

그러나 레온은 초청에 응할 생각이 전혀 없었다. 파티에 대한 쓸쓸한 기억이 그의 머리를 가득 채우고 있었기 때문이었다. 모두들 흥겹게 춤을 추는데 홀로 꿔다 놓은 보릿자루처럼 자리를 지키는 것은 결코 즐거울 수 없는 경험이다.

'그런 고역은 두 번 다시 겪고 싶지 않군.'

그때 문득 누군가의 얼굴이 뇌리를 스쳐지나갔다. 펜슬럿에서 그의 정체를 제일 먼저 밝힌 쿠슬란이었다.

'쿠슬란 아저씨가 보고 싶군. 조언도 좀 들어야 할 것 같고……'

생각을 거듭하던 레온의 눈이 빛났다. 쿠슬란을 만나러 가기로 작정한 것이다.

슬그머니 몸을 일으킨 레온이 벽장으로 걸어갔다. 그곳에는 레온의 체격에 맞춰 제작된 옷이 빼곡히 걸려 있었다. 레온은 그 중에서 왕실기사의 제복을 꺼내 갈아입었다.

덜컥.

레온이 밖으로 나오자 근위기사들이 다가왔다.

"레온 왕손님을 뵙습니다."

왕실기사의 정복을 차려입은 레온을 보자 근위기사의 얼굴에 놀라움이 스쳐지나갔다.

"외출을 하실 것입니까?"

"그렇소. 답답해서 잠시 바람을 좀 쐬려고 하오."

"그러시다면 저희들이 호위를 하겠습니다."

그 말에 레온이 깜짝 놀랐다.

"잠시 산책을 하려고 하오. 굳이 따라올 필요는 없소."

그러나 근위기사의 태도는 완강했다.

"레온 왕손님은 이제 중요한 요인이십니다. 그러므로 외출

하실 때에는 반드시 호위가 붙어야 합니다. 궁 밖으로 나가실 때에는 더더욱 그렇습니다."

레온은 난감해졌다. 호위 기사를 데리고 간다면 쿠슬란을 만나기가 난처했다.

'부득이 몰래 빠져나가야겠군.'

마음을 정한 레온이 머리를 흔들었다.

"아니오, 그렇다면 그냥 들어가도록 하리다. 잠시 바람 쐬러 가는데 그대들에게 수고를 끼치고 싶지 않소."

"저, 저희는 괜찮습니다만……."

그러나 레온은 손을 흔들며 다시 몸을 돌렸다. 기사들을 주렁주렁 달고 가는 것은 레온도 내키지 않는 일이다. 궁 안에 들어선 레온은 머뭇거림 없이 자신의 방으로 걸음을 옮겼다.

'관심이 쏠리니 조금 난처하기는 하군.'

방 안에 들어선 레온이 다시 옷을 갈아입었다. 이번에는 아무런 표식이 없는 평상복이었다.

회색 계열이었기에 남의 눈에 잘 띄지 않는 색이었다. 부츠를 착용한 레온이 창문으로 다가갔다.

레온의 방은 3층이었다. 제법 높았지만 레온의 발목을 잡진 못했다. 사뿐히 바닥에 착지한 레온의 몸이 어둠 속으로 잠겨들기 시작했다.

VI

빈민가 슬픔의 늪

　레온은 금세 왕성을 빠져나올 수 있었다. 내성의 벽이 제법 높았지만 초인인 레온에겐 걸림돌이 되지 못했다. 손에 내공을 집중하자 성벽이 푹푹 패여 들어갔다.

　레온은 그 홈을 발판으로 단숨에 내성을 뛰어넘었다. 외성을 빠져나오는 것은 더욱 수월했다.

　레온은 마치 어둠과 하나가 된 것처럼 사람들의 눈을 피해 움직였고 오래지 않아 외성 밖으로 나올 수 있었다. 왕궁을 빠져나온 레온이 주위를 두리번거렸다.

　"이제 나이젤 산을 찾아가는 것이 문제로군."

　지금까지는 렉스를 타고 사냥터를 가로질러 나이젤 산으로

갔다. 그러나 지금은 그럴 입장이 아니다. 그래서 레온은 무작정 남서쪽으로 걸음을 옮겼다.

사냥터를 통해 갈 때에는 거의 인적을 찾아볼 수 없었다. 왕족의 사냥터는 드나드는 것이 법으로 금지된 장소이기 때문이다. 그러나 도보로 가는 경우는 달랐다.

나이젤 산으로 가기 위해서는 시가지를 관통해야 한다. 무엇보다도 펜슬럿 당국의 가장 큰 골칫거리인 슬픔의 늪을 가로질러야 한다.

슬픔의 늪이란 코르도 남부에 자리 잡고 있는 빈민촌의 이름이었다. 어느 도시에도 빠질 수 없는 빈민촌이 부국인 펜슬럿의 수도에도 존재했다. 신의 버림을 받아 한낮에도 빛이 들지 않는다는 장소가 바로 이곳이었다.

레온은 느긋하게 그쪽을 향해 걸음을 옮겼다. 30분 정도 걷자 거리의 풍경이 바뀌었다.

깔끔하게 단장된 건물과 상가가 점점 사라지고 을씨년스러운 풍경이 펼쳐졌다. 코르도의 악명 높은 빈민촌인 슬픔의 늪에 들어선 것이다.

부강한 강대국인 만큼 펜슬럿은 그에 걸맞게 강력한 치안력을 지니고 있다. 그러나 그런 치안력도 슬픔의 늪 중심부까지는 미치지 못했다. 미로처럼 배배꼬인 가옥과 좁은 길은 거대한 모래지옥이나 다름없었다.

이곳에서 잔뼈가 굵은 토박이도 종종 길을 잃는 곳이 슬픔

의 늪이었다. 게다가 악에 받칠 대로 받친 하층 인생들은 어떠
한 일이 있어도 굴복하지 않는다.

때문에 코르도 치안당국에서도 벌써 오래전에 이곳의 치안
유지를 포기한 상태였다. 그 틈을 타고 온갖 범죄자들이 이곳
으로 몰려들었다. 무작정 상경한 농노와 이곳 빈민들의 등골
을 뽑아먹기 위해서 말이다.

레온은 모르는 사이에 슬픔의 늪 중심부를 향해 나아가고
있었다.

'분위기가 왠지 모르게 으스스하군.'

길가에는 짧은 옷을 걸친 여인들이 앉거나 서 있었다. 매춘
을 하려는 여인들이었다.

역사상 가장 오래된 직업이 매춘이다. 몸뚱이 하나만 있으
면 빵을 살 돈을 벌 수 있기 때문에 이곳의 여인들은 아무런
거리낌 없이 몸을 팔았다.

레온을 보자 몇몇 여인들이 눈을 빛내며 다가왔다. 그 모습
에 레온이 눈살을 찌푸렸다.

'펜슬럿에도 이런 곳이 있기는 하군.'

레온이 슬며시 마기를 내뿜었다. 그러자 접근하던 여인들이
흠칫 몸을 떨었다.

드러난 그녀들의 피부에는 소름이 오싹 돋아 있었다. 여인
들은 더 이상 접근할 엄두를 내지 못하고 머뭇거렸다.

'이, 이상한 남자야.'

그러나 안으로 들어갈수록 달려드는 여인들의 수는 많아져만 갔다. 마기를 내뿜어 물리치기 힘든 수준이었다.

"잠깐 저 안에 가서 대화 좀 하지 않을래요?"

"잠시 쉬었다 가요."

달라붙는 여인들 때문에 도저히 걸음을 옮길 수 없는 지경이었다.

지척에서 풍겨오는 여인들의 체취와 지분냄새 때문에 레온의 얼굴이 벌겋게 달아올랐다.

"이, 이러지 마시오."

레온이 난처해할수록 여인들이 대담하게 나섰다.

"어머, 순진한 아저씨네?"

레온이 착잡한 눈빛으로 여인들을 쳐다보았다. 나이든 여인도 있었지만 열다섯 정도 되어 보일까 말까 한 어린 소녀들도 있었다. 그런 소녀들이 아무런 거리낌 없이 몸을 파는 것이다.

'무도회에서 본 귀족 여인들과는 차원이 다른 운명이로군. 빈민가에서 태어났다는 죄 하나로 말이야.'

혼자 몸으론 더 이상 들어가기 힘들다고 생각한 레온이 주변을 둘러싼 여인들을 쳐다보았다. 그녀들은 하나같이 화사한 미소를 지으며 레온의 시선을 받으려 했다.

한동안 여인들을 둘러보던 레온이 그 중에서 하나를 선택했다. 가장 어려 보이고 그나마 눈빛이 맑은 여인이었다.

덕지덕지 처바른 화장품 아래로 청순해 보이는 얼굴이 자리하고 있었다.

레온이 손을 잡자 그녀의 얼굴이 환히 밝아졌다. 물론 다른 여인들이 실망스런 표정을 지었다. 그러나 쉽사리 물러서지 않는 여인들도 있었다.

"그런 풋내 나는 애송이 말고 저는 어때요? 확실하게 만족시켜줄 수 있는데."

"돈을 조금 더 주면 여럿이도 가능해요. 어때요?"

살짝 머리를 흔든 레온이 선택한 여인의 팔목을 잡고 그곳을 벗어났다. 다행히 여인들은 더 이상 레온을 붙잡지 않았다. 여인들이 떨어져나가자 레온이 길게 한숨을 내쉬었다.

'이것도 정말 고역이로군.'

고개를 돌리자 여인의 미소 띤 얼굴이 들어왔다. 그러나 레온은 그녀의 얼굴 아래 가려진 표정을 볼 수 있었다.

파르르 떨리는 그녀의 눈꼬리에서 모르는 남자에게 몸을 맡겨야 한다는 서글픔이 배어나고 있었다. 그러나 그녀는 언제 그랬냐는 듯 웃음을 지었다.

"어디로 가실래요? 제가 좋은 장소를 알고 있는데."

그러나 레온의 대답은 거기에 전혀 부합되지 않았다.

"이름이 뭐지?"

질문이 뜻밖이었는지 소녀가 머뭇거렸다. 그러나 그녀는 이내 실소를 터뜨렸다.

"풋! 의외네요. 이름을 물어보는 손님은 처음인데. 어쨌거나 알고 싶다면 말해드리죠. 넬이라고 불러주세요.”

“넬?”

“애칭이에요. 물론 본명은 비밀이랍니다.”

말을 마친 넬이 흥정에 나섰다.

“일단 짧은 밤은 5실버예요. 깊은 밤은 그 두 배구요. 물론 다른 걸 원하신다면 추가요금이…….”

음성이 가늘게 떨리는 것을 보아 이 일에 익숙하지 않은 모양이었다. 레온이 잠자코 품속에 손을 넣었다.

큼지막한 손에 금화 한 닢이 딸려 나왔다. 1골드짜리였지만 레온은 망설임 없이 넬에게 내밀었다.

“어, 어머?”

금화를 받아든 넬의 눈이 커졌다. 1골드라면 열흘 내내 일을 해야 벌 수 있는 거금이다. 사실 그녀가 부른 가격은 깎을 것을 미리 감안한 것이었다.

실제로는 그 절반의 가격에 흥정되는 경우가 태반이다. 잔뜩 신이 난 넬이 다급히 금화를 때가 꼬질꼬질한 치마주머니에 집어넣었다.

“고, 고마워요. 최선을 다해 만족시켜 드릴게요.”

그러나 레온의 말투에는 아무런 감정이 서려 있지 않았다.

“미안하지만 나는 너를 안고 싶은 생각이 없다.”

그 말에 넬이 눈을 휘둥그레 떴다. 그렇다면 왜 1골드라는 거금을 자신에게 줬단 말인가? 그녀가 반사적으로 방어자세를 취했다.

"그, 그렇다고 해서 돈을 돌려줄 순 없어요."

"걱정하지 마라. 도로 빼앗아가지 않을 테니."

레온이 그녀를 향해 부드럽게 미소를 지어주었다.

"너에게 바라는 것은 길 안내뿐이다. 난 나이젤 산으로 가려 한다. 날 그곳까지 안내해 준다면 금화는 너의 것이다."

비교적 눈치가 빠른 편이었는지 넬이 고개를 끄덕였다.

"하긴 절 데리고 가시면 여자들이 달라붙지 않을 테니까요. 하지만 나이젤 산으로 가려면 이곳의 중심부를 통과해야 해요. 그곳은 너무 위험해서……."

"걱정하지 않아도 된다. 길안내만 잘 해 주면 금화 한 닢을 더 주겠다."

그 말에 넬이 머뭇거림 없이 고개를 끄덕였다.

"하, 할게요. 하고말고요."

여인들이 서 있는 곳으로 걸어간 넬이 소지품을 들고 왔다. 숄을 어깨에 걸친 넬이 미소를 지으며 레온의 팔짱을 꼈다.

"가요. 그런데 덩치가 매우 좋으시군요."

넬은 알리시아보다도 덩치가 작았다. 그래서 레온과 팔짱을 낀 모습이 마치 고목나무에 매미가 붙은 것 같았다.

둘은 두런두런 대화를 나누며 허름한 시가지를 걸어갔다. 다행히 넬 덕분에 더 이상 여자들이 달라붙지 않았다.

"나이가 어떻게 되지?"

"열여섯이에요."

"이곳 태생인가?"

그 말에 넬이 도리도리 고개를 흔들었다.

"남부의 이젤 영지 출신이에요. 농사짓는 것이 지겨워 오빠와 함께 무작정 상경했지요."

"집으로 가고 싶지는 않니?"

그 말에 넬의 표정이 어두워졌다.

"무슨 염치로 가겠어요? 아마 부모님은 저와 오빠가 죽은 줄 알 거예요. 그리고 뼈 빠지게 농사짓는 것도 싫고."

레온이 쓴웃음을 지었다. 분명 넬과 그녀의 오빠는 수도의 풍요로운 삶을 동경해 가출했을 것이다.

그러나 시골에서 무작정 상경한 자들의 운명은 뻔하다. 이런 빈민굴로 굴러들어온 것을 보니 그동안 넬 남매가 겪은 고초를 익히 짐작할 만했다.

"부모님이 보고 싶지 않니?"

그 말에 넬이 걸음을 멈췄다. 눈가로 눈물이 한 줄기 흘러내렸다.

"저도 그러고 싶어요. 하지만 몸값 때문에 벗어날 수가 없는 걸요."

"몸값?"

넬이 조용히 사정을 설명했다. 수도로 온 뒤 인신매매 길드의 마수에 빠져서 큰 빚을 지게 되었다는 것과 그것을 갚기 위해 자신은 몸을 팔고 오빠는 범죄 길드의 행동대원으로 일하고 있다는 사실을 말이다.

"입구에서 몸을 팔던 대부분의 여자들은 저처럼 몸값에 얽매어 있죠. 갚아도, 갚아도 불어만 가는 몸값 말이에요."

처연히 말하는 넬을 바라보는 레온의 표정은 그다지 편치 않았다. 마음 같아서는 넬의 몸값을 대신 갚아주고 싶었다. 그러나 그것이 임시방편에 불과하다는 사실을 레온은 너무나 잘 알고 있었다.

한 번 수렁에 빠진 사람은 고난이 닥치면 다시 수렁을 찾는 법이다. 억지로 안색을 편 레온이 성큼성큼 걸음을 옮겼다.

"같이 가요."

넬이 종종걸음으로 재빨리 뒤를 따랐다.

⚜

"헉, 헉!"

스물 정도 되어 보이는 사내 하나가 급히 걸음을 옮기고 있었다. 앳된 얼굴의 사내는 온몸이 피투성이였다. 움켜쥔 어깨 사이로 선혈이 주르르 흘러내렸다.

"빌어먹을……. 테디스 길드 놈들이 불시에 기습을 가해오다니."

사내는 조금 전 동료들과 함께 업소에 수금을 나갔다. 그러다가 적대 길드의 주먹들에게 느닷없이 기습을 받았다.

동료 두 명은 놈들의 손에 사로잡히고 그 혼자만 간신히 빠져나와 도주하는 길이었다. 그러나 사내의 낯빛은 그리 밝지 않았다.

테디스 길드는 숙련된 주먹들만 이백 명이 넘는 강력한 길드이다. 반면 사내가 속한 블루버드 길드는 고작 30명 정도의 주먹을 보유하고 있다. 전력상 상대가 될 수 없었다.

테디스 길드는 오래전부터 블루버드 길드의 구역을 노려왔다. 그러나 순순히 구역을 양보할 수 없었기에 블루버드 길드는 인근의 고만고만한 길드와 힘을 합쳐 테디스 길드에 저항해 왔다.

한치 앞도 가늠할 수 없는 불안한 대치상태가 이어지다가 물꼬가 이번에 터진 것이다.

"아무 거리낌 없이 공격을 가했다면 본부도 안전하지 못하다는 건데."

골목길을 돌아간 사내의 눈에 허름한 건물이 들어왔다. 그곳이 바로 블루버드 길드의 본부였다.

입구에는 건장한 사내 두 명이 서 있었다. 피투성이가 된 청년의 몰골을 보자 사내들의 눈이 휘둥그레졌다.

"아니, 나인. 어떻게 된 일이야?"

"기, 기습을 받았습니다. 테디스 길드 놈들이……."

그러나 나인이라 불린 사내는 채 말을 잇지 못하고 꼬꾸라졌다. 출혈로 인해 의식을 잃어버린 모양이었다.

사내들이 급히 나인을 들쳐 업고 건물 안으로 들어갔다.

"뭣이! 테디스 놈들이 기습을 했다고?"

고성을 지르는 이는 푸른 머리가 인상적인 30대 여인이었다. 얼굴에 아로새겨진 상처가 그녀의 삶이 지금껏 평탄치 않았다는 것을 증명했다.

"그렇습니다. 나인이 만신창이가 되어 돌아왔습니다."

여인의 얼굴이 참담하게 일그러졌다. 그녀는 다름 아닌 블루버드 길드의 길드장 아네리였다.

거리를 떠도는 창녀에서 중소 주먹 길드의 길드장에 오른 당찬 여인이기도 했다.

물론 그녀가 직접 블루버드 길드를 일군 것은 아니었다. 우연히 블루버드 길드장의 눈에 띄어 그의 애인이 되었고 길드장이 적대 길드의 암습으로 목숨을 잃은 이후 길드를 맡아 관리해 왔다.

휘하 주먹들이 군소리 없이 복종할 정도로 그녀의 통솔력은 뛰어났다. 그런 그녀에게 절체절명의 위기가 닥친 것이다.

"그렇다면 놈들이 스네이크 길드와 타란튤라 길드를 회유했다는 것이로군. 간교한 놈들……."

아네리가 이를 우두둑 갈아붙였다. 창녀 출신답게 그녀는 이 바닥의 생리를 누구보다 잘 알고 있었다.

스네이크 길드와 타란튤라 길드는 현재 블루버드 길드와 동맹을 맺고 있는 사이였다. 그러나 이 바닥의 동맹이라는 것은 이해관계에 따라 얼마든지 적대관계로 돌변할 수 있는 것이 사실이다.

테디스 길드는 가장 만만한 블루버드 길드를 제거하기 위해 두 길드를 자신의 편으로 끌어들였다. 일단 블루버드 길드를 지도에서 지운 다음 그 구역을 나눠 갖는다.

그런 다음 기회를 보아 또다시 만만한 길드를 물색할 것이 틀림없었다. 아네리로서는 테디스 길드와 손을 잡은 두 길드를 탓할 수밖에 없었다.

'멍청한 것들. 다음 차례가 자신들이란 것을 모르는 머저리들.'

생각에 잠겨 있는 아네리를 사내들이 다급히 재촉했다.

"어서 이곳을 빠져나가야 합니다. 놈들이 언제 들이닥칠지 모릅니다."

퍼뜩 정신을 차린 아네리가 몸을 일으켰다.

"어서 비밀통로로 빠져나가자. 나인을 잘 챙기도록."

그러나 비밀통로를 통해 빠져나온 아네리의 눈은 금세 암울하게 물들었다. 거의 삼백 명에 달하는 사내들이 손에 몽둥이를 들고 본부를 포위하고 있었다.

그들과 함께 서 있는 낯익은 얼굴들을 본 아네리는 맥이 탁 풀렸다. 몇 명의 조직원들이 배신을 한 것이다.

그러나 그녀에게 그것을 탓할 마음은 없었다. 이 바닥에서 배신이란 가장 흔하게 볼 수 있는 종류의 일이다.

시내는 한산했다. 조직 간의 유혈충돌을 예상한 사람들이 가게 문을 닫아걸었기 때문이었다. 몸 파는 여인들조차 골목길로 몸을 숨긴 상태였다. 입술을 질끈 깨문 아네리가 절레절레 머리를 흔들었다.

"정말 대단하군. 좋아, 항복이야."

한데 운집해 있는 사내들을 헤치고 건장한 체격의 사내가 앞으로 쓱 나섰다. 눈을 가로질러 흉터가 나 있는 사내는 양 팔뚝에 문신을 새기고 있었다.

그가 바로 테디스 길드의 길드장 테디스였다. 그가 음흉한 눈빛으로 아네리를 훑어보았다.

"그러게 진작 항복을 할 것이지 말이야."

"이런 치사한 짓을 할 줄은 몰랐거든. 남자답게 정면대결을 할 줄 알았는데."

주먹 길드를 이끌어나가는 수장답게 아네리의 입담은 매서웠다. 그러나 테디스의 성품은 아네리의 예상보다 더욱 잔혹했다.

"미안하지만 항복을 받아줄 수 없다. 본보기가 필요해서 말이야."

그 말에 아네리의 눈이 커졌다.

"뭐라고?"

"감히 테디스 길드에 저항하려 한 군소 길드의 말로를 만천하에 보여줄 작정이야. 그러려면 본보기가 필요한 법이지. 너와 블루버드 길드의 간부들은 조용히 죽어줘야겠다. 물론 너에겐 매우 색다른 죽음을 선사하지."

말을 마친 테디스가 손뼉을 쳤다. 그러자 덩치들이 뭔가를 밀고 왔다. 바퀴가 달린 수레에는 팔뚝만한 굵기의 나무기둥이 세로로 세워져 있었다.

기름이 발라져 번들번들한 나무기둥의 끝은 뾰쪽했다. 그것을 본 아네리의 얼굴이 새파랗게 질렸다.

"세, 세상에⋯⋯."

테디스가 가져온 것은 처형도구였다. 그것도 방법이 지극히 잔인하여 공개적으로 쓰지 않는 처형도구였다.

나무기둥의 뾰쪽한 끝에 사람을 올려놓고 천천히 몸을 관통하게 하여 죽이는 것으로써 그 처참함은 말로 형용할 수 없을 정도였다.

그것을 남자도 아닌 아네리에게 시행하려는 것이다. 기가 질린 아네리가 부르짖었다.

"자, 잔인한 놈!"

테디스의 입가에 비릿한 미소가 떠올랐다.

"원래는 조직원들로 하여금 널 죽을 때까지 범하게 하려고 했지. 하지만 그 방법은 왠지 모르게 싱겁더군. 본보기로도 부족하고 말이야. 그래서 이것을 준비해 왔지.”

기가 질린 아네리가 털썩 무릎을 꿇었다. 그녀의 얼굴은 새파랗게 질려 있었다.

“자, 잘못했어요. 제, 제발 용서해 줘요.”

그러나 테디스는 무정하게 그녀의 애원을 외면했다.

“그러지 말라고. 한 길드의 수장답게 체면을 지키는 게 어때? 애원한다고 해도 어차피 네 운명은 변하지 않아.”

그때 누군가가 버럭 고함을 지르며 달려들었다. 피투성이가 되어 돌아온 조직원 나인이었다. 어느새 뽑아들었는지 시퍼런 단검이 손에 들려 있었다.

“이 개자식!”

젊은 혈기로 달려들었지만 애당초 그것은 용기가 아니라 만용이었다.

퍽.

옆에 서 있던 주먹이 몽둥이를 휘두르자 나인의 몸이 피를 뿌리며 휠휠 날아갔다.

구석에 처박힌 그를 향해 두 명의 사내가 주먹을 우두둑 꺾으며 다가갔다. 테디스의 번들거리는 시선이 나인에게로 향했다.

“그놈을 제일 먼저 꿰어라. 나에게 덤비면 어떻게 된다는 것을 보여줘야 한다.”

나인의 얼굴이 하얗게 탈색되었다. 이미 그는 테디스 길드의 구역에서 저 방식에 의해 처형된 자의 시신을 여러 번 본 적이 있었다.

나무기둥의 뾰족한 끝을 사타구니에 집어넣는데 필사적으로 발버둥을 치더라도 죄수는 체중 때문에 결국 몸이 관통당하는 운명을 벗어나지 못한다. 기름을 발라놓는 것도 바로 그 때문이다.

가슴, 어깨, 혹은 정수리에 말뚝의 뾰족한 끝이 튀어나온 채 죽은 시신을 테디스는 자랑스럽게 진열해 놓곤 했다.

자신의 길드에 저항한 자의 말로가 이런 것이다라고 경고하기 위해서 말이다.

"아, 안 돼!"

파랗게 질린 나인이 필사적으로 발버둥을 쳤지만 덩치 두 명이 잡아 누르고 있었기 때문에 꼼짝을 할 수 없었다. 덩치 중 한 명이 괴소를 흘렸다.

"흐흐흐. 놈! 건방지게 나댄 대가를 치러야 할 것이다."

그들은 더 이상 생각할 것도 없다는 듯 나인을 질질 끌고 갔다. 그때 뾰족한 음성이 울려 퍼졌다.

"안 돼! 오빠!"

가녀린 인영이 달려들어 나인을 얼싸안았다. 인영을 본 나인의 눈이 커졌다.

"아니. 네, 넬."

달려든 인영의 정체는 다름 아닌 넬이었다. 레온의 길안내
를 맡은 넬이 나인의 여동생이었던 것이다.

⚜

그녀는 레온과 두런두런 대화를 나누며 슬픔의 늪 중심부를
지나갔다.

그러나 그들은 오래 가지 못하고 걸음을 멈춰야 했다. 수백
명의 주먹들이 손에 몽둥이를 들고 길을 메웠기 때문이었다.
넬의 얼굴에 두려운 빛이 어렸다.

"아무래도 구역싸움이 있나 봐요. 더 이상 가면 큰일 날 거
같아요."

"구역싸움?"

"네, 구역을 빼앗기 위해 주먹 길드들이 싸움을 벌이는데
자칫 잘못하면 다칠 수가 있어요."

그 말을 들은 레온은 넬의 말에 따르기로 했다. 넬의 말대로
괜히 싸움에 휘말려 봐야 좋을 것이 없었다. 그래서 둘은 벽에
바짝 달라붙어 주먹패들이 지나가기만을 기다렸다.

그런데 하필이면 그들의 바로 앞에서 두 길드가 맞닥뜨린
것이다.

"이런 것이 뒷골목 싸움인가?"

오가는 대화를 들으며 레온이 실소를 지었다. 길드라는 거

창한 이름이 붙었지만 저들은 실상 뒷골목 주먹패나 다름없었
다. 그런데 생전 처음 보는 처형도구까지 등장한 것이다. 보기
만 해도 결과가 섬뜩해 보였다.

'뒷골목 싸움도 상당히 험악하군.'

물론 레온은 관여할 생각이 전혀 없었다. 뒷골목은 뒷골목
나름대로의 법이 존재하는 법.

기껏 관여해 봐야 얼마 지나지 않아 예전의 방식으로 돌아
갈 터였다. 괜히 혼란을 야기할 바에야 그냥 내버려 두는 것이
현명한 판단이다.

그런데 뜻밖의 일이 생겼다. 애송이 주먹 하나가 겁도 없이
한 주먹패의 두목에게 달려들었다가 나가떨어졌다.

그런데 옆에 서 있던 넬이 갑자기 애송이에게 달려 나갔다.
예상치 못한 상황이었기에 레온은 눈만 끔뻑거렸다.

넬은 나인의 몸을 붙들고 파들파들 떨었다.

"제, 제발 살려주세요."

나인을 끌고 가던 덩치가 험악하게 인상을 썼다.

"이런 빌어먹을 년이 주제도 모르고?"

그는 생각할 것도 없다는 듯 솥뚜껑 같은 손을 휘둘렀다.

"악!"

둔중한 파육음과 함께 넬의 가녀린 몸이 저만치 나가떨어졌
다. 그러나 오빠의 생명이 걸려 있었기 때문에 그녀는 필사적

으로 몸을 일으켰다.

급히 달려온 넬이 두 손을 싹싹 비볐다. 얻어맞은 탓에 한쪽 볼이 벌겋게 부어오른 상태였다.

"제, 제발 오빠를 용서해 주세요."

덩치가 다시 주먹을 휘두르려는 순간 테디스의 음성이 울려 퍼졌다.

"그년도 이리로 끌고 와라."

"알겠습니다, 보스."

덩치가 머뭇거림 없이 넬의 머리채를 잡아챘다.

"아악!"

뾰쪽한 비명과 함께 넬의 가녀린 몸이 질질 끌려갔다. 넬 남매를 끌고 간 덩치들이 그들을 인정사정없이 테디스의 앞에 내동댕이쳤다. 피투성이가 된 나인의 머리를 흙 묻은 신발이 콱 밟았다.

"후후, 건방진 애송이놈. 감히 나에게 덤벼들었다 이거지?"

테디스의 눈에 잔혹한 빛이 서렸다.

"동생이라고 했지? 이제 좋은 모습을 보게 될 게다."

괴소를 흘리던 테디스가 덩치들에게 명령을 내렸다.

"가장 먼저 그 계집을 처형대 위에 올려라. 꿰기 전에 기름을 듬뿍 바르는 것을 잊지 말고."

나인의 안색이 시커멓게 물들었다.

"안 돼! 내 동생은 아무런 죄가 없다."

"오빠의 죄를 여동생이 나누어 받아야지. 사이좋게 말이야. 연좌죄라고 들어봤나? 으하하하."

곧 덩치 둘이 넬의 가녀린 몸을 들고 처형대로 걸어갔다. 안색이 파랗게 질린 넬이 발버둥을 쳤지만 덩치들은 꼼짝달싹도 하지 않았다.

"흐흐, 항문이 아니라 거기에다 집어넣어야겠지?"

"당연한 일 아닌가?"

덩치들이 주고받는 말을 듣던 넬은 정신이 아득해지는 것을 느꼈다. 그때 이변이 일어났다.

퍼퍽.

둔중한 음향과 함께 넬의 몸이 난데없이 허공으로 추락했다. 탄탄한 팔이 떨어지는 그녀의 몸을 사뿐히 안았다.

고개를 돌리자 순박하게 생긴 사내의 얼굴이 들어왔다. 자신에게 1골드란 거금을 준 바로 그 사내였다.

"도저히 못 참겠군."

물론 나선 사내의 정체는 레온이었다. 넬이 처형대에 오르는 것을 본 레온이 참지 못하고 나선 것이다. 테디스를 쳐다보는 레온의 눈빛은 차분히 가라앉아 있었다.

'사람 목숨을 파리 목숨처럼 거두는 놈이로군. 저런 놈은 세상에 살아 있을 필요가 없지.'

그의 옆에는 두 명의 덩치가 얼굴이 찐빵처럼 부풀어 오른 채 기절해 있었다.

"웬 놈이냐?"

불청객이 끼어들자 덩치들의 표정이 험악해졌다. 자신들보다 체격이 좋았기에 순간 움찔했지만 순박한 얼굴 때문에 덩치들은 더 이상 겁을 집어먹지 않았다.

"내가 누구냐고? 지나가는 손님이지."

레온이 느긋하게 손을 뻗어 바닥에 떨어진 몽둥이 두 자루를 집어 들었다.

"이런 빌어먹을……."

덩치들의 눈빛이 흉흉해졌다. 그러나 레온은 아랑곳없이 몽둥이의 무게를 가늠해 보았다. 그런 다음 파들파들 떨고 있는 넬에게 손짓을 했다.

"걱정 말고 뒤로 물러나 있어라."

"네? 네."

몽둥이를 길게 늘어뜨린 레온이 테디스 쪽으로 걸음을 옮겼다. 테디스의 얼굴에 어처구니 없다는 빛이 떠올랐다.

"저런 천둥벌거숭이 같은 놈."

삼백 명에 가까운 주먹 길드원을 향해 단신으로 다가온다면 분명 제정신이 아닐 터였다. 때문에 그는 생각할 것도 없다는 듯 덩치들에게 명령을 내렸다.

"당장 저놈을 흠씬 두들겨 패서 처형대에 매달아라."

"네. 걱정하지 마십시오."

덩치들이 몽둥이를 탁탁 치며, 혹은 주먹 관절을 꺾으며 레온을 마중 나갔다. 그런데 처형대를 쳐다보는 테디스의 눈가에는 곤혹스러움이 떠올라 있었다.

"흠. 그런데 놈의 키가 워낙 커서 완전히 관통하지는 못하겠는걸?"

그러나 그것까지 테디스가 신경 쓸 필요는 없었다.

레온을 마중 나온 주먹은 네 명이었다. 하나같이 암흑가에서 잔뼈가 굵은 행동대원들이라 그 정도면 충분하다고 생각한 것이다. 눈이 독사처럼 가늘게 찢어진 덩치 하나가 레온을 노려보며 이죽거렸다.

"덩치 하나는 당당하군. 하지만 체격이 밥 먹여주지 않는 법이다."

말이 끝나기도 전에 독사가 몽둥이를 휘둘렀다. 쇳조각들이 박혀 있어 한 대 얻어맞으면 살점이 뚝뚝 떨어져나갈 것 같았다.

그러나 몽둥이는 허무하게 허공에서 가로막혔다. 레온이 몽둥이를 들어 방어한 것이다. 거의 동시에 다른 몽둥이가 독사의 손목을 가격했다.

"크윽!"

그가 신음을 흘리며 몽둥이를 떨어뜨렸다. 훤히 드러난 이마에 몽둥이가 작렬했다.

퍽.

둔중한 음향과 함께 독사의 눈이 풀렸다. 그의 몸이 맥없이 바닥에 주저앉는 것으로 레온의 활약이 시작되었다.

레온은 비호처럼 몽둥이 사이를 누볐다. 그의 육중한 몸이 마치 바람처럼 휘두르는 몽둥이 사이를 빠져나갔다.

그러면서 툭툭 내뻗는 몽둥이질에 꼼짝없이 덩치 하나가 눈을 까뒤집고 나가떨어졌다. 덩치 네 명이 널브러지는 것은 그야말로 순식간이었다. 그 모습에 테디스가 눈을 가늘게 떴다.

"흠, 한가락 하는 놈이었군. 허나 그렇다고 해서 변하는 것은 아무것도 없다."

딱.

그가 손가락을 튕기자 열 명의 덩치가 앞으로 쓱 나섰다. 그들의 눈에는 널브러진 동료의 복수를 하겠다는 빛이 일렁였다.

그러나 의욕만으로는 모든 것을 할 수 없는 법이다. 호기 있게 달려든 덩치들은 기세만큼이나 빨리 뒤로 나가떨어졌다.

"커어억!"

머리통에 큼지막한 혹 하나씩을 매달고 말이다. 열 명의 덩치가 나뒹구는 것도 순간이었다. 상황이 그렇게 돌아가자 테디스의 눈가에도 흥미가 감돌았다.

"흠, 제법 실력이 있는 놈이로군. 그 정도면 조직원으로 받아들일 용의가 있지."

말을 마친 테디스가 손가락을 뻗어 벌벌 떨고 있는 넬을 가리켰다.

"저 계집에게 관심이 있나 본데 원하면 주겠다. 덤으로 아홉 명의 계집을 더 얹어주지. 어떤가? 우리 길드에 들어오겠는가?"

레온의 입가에 차가운 미소가 맺혔다. 이미 그는 살심을 굳힌 상태였다.

아무 죄도 없는 사람을 단순히 자신의 눈에 거슬린 자의 여동생이라는 이유로 입에 담기조차 끔찍한 방식으로 처형하려던 자였다. 저런 놈은 구태여 세상에 존재할 이유가 없었다.

"거부하지."

짤막한 레온의 답변에 테디스의 눈이 실팍해졌다.

"주제도 모르는 놈. 그토록 죽고 싶다면 죽여주마. 쳐라!"

그러나 선수를 친 쪽은 레온이었다. '쳐라' 라는 말이 끝나기도 전에 그의 몸이 바람처럼 대기를 갈랐다.

양손에 나눠진 몽둥이가 맹렬한 파공성을 울리며 회전하기 시작했다. 순식간에 덩치들의 대열로 파고든 레온. 이어 무자비한 몽둥이찜질이 시작되었다.

퍽, 퍼퍽, 퍽.

덩치 좋은 주먹들이 픽픽 나가떨어졌다. 한 대 얻어맞은 덩치의 몸이 부르르 떨리다 축 늘어졌다.

레온이 휘두르는 몽둥이에는 마나가 가득 응축되어 있다. 거기에다 경력까지 깃들어 있으니 덩치들이 버틸 수 있을 리가 만무했다. 테디스의 얼굴이 순식간에 파리하게 물들었다.

"마, 막아!"

난생처음 보는 레온의 신위에 움찔거리던 덩치들이 일제히 달려들었다. 몇몇 주먹들은 흉기를 꺼내어 들었다.

"놈을 붙들고 늘어져!"

"제아무리 힘이 좋아도 한꺼번에 달려들어 찍어 누르면 제압할 수 있어!"

몽둥이에 맞아 나가떨어지면서도 덩치들은 끊임없이 달려들었다.

마침내 주먹 한 명이 몽둥이를 피해 레온에게 접근할 수 있었다. 그는 머뭇거림 없이 레온의 몸을 얼싸안으려 했다. 그러나 헛수고였다.

퍽.

레온의 발길질에 정강이뼈를 걷어차인 테디스 길드원이 펄쩍 뛰었다. 이어 몽둥이가 작렬하자 덩치는 머리에 큼지막한 혹을 매달고는 침몰해 내렸다.

장내는 순식간에 아수라장이 되어 버렸다. 한 대씩 얻어맞고 혼절한 덩치들이 거리에 즐비하게 쌓였다.

레온은 덩치들을 두들겨 패는 데에도 차별을 두었다. 맨손으로 달려드는 덩치는 옆구리나 복부를 찔러 기절시켰다.

몽둥이를 쓰는 덩치들은 여지없이 머리통을 얻어맞아야 했다. 흉기를 뽑아들고 덤비는 덩치들이 가장 처참하게 당했다.

몽둥이의 면이나 끄트머리로 정확히 면상을 얻어맞아야 했으
니 말이다.

눈두덩이 시퍼렇게 멍들고 코뼈가 주저앉아 피를 펑펑 쏟아
내며 나동그라지는 덩치의 옆으로 빛을 잃은 흉기가 힘없이
떨어져 내렸다.

달려드는 족족 나가떨어지자 덩치들은 그만 기가 질려 버렸
다. 이제 더 이상 달려드는 길드원은 보이지 않았다.

벌써 백여 명에 달하는 덩치들이 기절한 채 거리에 늘어져
있었다. 주춤주춤 물러서는 덩치들의 입은 딱 벌어져 있었다.

"세, 세상에 저게 사람이야?"

보기엔 쉬워 보이지만 몽둥이를 휘두르는 데에는 상당한 힘
이 든다. 또한 사람의 몸을 가격했을 때에는 충격이 뼛골까지
전해진다. 다들 숱하게 싸워본 주먹패들이라 그 사실을 너무
나도 잘 알고 있었다.

그런데 눈앞의 덩치 큰 사내는 그런 상식을 무시라도 하듯
너무도 수월하게 동료들을 때려눕혔다.

그것도 일인일격이었다. 맷집을 자랑하는 동료들이 몽둥이
질 단 한 방에 눈을 까뒤집고 침몰했다. 그러니 기가 질리지
않을 수가 없다.

"으으으……."

레온이 한 발 다가서자 덩치들이 치를 떨며 뒤로 물러났다.
이어 테디스의 모습이 드러났다. 드러난 광경에 겁을 집어먹

은 듯 다리가 후들후들 떨리고 있었다.

레온이 무표정한 얼굴로 다가오자 테디스가 떨리는 음성을 흘려냈다.

"다, 당신은 누구요?"

"나? 이 상황에서 굳이 그것이 중요할까?"

아무런 감정도 담고 있지 않은 상대의 눈빛을 들여다본 테디스가 몸을 부르르 떨었다.

도저히 자신의 상대가 아니었다. 더 이상 뻗댈 수 없다고 생각한 테디스가 무릎을 꿇으려 했다.

"하, 항복하겠……크아악!"

테디스의 입에서 비명이 터져 나왔다. 그의 오른팔이 어느새 부러져 덜렁거렸다. 레온은 상대가 입을 열기가 무섭게 몽둥이를 휘둘러 팔을 가격했던 것이다.

끔찍한 통증에 테디스가 입을 딱 벌렸다. 이어 또 다른 통증이 왼팔에서 전해졌다.

뚜뚝.

끔찍한 소리와 함께 테디스의 왼팔이 축 늘어졌다. 고통에 겨워하는 테디스의 얼굴을 들여다보며 레온이 조용히 뇌까렸다.

"너 같은 놈이 세상을 살아가는 것은 민폐라고 생각한다. 그렇지 않나?"

상대의 얼굴에 떠오른 살기를 눈치챈 테디스의 안색이 시커떻게 변색됐다.

"사, 살려주시……."

그러나 그의 말은 끝을 맺지 못했다. 레온이 인정사정 보지 않고 정수리를 후려갈겼기 때문이었다.

퍼억!

수박 쪼개지는 소리와 함께 이마로 붉은 피가 주르르 흘러내렸다. 테디스의 몸이 눈을 까뒤집은 채 뒤로 쓰러졌다. 살펴볼 것도 없는 즉사였다.

쿵!

테디스를 단방에 때려죽인 레온이 몸을 돌렸다. 이백여 명의 주먹들이 움찔하며 레온을 쳐다보았다.

그들 중 몇몇의 얼굴에는 분기가 치솟고 있었다. 길드장이 쓰러진 것을 보고 울컥한 모양이었다. 그것을 눈치챈 레온이 머뭇거림 없이 살기를 개방했다.

콰콰콰콰—!

레온의 몸에서 뿜어진 살기가 순식간에 주위를 잠식했다. 전장에서 혈투를 통해 단련된 살기였다.

덩치들의 얼굴이 순식간에 파리해졌다. 담이 약한 자는 살기를 맞받은 순간 오줌을 지렸다.

"크으으……."

주춤주춤 물러나던 덩치들이 복종의 뜻으로 하나 둘씩 무릎을 꿇기 시작했다. 암흑가의 생리상 압도적인 힘을 보여준 자에게 복종하는 것은 결코 이상한 것이 아니었다.

이백여 명의 덩치들이 무릎 꿇은 앞에 레온은 마치 천신처럼 당당하게 버티고 서 있었다.

⚜

"흠, 일이 그렇게 진행된 게로군."

레온은 느긋하게 소파에 등을 깊이 파묻고 아네리의 보고를 듣고 있었다.

아네리가 조심스럽게 그간의 상황을 설명했다. 처참하게 처형될 운명에서 벗어난 것이 기뻤는지, 그녀는 안색이 한결 밝아진 상태였다.

"테디스는 잔혹함 하나로 슬픔의 늪 암흑가를 주름잡은 존재입니다. 자신에게 저항하는 자를 지극히 잔인하게 죽임으로써 본보기를 보였고, 그런 방법을 거듭하며 세력을 키워왔죠."

"결국 죽여야 할 놈을 죽였던 것이로군."

"그, 그렇습니다."

레온을 쳐다보는 아네리의 눈빛은 몽롱했다. 말이 쉽지 백여 명의 주먹패를 때려눕히고 이백여 명을 눈빛 하나로 제압하는 것은 아무나 하지 못하는 일이다. 그런데 눈앞의 덩치 큰 사내는 그것을 해냈다.

힘이 있다는 것은 암흑가에선 엄청난 미덕일 수밖에 없는 법. 그것이 바로 아네리가 레온에게 존경의 눈빛을 보내는 이유였다.

레온의 옆에는 넬이 찰싹 붙어 앉아 있었다. 붉게 물든 얼굴로 레온의 우람한 팔뚝을 꼭 붙들고 있는 것이다.

"저, 정말 고마워요. 덕분에 저와 오빠가 살 수 있었어요."

모기 소리처럼 전해지는 말에 레온이 미소를 지어주었다. 사실 레온이 아니었다면 넬과 그녀의 오빠는 꼬챙이에 꿰어 처참하게 죽어갔을 것이다.

그런 만큼 레온에게 고마워할 수밖에 없었다. 오빠인 나인은 부상이 심해서 다른 곳에서 치료를 받고 있었다.

레온을 힐끔힐끔 쳐다보던 아네리가 조심스럽게 입을 열었다.

"복종을 맹세한 세 길드의 간부들을 모두 한자리에 모아두었습니다."

"길드?"

"네, 이곳을 습격한 자들은 테디스 길드를 주축으로 스네이크, 타란튤라 길드가 모인 행동대원들입니다. 암흑가에서는 힘이 곧 법이지요. 그들을 거둬 들이신다면 상당히 큰 규모의 길드를 만드실 수 있으실 것입니다."

그 말에 레온이 쓴웃음을 지었다. 물론 주먹 길드의 보스가 되고 싶은 마음은 전혀 없었다. 때문에 레온이 딱 잘라 말했다.

"해산시키시오."

그 말에 아네리의 눈이 커졌다.

"하, 하지만……."

"본인은 할 일이 많은 사람이오. 암흑가는 암흑가의 법에 따라 움직여야 하는 법이지."

아네리가 살짝 입술을 깨물었다. 만약 저들을 해산시킨다면 장차 일어날 일은 보지 않아도 뻔했다.

뿔뿔이 흩어진 주먹들이 또 다른 길드를 만들어낼 것이며 그중에서 테디스와 같이 잔혹함을 내세우는 자가 나오지 않으란 법이 없었다.

아네리는 잠자코 자신이 걸어온 길을 떠올려 보았다. 그녀가 거친 주먹패들을 통솔하는 길드장이 된 것은 오로지 한 가지를 절실히 원했기 때문이었다.

거리의 여인들이 자신처럼 몸값에 매여 영원히 암흑가를 벗어나지 못하는 것. 그것을 막는 것이 그녀의 유일한 바람이었다.

아네리 역시 외부에서 흘러들어온 여인이었다. 두 살 아래의 여동생과 함께 코르도에 들어온 그녀는 인신매매 길드의 마수에 사로잡혀 빚을 졌다. 슬픔의 늪에 발을 디딘 외부의 여인들이 통과의례처럼 겪어야 하는 일이었다.

처음에는 열심히 일을 하면 갚을 수 있을 것 같았다. 그러나 그것은 오산이었다. 인신매매 길드원들은 갖가지 명목을 내세워 그녀와 동생의 빚을 불려나갔다. 집값, 밥값, 옷값 등등 수단과 방법을 가리지 않았다.

그렇게 해서 두 자매는 빈민가인 슬픔의 늪 깊숙이 침몰해 갔다. 그러다가 얼마 지나지 않아 동생이 죽었다.

그녀가 보는 앞에서 말이다. 고된 밑바닥 생활을 견디지 못하고 병이 들어버린 동생은 아네리가 손쓸 틈도 주지 않고 세상을 떠났다. 그때 아네리는 단단히 마음을 먹었다.

'영원히 이렇게 살 수는 없어.'

이왕 빈민촌을 벗어나지 못하는 운명이라면 밑바닥의 법을 이용해 자신과 같은 처지에 놓인 여인들의 운명을 뜯어고치겠다고 말이다.

그 일념으로 아네리는 필사적으로 기회를 엿보았다. 그리고 뜻하지 않게 그 기회를 잡았다. 사창가에 들른 군소 주먹 길드 길드장을 유혹해 애인이 되는 데 성공한 것이다.

사실 군소 주먹 길드의 운명은 뻔하다. 빈민가에서는 하루에도 몇 개의 군소 길드가 사라지고 다시 만들어진다.

블루버드 길드의 길드장도 아네리를 만난 지 얼마 되지 않아 경쟁 길드의 함정에 빠져 목숨을 잃었다. 길드장이 죽었으니 블루버드 길드는 해체되는 것이 정상이다. 그러나 아네리는 필사적으로 간부들을 설득했다.

"제가 길드장을 해 보겠어요. 잘할 자신이 있어요."

처음에는 간부들도 심드렁한 반응을 보였다. 제대로 주먹도 쓰지 못하는 전임 길드장의 애인에게 자신들의 운명을 걸기란 쉽지 않은 법이다. 그러나 아네리는 필사적으로 간부들을 설득했고 시한부로 대리 길드장 자리에 오르는데 성공했다.

그녀가 바라는 것은 단 하나, 관리하는 사창가의 창녀들이 열심히 일을 하면 몸값을 갚을 수 있는 희망을 품게 하는 것뿐이었다.

그런 그녀의 의도에 따라 블루버드 길드는 사창가의 관리방식을 바꾸었다. 상납금을 조금 줄여서 거리의 여인들이 빚을 갚을 수 있다는 희망을 품게 만든 것이다.

물론 블루버드 길드의 주먹들은 그것을 무척이나 못마땅해했다. 자신들의 몫이 줄어드니 만큼 그럴 수밖에 없었다. 그러나 아네리는 아랑곳없이 계획을 추진했다.

그런데 뜻밖의 결과가 나왔다. 빚을 갚을 수 있다는 희망을 품은 창녀들이 적극적으로 일을 하기 시작했던 것이다.

그저 죽지 못해 억지로 손님을 받는 다른 구역의 창녀들과 달리 블루버드가 관리하는 거리의 여인들은 미소 띤 얼굴로 손님을 유혹했다. 그리고 손님에게 최선을 다해 봉사했다. 그 소문은 서서히 수도 전역으로 퍼져나갔다.

"그 구역 창녀들이 그렇게 잘한다면서?"

"말도 마. 마치 애인을 대하는 것 같더라니까?"

사창가를 찾아오는 손님들은 서서히 블루버드 길드 소속 창녀들을 선호하기 시작했다. 그 수는 시간이 갈수록 늘어만 갔다.

그렇게 되자 블루버드 길드원의 주머니도 덩달아 두둑해졌다. 여인들의 벌이가 좋으니 상납금도 많아질 수밖에 없다. 바야흐로 아네리의 꿈이 실현되려는 순간이었다.

그런데 그녀의 원대한 계획은 채 피기도 전에 꺾여 버릴 운명에 놓였다. 블루버드 길드의 벌이가 좋다는 소문에 테디스가 눈독을 들인 것이다. 그는 블루버드 길드와 손잡은 두 길드를 회유하여 전면전에 나섰다.

그 위기를 레온이 나서서 모면하게 해 준 것이다.

만약 레온이 아니었다면 아네리를 비롯한 블루버드 길드의 간부들은 처참한 방식으로 처형되고 그들의 구역은 테디스의 것이 되었을 터였다. 그 사실을 떠올린 아네리가 입술을 깨물었다.

'저분이 이대로 떠나신다면 아무것도 안 돼.'

현재 그녀의 휘하에 있는 주먹은 스무 명도 되지 않는다. 열 명에 가까운 조직원들이 테디스 길드로 넘어간 것이다.

이대로 해산해 버린다면 저들은 분명 뿔뿔이 흩어져 또 다른 주먹 길드를 형성할 것이다.

제대로 된 전력이 없는 블루버드 길드는 오래지 않아 도태될 것이며 아네리가 품었던 꿈은 풍비박산이 날 수밖에 없는 운명이었다. 그것을 떠올린 아네리가 입술을 깨물었다.

'그렇게 되어서는 안 돼. 거리의 여인들에게 희망을 주어야

해.'

그러려면 먼저 눈앞의 사내를 잡아야 한다. 아네리의 눈에 결연한 빛이 어렸다.

"저, 드릴 말씀이 있어요."

몸을 일으키려던 레온이 흠칫했다. 아네리가 고즈넉한 어조로 자신이 품은 꿈을 설명하기 시작했다.

진심을 담은 말로 레온을 설복시키려는 것이다. 아네리의 이야기는 상당히 길었다.

"사실은……."

먼저 자신과 동생이 살아온 과정을 설명한 아네리는 이어 동생의 죽음과 그로 인해 품게 된 꿈을 이야기했다.

이야기가 진행될수록 그녀의 눈시울은 벌겋게 달아올랐다. 레온의 옆에 앉아 있던 넬조차 감정을 주체하지 못해 눈물을 주르르 흘러내렸다.

"제가 바라는 것은 단 하나뿐이에요. 거리의 여인들에게 희망을 주고 싶어요. 열심히 일한다면 이곳을 벗어날 수 있다는 희망 말이에요."

아네리는 거의 자포자기의 심정으로 내심을 털어놓고 있었다. 사실 그녀의 꿈을 들은 사람은 레온뿐만이 아니었다.

블루버드 길드의 간부들에게도 누차 이야기한 적 있었으며 동맹을 맺은 길드의 길드장에게도 서너 차례 털어놓아 보았다.

하지만 그들의 반응은 싸늘한 편이었다. 어차피 주먹 길드

라는 것이 가난한 행상인과 창녀들의 등골을 빼먹는 직업이
다.

그런 그들이 창녀들의 희망 따위에 관심을 가질 이유는 없
었다. 레온에게 꿈을 모두 털어놓은 아네리가 두 손을 마주잡
고 애원했다.

"제발 도와주십시오. 밖에 있는 주먹들만 통합할 수 있다면
거리의 여인들은 희망을 가질 수 있습니다. 부디 저희들의 꿈
을 이루게 해 주십시오."

애원하는 아네리는 소리 없이 흐느끼고 있었다. 맑은 눈물
이 볼을 타고 주르르 흘러내렸다.

"한 달. 한 달만 이곳을 맡아 주십시오. 이후는 제가 어떻게
든 이끌어나가 보겠습니다."

말은 그렇게 했지만 아네리의 안색은 밝지 않았다. 상대가
자신의 요청을 받아들여 한 달 동안 주먹패를 관리해 주더라
도 애당초 그것은 임시방편에 불과하다.

주먹들은 눈앞의 상대가 떠남과 동시에 길드를 탈퇴하거나
반기를 들 것이 분명했다. 그러나 아네리의 입장에서는 그것
만 해 주더라도 감지덕지였다.

그런 그녀의 시선을 받으며 레온이 조용히 침묵을 지켰다.
겉모습만 봐서는 그가 무슨 생각을 하는지 도무지 알 수 없었
다. 잠시 후 결정을 내렸는지 레온이 입을 열었다.

"본인은 할 일이 많은 사람이오. 해서 당신의 요청을 받아

들이지 못하오.”

아네리의 얼굴이 절망으로 물들었다. 그녀가 고개를 푹 수그리려는 순간 레온의 음성이 울려 퍼졌다.

“그러나 내가 할 수 있는 데까지는 해 주겠소.”

그 말에 깜짝 놀란 아네리가 고개를 들었다. 레온이 그녀를 보며 빙긋이 웃어주었다.

“길드의 중견 간부들은 어디에 있소?”

그 말에 한 가닥 희망을 품은 아네리가 급히 입을 열었다.

“여, 옆방에 있습니다.”

“그들을 이리로 들여보내시오.”

“아, 알겠습니다.”

아네리가 허겁지겁 달려 나갔다. 잠시 후 건장한 덩치들이 하나 둘씩 들어오기 시작했다. 하나같이 몸에 문신이나 흉터를 새겨 넣은 자들이었다.

중견 간부라서 그런지 나이가 장년층 이상은 되어 보였다. 그들이 주눅이 든 표정으로 들어와 방을 가득 채웠다. 힐끔힐끔 레온을 쳐다보는 것을 보아 잔뜩 겁을 집어먹은 표정이었다.

그들 중 몇 명의 머리통에 큼지막한 혹이 나 있는 것을 보아 공포심의 근원을 충분히 알아낼 수 있었다. 레온이 그들을 쳐다보며 고즈넉이 입을 열었다.

“너희들이 밖의 주먹들을 관리하는 자들인가?”

서로의 눈치를 보며 주뼛거리던 덩치들이 하나 둘씩 입을 열기 시작했다.

"그, 그렇습니다. 제가 스네이크 길드의 길드장입니다."

"저, 저는 타란튤라 길드를 책임지고 있습니다."

테디스 길드는 간부 몇 명이 나섰다. 지금껏 길드를 이끌던 보스가 레온의 손에 의해 세상을 하직했기 때문이었다. 그들을 보던 레온이 느릿하게 몸을 일으켰다. 그가 제일 먼저 한 일은 뜻밖에도 상의를 벗는 것이었다.

주먹들이 의아한 눈빛으로 레온의 일거수일투족을 쳐다보았다. 자신들을 불러놓고 대관절 왜 상의를 벗는단 말인가?

"저에게 주세요."

넬이 재빨리 다가와서 레온이 벗은 상의를 받아들었다.

"뒤로 물러나 있어라."

넬이 뒤로 물러나는 순간 레온의 몸에서 폭풍 같은 기세가 뿜어져 나왔다.

콰콰콰콰.

덩치들이 흠칫 놀라 몸을 떨었다.

"헉!"

다음 순간 그들의 눈이 퉁방울만 해졌다. 도저히 믿을 수 없는 광경이 펼쳐졌기 때문이었다. 마신갑이 폭죽이 터지듯 증식하며 레온의 몸을 휘감았다.

촤라라라락.

잠시 후 그곳에는 붉은 빛 중갑주를 입고 등에 장창을 찬 기사가 천신처럼 버티고 서 있었다.

"브, 블러디 나이트……."

덩치들이 입을 딱 벌렸다. 벌린 입에서 침이 주르르 흘러내렸지만 누구 하나 그것을 의식하지 못했다.

놀란 것은 간부들뿐만이 아니었다. 아네리와 넬 역시 눈을 크게 뜨고 레온을 쳐다보고 있었다.

"세, 세상에……."

물론 그들 중 레온의 정체를 모르는 사람은 아무도 없었다. 아르카디아를 위진시킨 블러디 나이트를 그 누가 모르겠는가?

그들이 넋 놓고 지켜보는 사이 레온의 투구 사이에서 자욱한 안광이 뿜어져 나왔다.

"내가 누군 줄 아는가?"

간부들이 정신없이 고개를 끄덕였다.

"무, 물론입니다."

"저희들이 어찌 블러디 나이트를 모르겠습니까?"

그 말을 들은 레온이 입을 열었다.

"그렇다면 내가 펜슬럿 국왕전하의 손자라는 사실도 알고 있겠지?"

덩치들이 머뭇거림 없이 고개를 끄덕였다. 블러디 나이트의 진정한 정체가 펜슬럿 왕족이라는 사실은 이곳 암흑가에도 전해진 바 있었다. 그들을 둘러보며 레온이 느릿하게 말을 이어

나갔다.

"암흑가에는 암흑가만의 법이 있다는 사실을 나도 알고 있다. 그래서 가급적 이곳의 일에 개입하지 않으려고 했다."

말을 마친 순간 레온의 눈에서 섬뜩한 광망이 쭉 뿜어져 나왔다.

"하지만 테디스의 행위는 지나쳤다. 이곳의 사람들도 엄연히 국왕전하의 백성일진데 어찌 함부로 처형할 수 있단 말인가? 그것도 그토록 참혹한 방법으로."

"……."

"그를 죽인 것은 바로 그 때문이다. 함부로 국왕전하의 백성을 죽이려 한 죄!"

그 말에 간부들이 부르르 몸을 떨었다. 말이 끝남과 동시에 강력한 기세가 몸을 잠식했기 때문이었다.

"이곳이 나름대로의 법칙에 의해서 돌아간다는 사실은 인정한다. 하지만 테디스와 같은 자가 또다시 나오는 것은 원치 않는다. 해서 나는 이곳에다 한 가지 안전장치를 마련하고자 한다."

레온이 손을 뻗어 아네리에게 손짓을 했다. 아직까지 멍한 표정을 짓고 있던 아네리가 재빨리 다가왔다. 레온이 그녀의 어깨에 손을 얹었다.

"나는 블루버드 길드, 정확히 말해 길드장 아네리에게 힘을 실어주려 한다. 그녀에게 힘이 있다면 테디스 같은 자의 등장을 막을 수 있다고 생각하기 때문이다.”

심각한 표정으로 레온을 쳐다보던 간부들 중 한 명이 조심스럽게 입을 열었다.

“그렇다면 왕실에서 저희 암흑가의 일에 개입을 하시려는 것입니까?”

그의 걱정은 지당했다. 그리고 지금까지 그런 시도가 없었던 것은 아니다.

왕실의 사주를 받은 외부인이 조직을 만들어 이곳을 통제하려 한 경우가 종종 있었다.

그러나 시도는 실패로 돌아가는 경우가 다반사였다. 밑바닥 인생답게 이곳 주먹 길드의 응집력은 상상을 초월했다. 그들은 한마음 한뜻으로 똘똘 뭉쳐 외부의 세력을 몰아냈다.

말을 꺼낸 간부는 그것을 걱정하는 것이다. 자칫 잘못해서 왕실의 끄나풀로 낙인찍히면 해당 길드는 그날로 끝장이었다. 그러나 레온은 느릿하게 고개를 흔들었다.

“나는 왕실의 입장에서 그녀를 후견하려는 것이 아니다. 아네리의 후견인은 왕손 레온이 아니라 블러디 나이트이다. 내 개인적인 신분으로 아네리를 후견하는 것이다.”

쾅.

간부들의 이마에서 식은땀이 흘러내렸다. 인간의 한계를 넘어선 초인이 후견을 해 준다는 것은 정말로 엄청난 일이었다.

심지어 아네리조차 실감이 나지 않는 듯 눈을 끔뻑거리고 있었다. 레온이 느릿하게 고개를 돌려 아네리를 쳐다보았다.

"비록 후견을 해 주긴 하지만 내부의 일에 관여할 생각은 없다. 조직을 만들어 유지해 나가는 것은 전적으로 아네리와 너희들의 몫이다."

말을 마친 레온이 기세를 쭉 내뿜었다.

콰콰콰콰—

기세에 잠식당한 간부들의 낯빛이 창백해졌다. 도저히 인간으로 생각되지 않는 기세였다.

"난 너희들을 모두 통합하여 새로운 길드를 만들고자 한다. 그리고 새로 만들어진 길드의 보스는 아네리에게 맡기겠다. 거기에 반대하는 자가 있는가?"

간부들이 몸을 부르르 떨었다. 그랜드 마스터가 기세를 내뿜고 있는데 그 누가 반발할 수 있단 말인가?

설령 있다고 해도 나설 수 없었다. 그들의 귓전으로 스산한 음성이 울려 퍼졌다.

"반대하는 자가 없으니 모두 동의한 것으로 알겠다. 앞으로 길드장 아네리의 말에 절대 복종하기 바란다."

말을 마친 레온이 아네리를 쳐다보았다.

"길드의 이름을 변경할 생각인가?"

멍하니 레온을 쳐다보던 아네리가 퍼뜩 정신을 차렸다.

"아, 아닙니다. 블루버드라는 길드명을 유지할 생각입니다."

"좋다. 너희들은 이제부터 블루버드 길드원이다."

말을 마친 레온이 창을 뽑아들었다.

"만에 하나 길드장 아네리의 명에 복종하지 않거나 반란을 꾀하는 자가 있다면……."

레온의 말이 끝나기가 무섭게 창날에서 오러 블레이드가 쭉 뿜어졌다.

좌아아아악—!

3미터 길이로 자라난 오러 블레이드가 여러 가닥으로 갈라졌다. 간부들은 귀 옆을, 혹은 목덜미를 아슬아슬하게 스치고 지나가는 오러 블레이드의 예기를 온몸으로 느껴야 했다.

서걱.

오러 블레이드는 간부들의 귀걸이와 손가락에 차고 있는 반지를 예리하게 가르고 지나갔다. 길드 소속이라는 것을 증명하는 장신구였다.

"으으으……."

레온의 정교한 오러 통제 능력에 간부들은 식은땀만 주르르 흘려야 했다.

레온이 손가락 하나만 까딱한다면 자신들의 신체는 그대로 잘려나갈 것이다. 그들의 귓전으로 레온의 경고가 마치 천둥처럼 울려 퍼졌다.

"나의 분노를 정면으로 맛보아야 할 것이다. 혹시라도 맛보기로 경험해 보고 싶은 자가 있는가?"

간부들은 꿀 먹은 벙어리처럼 침묵을 지켰다. 당장이라도 오러 블레이드가 자신의 목을 뎅경 잘라 버릴 것만 같았다. 그 모습을 지켜보던 레온이 오러 블레이드를 거뒀다.

"혹시라도 도망칠 생각이 있다면 지금 버려라. 지옥 끝까지라도 쫓아가서 블러디 나이트의 분노를 발산할 것이다."

레온의 추상같은 명령에 간부들이 식은땀을 흘리며 대답했다.

"알겠습니다."

"길드장 아네리 님의 명령에 절대 복종하겠습니다."

살짝 고개를 끄덕인 레온이 뒤로 물러섰다. 그의 시선은 아네리에게 꽂혀 있었다.

붉게 상기된 얼굴로 레온을 쳐다보던 아네리가 알겠다는 듯 고개를 끄덕이며 앞으로 나섰다.

"여러분은 이제부터 블루버드 길드의 구성원들입니다. 앞으로 제 명령에 절대 복종해 주시기 바랍니다."

"알겠습니다."

땀에 흠뻑 젖은 간부들이 고개를 조아렸다. 그들에게는 감히 거부할 만한 배포가 없었다. 아네리는 이제 더 이상 힘없는 여자가 아니었다. 세상에서 가장 강할지도 모르는 자를 후견인으로 둔 여인이었다.

"여러분의 직책과 직위는 빠른 시일 내에 정해 주겠어요. 그러니 일단은 물러가 보세요. 그리고 관리자분들은 각 길드의 사업내용이 기재된 장부를 저에게 가져다 주세요. 이제부

터 테디스, 스네이크, 타란튤라 길드는 세상에 존재하지 않아
요. 모조리 블루버드 길드에 통합된 것입니다. 여러분 또한 블
루버드 길드의 길드원들이에요.”
　“아, 알겠습니다.”
　덩치들이 겁먹은 표정으로 하나 둘씩 방을 나서기 시작했
다. 물론 그러면서도 천신처럼 버티고 서 있는 레온을 힐끔힐
끔 쳐다보는 것을 잊지 않았다.

　잠시 후 그곳에는 레온과 아네리, 넬만이 남겨졌다. 넬의 얼
굴은 완전히 홍조로 물들어 있었다. 그녀는 몽롱한 눈빛으로
레온을 하염없이 쳐다보고 있었다.
　‘세, 세상에. 내가 블러디 나이트와 한자리에 있다니……’
　마치 꿈을 꾸는 듯한 기분이었다. 블러디 나이트가 대관절
누구인가?
　본신의 실력으로 대륙의 강자들을 무릎 꿇린 그랜드 마스터
아니던가? 그런 유명인과 대화를 나누었다는 생각에 그녀는
정신이 아찔해졌다.
　그러고 보니 덩치 백여 명을 박살낸 것도 더 이상 경이롭게
여겨지지 않았다.
　그랜드 마스터에게 그것은 어린아이 손가락 비트는 것보다
도 쉬운 일이었다. 그녀가 가쁜 숨을 몰아쉬는 사이 레온이 마
신갑을 해체했다.

좌라라라락.

특유의 소리와 함께 마신갑이 본 모습으로 돌아왔다. 그것을 본 넬이 재빨리 다가가서 들고 있던 상의를 건넸다.

"고맙구나."

미소를 지어준 레온이 느릿하게 상의를 걸쳤다. 단추를 채우며 그가 아네리를 쳐다보았다.

"내가 해 줄 수 있는 것은 오로지 이것뿐이오. 부디 당신에게 도움이 되었으면 좋겠소."

아네리의 눈빛 역시 넬과 마찬가지로 몽롱했다. 천하의 블러디 나이트를 앞에 두고 그 어떤 여인이 냉정을 유지할 수 있단 말인가? 레온의 말에 퍼뜩 정신을 차린 아네리가 공손히 절을 했다.

"이보다 더 큰 도움이 있겠습니까? 저로서는 천군만마를 얻은 듯한 기분이옵니다."

"간부들은 감히 다른 생각을 하지 못할 것이오."

"저도 그런 생각입니다. 한낱 빈민가 폭력 길드의 간부들이 어찌 블러디 나이트의 위엄을 거스르겠습니까?"

아네리의 얼굴에는 형언할 수 없는 빛이 어려 있었다. 말은 쉽게 했지만 레온은 그녀에게 실로 엄청난 일을 해 주었다.

현 펜슬럿 국왕의 손자이자 블러디 나이트가 암흑가의 군소 폭력 길드의 후견인이 되어주는 것은 누가 보더라도 말이 되지 않는 소리이다. 그런 일을 해 준 레온이 느릿하게 몸을 일으켰다.

"그럼 본인은 그만 가보도록 하겠소."

그 말에 넬의 눈에 눈물이 글썽거렸다. 행여나 놓칠세라 레온의 팔을 꼭 붙든 넬이 레온을 올려다보았다.

"조금 더 있다가 가시면 안 되나요?"

"볼 일이 있다. 그리고 해가 밝기 전에 왕궁에 들어가야 하는 것이 내 입장이다."

말을 마친 레온이 한쪽 눈을 찡긋했다.

"사실 난 몰래 왕궁을 빠져나왔단다."

레온의 윙크에 넬은 눈앞이 아찔해지는 것을 느꼈다. 자신도 모르게 레온의 팔을 꼭 끌어안은 넬이 가쁜 숨을 훅 토해냈다.

"다, 다시 뵐 수 있을까요?"

"기회가 되면 가능하겠지. 참 그러고 보니 잊은 것이 있었군."

레온이 고개를 돌려 아네리를 쳐다보았다.

"만약 넬이 원한다면 그녀를 고향으로 돌려보내 주시오. 그녀의 몸값은 내가 대신 갚겠소."

아네리가 천부당만부당하다는 듯 머리를 흔들었다.

"어찌 그럴 수가 있겠습니까? 넬은 지금 이 시간부터 자유입니다. 몸값은 탕감입니다."

"고맙소."

레온의 말에 아네리가 화들짝 놀라 고개를 숙였다. 레온이 슬며시 웃으며 넬의 머리를 쓰다듬어 주었다.

"그럼 가보겠다. 다음에 보자꾸나."

말을 마친 레온이 걸음을 옮겼다. 기다리고 있던 블루버드 길드 소속의 주먹들이 공손한 태도로 문을 열어 주었다.

저벅저벅.

문 밖으로 사라지는 레온을 넬과 아네리가 하염없이 쳐다보고 있었다. 레온의 모습이 작아질수록 넬의 눈가로 눈물방울이 맺히고 있었다.

한산해진 거리를 걷는 레온이 머리를 절레절레 흔들었다.

"생각지도 못한 일에 휘말리게 되었군."

그러나 레온의 안색은 밝은 편이었다. 비록 성취가능성이 미지수이긴 하지만 아네리는 나름대로 긍정적인 꿈을 품고 있었다. 거기에 조금이나마 힘을 더해 준 것이 더없이 뿌듯했다.

'부디 이 작은 도움으로 이곳 거리의 여인들이 희망을 품을 수 있게 되기를……'

만약 이 사실이 외부로 퍼진다면 왕실의 명예에 상당한 누가 될 것이다.

국왕의 손자가 암흑가 범죄조직의 후견인이 되었다는 사실은 어떠한 경우에도 퍼져서는 안 되는 종류의 일이다. 설사 그것이 블러디 나이트의 신분이라고 해도 마찬가지였다.

　그러나 레온은 상관하지 않았다. 이번 사건으로 실추되는 명예보다 거리의 여인들이 희망을 품게 되는 것이 더욱 가치 있는 일이었다. 하늘을 올려다본 레온이 신법을 펼치기 시작했다.

　"늦었군. 서둘러야겠어."

　그의 몸이 쏜살같이 어둠을 뚫고 사라지기 시작했다.

❧

　쿠슬란은 명상을 하고 있었다. 그러나 오늘따라 정신을 집중하기가 힘들었다.

　오늘 아침 전해들은 레온의 일 때문일지도 몰랐다. 펜슬럿에 블러디 나이트가 나타났는데 그의 진정한 정체가 펜슬럿 왕족이라는 사실이 시내에 파다했다.

　생필품을 사기 위해 시내로 나갔던 쿠슬란은 술집에서 그 소문을 전해들었다. 쿠슬란은 적이 놀랐다.

　"레온의 정체가 어찌하다 탄로 났단 말인가?"

　사모하는 여인의 아들이라서 그런지 몰라도 쿠슬란은 레온에게 남다른 감정을 가지고 있었다.

　물론 그의 위치에서 전해들을 수 있는 소문에는 한계가 있다. 때문에 쿠슬란은 더 이상 정보를 알아내지 못하고 집으로 돌아올 수밖에 없었다.

　"그렇다면 더 이상 레온과 수련을 할 수 없다는 말인가?"

묵묵히 독백하던 쿠슬란이 씁쓸히 미소를 지었다. 레온의
처지가 어떻게 된지도 모르는데 자신은 수련만을 걱정하고 있
다. 미안한 생각에 얼굴이 벌겋게 달아올랐다.

'내가 이렇게 이기적이었나?'

머리를 흔들며 명상에 집중하려 하는데 문이 열렸다. 고개
를 돌린 쿠슬란의 눈에 낯익은 모습이 들어왔다. 문가를 꽉 채
운 덩치를 본 순간 쿠슬란의 얼굴이 환히 밝아졌다.

"레온, 왔구나."

레온의 입가에도 미소가 떠올랐다. 블루버드 길드의 본부를
떠나온 레온은 신법을 펼쳐 단숨에 나이젤 산으로 올랐다. 그
리고 곧바로 쿠슬란의 오두막을 찾은 것이다.

"오랜만입니다, 아저씨."

"잘 왔다. 안 그래도 네 안위가 궁금했단다."

성큼성큼 걸어간 쿠슬란이 레온의 손을 꼭 잡았다. 그의 눈
에는 진심으로 레온을 걱정하는 빛이 일렁였다.

"그런데 어떻게 된 것이냐? 네 정체가 드러났다는 소문이
시내에 파다하더구나."

레온이 조용한 어조로 그간의 일을 설명했다. 마루스의 초
인인 플루토 공작이 기사 백여 명을 이끌고 왕궁으로 공간이
동을 했다는 대목에서는 쿠슬란의 얼굴에도 분기가 충천했다.

어쨌거나 그 역시 펜슬럿의 기사임에는 틀림이 없었다. 그
러나 레온이 등장해서 마루스의 음모를 분쇄해 버렸다는 대목

에서 그는 다시 냉정을 되찾았다. 모든 이야기를 듣자 그가 흥분해서 레온의 손을 꼭 쥐었다.

"정말 잘했구나. 네가 아니었다면 펜슬럿 왕실은 크나큰 위기에 처했을 것이다."

"결국 정체를 드러낼 수밖에 없었어요. 그토록 숨기려고 했건만……."

쿠슬란의 입가에 미소가 떠올랐다.

"예리한 송곳은 주머니에 있어도 결국 뚫고 나오기 마련이란다. 그나저나 블러디 나이트임이 밝혀진 이상 대우가 확 달라졌겠구나."

"네. 국왕전하로부터 왕실기사로 서임 받았어요. 내성에 궁도 하나 받았고요."

쿠슬란이 당연하다는 듯 고개를 끄덕였다.

"당연히 그래야지. 그래야 하고말고……. 그나저나 머지않아 전쟁이 터지겠구나."

"……."

"마루스가 그런 음모를 꾸몄으니 본국으로서는 당연히 빚을 갚아야 할 터. 전면전이 벌어질 것은 불 보듯 뻔하다."

레온의 얼굴이 어두워졌다.

"전쟁 때문에 많은 사람들이 죽어가겠군요."

"아마 그럴 게다. 본국과 마루스는 이미 감정의 골이 깊게 팬지 오래이다."

숙연한 분위기를 돌리려는 듯 레온이 빙긋이 미소를 지었
다.

"오랜만에 왔는데 우선 대련부터 한 번 하는 것이 어때요?"

물론 쿠슬란이 대련을 마다할 순 없는 노릇이다. 두말없이
검을 집어 들고 나서는 쿠슬란의 뒤를 레온이 따랐다.

검을 움켜쥔 쿠슬란이 눈을 빛냈다.

"오늘은 조금 다를 것이다. 나름대로 열심히 수련을 했으니
말이다."

"기대하겠어요."

대련은 불과 30분을 넘기지 않았다.

"헉, 헉……."

땀투성이가 되어 거친 숨을 몰아쉬는 쿠슬란을 보며 레온이
창을 병기대에 걸었다.

레온이 마신갑을 착용하지 않고도 창을 쓸 수 있도록 쿠슬
란이 장창을 하나 준비해 둔 것이다.

"많이 나아졌군요. 오늘은 공격이 조금 날카로웠어요."

"고, 고맙다. 레온."

고개를 끄덕인 레온이 하늘을 올려다보았다. 벌써 동쪽 하
늘에 동이 트고 있었다.

"이만 가봐야겠군요. 누구에게도 말하지 않고 몰래 빠져나
온 상황이라……."

"그래야지. 힘들면 굳이 오지 않아도 된다. 이젠 혼자서도 충분히 수련을 할 수 있으니까."

그 말에 레온이 씩 웃었다.

"걱정하지 마세요. 제가 마음을 먹는다면 그 누구도 절 찾아낼 수 없으니까요. 그럼 이만 가보도록 할게요."

"살펴 가거라."

쿠슬란이 어둠 속으로 사라지는 레온의 모습을 착 가라앉은 눈빛으로 지켜보고 있었다.

VII
레온 왕손의
마음을 사로잡아라

날이 밝았다. 그러나 왕궁의 분위기는 더없이 활기찼다. 국왕이 선포한 승전연이 오후부터 성대하게 열리기 때문이다.

연회를 위해 요리사들이 땀을 뻘뻘 흘리며 음식을 만들었다. 왕궁 창고에서는 오래 묵은 술통이 대거 밖으로 꺼내어졌다.

그러나 그와는 대조적으로 왕세자궁의 분위기는 싸늘하기 그지없었다.

"으드드득. 레온이란 놈을 만나보지도 못했다고?"

왕세자 에르난데스가 이를 갈며 분통을 터뜨렸다.

"그, 그렇습니다. 굳이 만나볼 이유가 없다고 했습니다."

부관이 쩔쩔매며 대답했다. 그는 어젯밤 레온의 궁을 찾아갔다. 왕세자의 명을 이행하기 위해서였다.

내성의 궁들은 오로지 주인의 허락이 있어야 들어가는 것이 가능하다. 전갈을 받은 근위기사는 그 사실을 레온에게 전했다. 그러나 레온은 면담요청을 단번에 일축했다.

"레온 왕손님께서는 만나볼 생각이 없다고 하셨습니다."

근위기사의 말에 부관은 쓸쓸히 돌아올 수밖에 없었다. 시간이 늦어서 왕세자가 이미 잠자리에 든 시간이라 부관의 보고는 아침이 되어서야 이루어졌다. 그리고 보고를 들은 왕세자는 불같이 화를 내고 있었다.

"비천한 자식이 주제도 모르고……."

활활 타오르는 듯한 시선이 부관에게로 향했다.

"에스테즈 쪽의 사정은 어떻다고 하더냐."

부들부들 떨던 부관이 안색을 굳혔다.

"네. 첩자들의 보고에 따르면 레온 왕손님은 벌써 둘째 왕자님과 손을 잡은 것 같습니다. 둘째 왕자 쪽 사람들이 블러디 나이트의 영입에 성공했다고 무척 기뻐하고 있다고 합니다."

왕세자의 눈에 기광이 번뜩였다.

"그게 사실인가?"

"아무래도 그런 것 같습니다. 둘째 왕자 측에서 새벽녘에 레온 왕손님의 궁으로 예물을 보냈다는 첩보가 들어왔습니다."

"그래서? 레온이란 놈이 예물을 받아들였나?"

부관이 송구스럽다는 듯 고개를 꺾었다.

"그렇습니다."

그 말을 들은 왕세자가 안색을 싸늘하게 굳혔다.

"흐흐흐. 그랬단 말이지? 그렇다면 할 수 없지."

탁자 아래로 내려진 왕세자의 주먹이 불끈 쥐어졌다. 물론 그가 무슨 생각을 하는지 아는 사람은 아무도 없었다.

⚜

왕궁 연회장에서 개최되는 승전연에는 현 국왕 로니우스 2세의 저의가 깔려 있었다. 간단히 말해 연회를 통해 마루스와의 전쟁자금을 최대한 이끌어내려는 것이다.

로니우스 2세는 승전연에 참석할 수 있는 자격을 엄격히 정했다. 철저히 전쟁에 지원한 병력과 물자 순으로 초청장을 발부한 것이다. 그 사실이 전해지자 귀족사회는 발칵 뒤집혔다.

"전하께서 강수를 두셨군."

"맥점을 정확히 짚었어."

초청장을 발부하기 전에 로니우스 2세는 혼담이 들어온 귀족 가문에 답장을 보냈다. 그것은 혼인 문제를 철저히 레온에게 위임한다는 것이었다.

〈내 손자 레온은 혼자만의 노력으로 그랜드 마스터의 경지에 이르렀소. 그것도 서른도 되지 않는 젊은 나이에 말이오.
본인은 그 공을 기리려고 하오. 해서 혼인 문제는 전적으로 레
온 자신의 의사에 맡기고자 하오. 레온에겐 가장 마음에 드는
여인을 아내로 선택할 기회가 주어질 것이오.〉

　혼담을 넣은 귀족 가문에겐 청천벽력과도 같은 회신이었다.
마루스와의 전쟁에 가장 많은 지원을 한 가문에게 혼담을 승
낙할 줄 알았는데 뜻밖에 레온의 자유의사에 맡기다니…….
　그러나 귀족들은 포기하지 않았다. 가문의 영애를 곱게 단
장시키고 철저히 교육을 시켜 반드시 레온의 마음을 사로잡겠
다고 다짐했다. 그랜드 마스터를 가문에 들이는 것은 그 정도
로 중요한 일이었다.
　그리고 그 소식을 들은 군소 귀족들은 무척 기뻐했다. 군사
력이나 재력에 있어서 상대적으로 열세인 그들에게 공평하게
기회가 돌아간 것이기 때문이다.
　그들은 가문의 여식과 레온과의 만남을 위해 필사적으로 승
전연에 참석하려고 했다. 그러려면 원래 결정했던 것 이상으
로 군대와 물자를 지원해야 한다. 승전연 참가자격이 철저히
지원규모에 따라 결정되기 때문이었다.
　로니우스 2세는 바로 그것을 노렸다. 가문의 영애를 레온
왕손과 만나게 하려는 일념으로 귀족 가문들이 더욱 많은 지
원을 할 터이기 때문이다.

예상대로 귀족 가문들은 승전연에 참가하기 위해 예정해 놓았던 지원규모를 번복했다. 국왕의 노림수가 정확히 먹혀 든 것이다.

⚜

현재 아르카디아 전역은 발칵 뒤집힌 상태였다. 아르카디아 십대 초인 중 절반을 꺾은 의문의 그랜드 마스터 블러디 나이트가 펜슬럿의 왕족이었다는 사실은 마법통신을 타고 전 대륙으로 전달되었다.

그렇게 되자 블러디 나이트의 영입을 위해 나섰던 왕국들은 허탈감을 감추지 못했다. 아무 곳에도 소속되지 않은 초인으로 생각했는데 뜻밖에 펜슬럿과 혈연관계를 맺고 있었으니 그럴 수밖에 없었다.

헛물을 켠 왕국들은 쓸쓸히 사신단을 철수시켰다. 사실이 밝혀진 이상 더 이상 블러디 나이트의 영입을 꾀할 순 없는 노릇이다.

오스티아와 아리엘 공국, 루첸버그 교국처럼 초인간의 대결이 좋은 결말로 난 왕국에서는 펜슬럿 왕국에 사신을 보내어 그것을 축하해 주었다.

반면 렌달 국가연방처럼 감정이 좋지 않은 왕국에서는 그저 속으로만 끙끙 앓을 수밖에 없었다.

블러디 나이트가 외톨이일 때에는 그나마 복수할 만한 가능성이 있었지만 강대국 펜슬럿의 왕족임이 밝혀졌으니 더 이상 손쓸 여지가 사라진 것이나 다름없었다.

가장 큰 충격을 받은 곳은 단연 크로센 제국이었다. 블러디 나이트의 행방에 현상금까지 걸어두고 있던 터라 놀라움은 더욱 컸다. 크로센 제국은 즉각 사신을 파견해서 사실 여부를 알아내려 했다.

수십 명의 사신들이 공간이동 마법진을 통해 펜슬럿을 방문했다. 그러나 펜슬럿 왕실도 이미 만반의 준비를 갖춘 상태였다. 회의장에 도착한 크로센 제국의 사신들은 집요하게 진위 여부를 추궁했다.

"저희들은 펜슬럿이 섣불리 블러디 나이트를 인정한 사실을 안타깝게 생각하고 있습니다. 그는 트루베니아 출신의 그랜드 마스터로서 배후에 누가 있는지 확인되지 않았습니다. 최악의 경우 헬프레인 제국의 끄나풀일지도 모르는 문제입니다."

그러나 펜슬럿의 사신들은 추호도 물러서지 않고 레온을 변론했다.

이미 그들은 레온의 청문회 내용을 통해 모든 사실을 파악해 두었다. 그들은 그것을 기반으로 강력하게 크로센 사신단을 압박했다.

"레온 왕손님의 몸에 흐르는 피의 절반은 엄연히 펜슬럿 왕가의 것입니다. 따라서 트루베니아 출신이란 사실에는 어폐가 있지요.”

“하지만 사실이 확실히 증명되지 않았습니다.”

“어째서 증명되지 않았습니까? 레오니아 왕녀님께서 설마 당신의 아들을 알아보지 못한다고 생각하시는 것입니까?”

크로센의 사신단은 말문이 콱 막힐 수밖에 없었다. 그 사실을 부정한다면 펜슬럿 왕실을 공개적으로 모욕하는 셈이 된다. 때문에 크로센 사신들로서는 그냥 인정할 수밖에 없었다.

“좋습니다. 그 사실은 인정하겠습니다. 하지만 그렇다고 해서 모든 의혹이 풀린 것은 아닙니다.”

전문적인 외교관답게 크로센 사신들의 화술은 출중했다. 그러나 상대하는 펜슬럿 외교관들 역시 전문가들이었다. 추호도 크로센 사신들의 의도에 말려들지 않았다.

“블러디 나이트가 그랜드 마스터의 경지에 오른 과정이 전혀 밝혀져 있지 않습니다. 그가 어떤 마나연공법을 익혔으며 어떻게 해서 그토록 파괴적인 창술을 익혔는지…….”

“레온 왕손님께서는 스승님으로부터 마나연공법과 창술을 전수받았다고 밝히셨습니다. 그 스승님은 놀랍게도 아르카디아의 건국조 크로센 대제와 같은 차원에서 오신 분이라고 하셨습니다.”

“그러나 그의 정체가 밝혀지지 않은 것은 사실입니다. 그 스승이란 자가 무슨 의도로…….”

“그분께서는 레온 왕손님께 마나연공법과 창술을 전수해 주신 뒤 곧바로 원래의 차원으로 돌아갔다고 합니다.”

크로센 사신단은 눈을 빛내며 흠을 잡아내려 했다.

“그러나 그것이 명확하게 입증된 것이 아니지 않습니까? 스승이란 자가 트루베니아에 남아서 뭔가 음모를 획책하고 있을 가능성도 생각해야 합니다.”

다행히 대응하는 펜슬럿의 외교관들은 노련했다.

“레온 왕손님께서는 펜슬럿 왕실의 명예를 걸고 모든 증언이 진실이라고 맹세하셨습니다.”

그 말에 크로센 사신들은 다시 말문이 콱 막히는 것을 느꼈다. 계속 의혹을 제기한다면 펜슬럿 왕실의 명예를 훼손하는 격이 된다.

몇몇 사신들의 이마에서는 구슬 같은 땀이 흘러내렸다.

‘정말 난감한 상황이로군. 블러디 나이트가 하필이면 펜슬럿의 왕족이었다니.’

그러나 순순히 물러날 순 없는 노릇이다.

“그러나 블러디 나이트는 누차에 걸쳐 본국 기사들을 살상했습니다. 가장 먼저……”

펜슬럿 외교관이 미소를 지으며 말을 끊었다.

“그 점에 대해서는 상세히 조사를 했습니다. 레온 왕손님께서 성실히 협조해 주셔서 모든 정황을 파악할 수 있었습니다.”

말을 마친 외교관이 서류 한 장을 꺼내어 내밀었다.

“레온 왕손님께서 크로센 기사들과 충돌하신 시간과 장소,

그리고 경위가 적혀 있습니다. 이 내용대로라면 레온 왕손님께는 아무런 잘못이 없습니다. 대부분 크로센 기사들이 선제공격을 했고 레온 왕손님께서는 정당방위 차원에서 대응하신 것뿐입니다."

외교관 중 한 명인 테사로스 백작이 미간을 찌푸리며 크로센 사신들을 노려보았다.

"그리고 이번 일에 대해 펜슬럿 왕국에서는 크로센 제국에 심심한 유감을 표시해야겠습니다. 크로센 제국의 기사들은 불충분한 정보를 근거로 레온 왕손님을 공격했습니다. 확실한 증거도 없이 펜슬럿의 왕족이신 레온 왕손님을 공격한 것은 명백히 국제관례에 어긋나는 일입니다."

"하지만 당시에는 블러디 나이트의 정체가 명확하지 않았습니다만."

"그 점은 인정합니다. 그러나 레온 왕손님의 정체가 명확히 밝혀진 지금에도 문제를 제기하는 것은 뭔가 어폐가 있다고 생각하지 않습니까?"

크로센 사신단은 쩔쩔맬 수밖에 없었다. 어차피 그들에겐 정당성이 결여되어 있었다. 블러디 나이트의 신병을 확보하기 위해 수단과 방법을 가리지 않았기 때문이었다.

때문에 펜슬럿 외교관들의 날카로운 추궁에 꿀 먹은 벙어리가 될 수밖에 없었다.

펜슬럿은 크로센 제국 못지않은 강국이다. 그런 만큼 외교관들의 역량에서 뒤질 이유가 없었다. 산전수전 다 겪은 외교관들은 명확한 조사내용을 근거로 인정사정없이 크로센 사신단을 압박해 나갔다.

"그리고 리빙스턴 후작님과의 대결에서도 레온 왕손님의 잘못을 찾아볼 수 없습니다. 정당한 승부에 따른 결과를 부정하신다면 공식적으로 문제를 제기할 수밖에 없습니다. 물론 그러려면 귀국에서 보유하고 있다는 다크 나이츠에 대해서도 문제제기가 불가피합니다."

그 말에 크로센 사신들이 이를 갈았다. 그렇게 된다면 제국 최고의 비밀병기인 다크 나이츠에 대한 사실을 밝혀야 한다.

안 그래도 여러 왕국에서 쉬쉬하며 다크 나이츠 문제를 논의하고 있는 상황이다. 도리어 문제를 덮어야 하는 것이 크로센 제국 측의 입장이었다.

"알겠습니다. 그 문제에 대해서도 이의를 제기하지 않겠습니다."

"그렇다면 레온 왕손님에 대한 모든 것이 무혐의로 결론 난 것인가요?"

크로센 사신들의 얼굴이 시뻘겋게 물들었다. 블러디 나이트를 압박하기 위해 준비해 온 것들이 펜슬럿 외교관들에 의해 모조리 반박당했다. 한 마디로 완패를 당한 것이다.

사신단장이 잔뜩 찌푸린 얼굴로 고개를 끄덕였다.

"그렇다고 볼 수 있겠군요."

"그렇다면 크로센 제국에서도 레온 왕손님을 인정한다는 뜻
으로 받아들여도 되겠습니까?"

비교적 예리한 질문이었지만 크로센 사신들은 노련하게 함
정을 빠져나갔다.

"그 문제에 대해서는 본국의 훈령을 받아야 답변할 수 있습
니다. 일단 본국에서 조사한 블러디 나이트의 혐의가 완전하
지 못했다는 사실만 인정하겠습니다."

나중에도 또다시 문제제기를 할 수 있도록 여운을 남긴 답
변이었다. 크로센 사신들도 여간내기들은 아니었다. 그렇게
해서 레온에 대한 크로센 제국의 문제제기는 기약 없이 뒤로
미루어졌다.

크로센 사신단은 철수하기 전에 본국으로 협상의 결과를 전
송했다. 그 결과를 가장 먼저 받아든 이는 크로센 제국의 정보
부장 맥퍼슨 드류모어였다. 그의 표정은 결코 밝지 않았다.

'순탄하지 않을 거라 예상하긴 했지만 이렇게 완패를 당하
다니……'

애당초 큰 기대를 걸지 않긴 했지만 그래도 허탈해지는 것
은 어쩔 수 없었다. 그는 우선 부관을 시켜 협상내용의 원본을
황궁으로 가지고 가게 했다.

일단 상부에 보고를 하고 나서 대책을 논의해야 할 것 같았
다. 집무실로 돌아오는 드류모어의 얼굴은 잔뜩 찌푸려져 있

었다.

"블러디 나이트가 하필이면 펜슬럿의 왕족이었다니……."

설마 그럴 줄은 꿈에도 짐작하지 못했다. 드류모어가 조용히 사신들로부터 전송된 내용을 떠올렸다.

'블러디 나이트가 아르카디아로 와서 초인들을 꺾고 다닌 이유가 전적으로 스승의 명령 때문이었다? 허, 참.'

물론 드류모어의 입장에서 그것은 상관할 바가 아니었다. 그가 바라는 것은 오로지 블러디 나이트가 익힌 마나연공법뿐이었다.

블러디 나이트가 펜슬럿의 왕족이 아니라 왕족 할아버지라도 그것만은 빼내야 한다. 그 사실을 떠올린 드류모어의 눈이 빛났다.

"어떻게든 블러디 나이트의 마나연공법을 빼내야 해. 그래야만 다크 나이츠의 불완전성을 보완할 수 있어."

다크 나이츠를 보완하기 위한 작전은 이미 실패로 끝난 상태였다. 용병왕 카심의 생포 작전 말이다. 크로센 제국에서는 용병왕 카심의 신병을 인도받기 위해 마루스에 상당한 금전을 지원한 바가 있다.

그러나 작전은 여지없이 실패로 돌아갔다. 작전을 총괄하던 마루스 정보부 총수 콘쥬러스는 블러디 나이트의 창날 아래 싸늘한 시신으로 화했다.

그리고 용병왕 카심은 흔적도 없이 사라져 버렸다. 그 사실을 떠올려 보던 드류모어의 눈빛이 빛났다.

'혹시 블러디 나이트와 모종의 거래를 한 것이 아닐까?'

펜슬럿에서는 가짜 블러디 나이트의 정체가 용병왕 카심이란 것을 모르고 있는 듯했다.

뒤집어 말하면 블러디 나이트가 의도적으로 용병왕 카심의 개입을 숨겼다고 볼 수 있다. 드류모어는 자신의 판단을 확신했다.

'분명 블러디 나이트는 카심 용병단의 마나연공법과 연관이 있어.'

그러나 현재로써는 크로센 정보부가 손을 쓸 만한 방법은 없었다. 용병왕 카심은 용병 길드 전체의 비호를 받으며 숨어 다니고 있다.

방대한 크로센 제국의 정보망으로도 도저히 은거처를 알아낼 방법이 없었다. 그리고 펜슬럿의 왕족으로 인정받은 블러디 나이트에게도 손을 댈 수 없긴 마찬가지였다.

'그러나 방법은 있을 거야. 아니 어떻게든 찾아내야 해.'

그때 문이 열리고 낯익은 음성이 들려왔다. 부관인 트루먼이었다.

"다녀왔습니다. 정보국장님."

"수고했다."

"그런데 왕실에서 이번 마루스의 청에 대해서 어떻게 생각하느냐는 질문을 전해달라고 했습니다."

그 말에 드류모어가 한심하다는 듯 혀를 끌끌 찼다.

"그걸 구태여 논의할 필요가 있느냐? 두말할 것도 없이 받아들여야지."

"하지만 맨스필드 후작님은 본국의 초인이십니다. 그런데 어찌 마루스의 왕녀와……."

조금 전 마루스 왕실에서는 상상을 초월하는 제의를 해 왔다. 크로센 공식 서열 2위의 초인인 맨스필드 후작을 현 마루스 국왕의 막내딸과 정략결혼시키자는 내용의 제의였다.

물론 마루스의 입장에서는 어쩔 수 없는 제안이었다.

이번 작전 실패로 말미암아 마루스는 보유하고 있던 유일한 그랜드 마스터를 잃었다.

뒤를 이을 만한 예비초인이 전무한 상황에서 백여 명에 달하는 기사들까지 잃었으니 실로 엄청난 피해를 입은 것이다. 플루토 공작의 뒤를 이을 초인을 배출하는데 시간이 얼마나 걸릴지도 모르는 상황이었다.

게다가 마루스는 분노한 펜슬럿의 응징을 각오해야 한다. 펜슬럿은 현재 두 명의 초인을 보유하고 있다.

그들 중 한 명만 왕궁으로 보내더라도 마루스 왕실은 발칵 뒤집힐 것이 틀림없었다. 국왕을 비롯한 모든 고급 귀족들이 신분을 감추고 숨어 다녀야 하며 군대의 각급 지휘관도 대외적으로 활동할 수 없는 상황이었다.

마루스의 제의는 바로 그 때문에 이루어졌다. 정략결혼을 빌미로 크로센 제국의 초인 맨스필드 후작의 보호를 받으려는 것이다. 만약 결혼식이 이루어진다면 맨스필드 후작은 최소한 삼 개월은 마루스에서 머물러야 한다.

마루스 국왕은 바로 그 시간을 벌기 위해 막내딸을 희생시키려 하고 있었다.

맨스필드 후작의 나이는 50대 중반, 반면 마루스 왕국의 막내공주는 고작 15세였다. 크로센 왕실에서는 바로 그 제의에 대한 답변을 드류모어 후작에게 묻고 있었다.

"마루스의 제의는 무조건 받아들여야 한다. 만약 그 제의를 받아들이지 않을 경우 마루스 왕실은 상당히 곤란한 지경에 처하게 될 것이다."

"아, 알겠습니다."

부관 트루먼이 알아들었다는 듯 고개를 끄덕였다.

"맨스필드 후작님의 생각은 어떠하신가?"

물론 정략결혼은 당사자의 의사가 가장 중요하다. 그러나 드류모어 후작은 맨스필드가 결코 마루스의 제의를 거부하지 않을 것이란 사실을 잘 알고 있었다. 대답은 물론 그의 예상대로였다.

"맨스필드 후작님은 정략결혼을 승낙하셨습니다."

맨스필드 후작은 자타가 공언하는 호색한이다. 그의 여성편력은 크로센 귀족사회에 정평이 나 있다.

강한 남성에게 끌리는 것이 여성의 본능인 법, 맨스필드 후

작은 자신에게 눈웃음을 치는 귀족 여인들을 결코 가만히 내
버려둔 적이 없다. 심지어 저택의 하녀와 영지의 평민 여인들
에게도 손을 댈 정도였다.

그는 남편이 있는 여인이건 없는 여인이건 가리지 않았다.
그럼에도 불구하고 맨스필드 후작은 거의 결투신청을 받지 않
는다. 그 누가 인간의 한계를 벗어던진 초인에게 결투신청을
하겠는가?

때문에 맨스필드 후작이 자신의 아내와 부적절한 관계를 맺
었다는 사실을 알아내더라도 남편들은 눈물을 머금고 결투를
포기했다. 싸워봐야 창피만 당할 뿐이란 사실을 알고 있는 것
이다.

그런 맨스필드 후작이 마루스의 어리디 어린 왕녀와 결혼할
수 있는 기회를 거부할 리가 없었다.

맨스필드 후작에게는 현재 3명의 아내가 있다. 그중 본처는
두말할 것도 없이 크로센 황가의 여인이다. 그리고 나머지 두
명의 아내도 크로센에서 유명한 귀족 가문의 여식들이다.

그런 만큼 정략결혼이 이루어진다고 해도 마루스의 왕녀는
4번째 아내로 들어가야 하는 수모를 겪어야 한다.

그러나 마루스의 현재 상황은 그런 수모를 달게 감수해야
할 정도로 다급했다. 그 사실을 떠올려 본 드류모어가 미소를
지었다.

"어차피 4번째 첩 정도로는 발언권을 얻을 수도 없을 테지."

생각을 접어 넣은 드류모어 후작이 트루먼을 쳐다보았다.

"너는 다시 가서 마루스의 청을 받아들이라고 보고 드리도록 해라. 우리의 목적을 위해서라도 마루스는 결코 해를 입어서는 안 된다."

"알겠습니다. 정보국장님."

공손히 복명한 트루먼이 몸을 돌렸다.

그 시각 마루스의 궁정에서도 대책회의가 열리고 있었다. 그런데 분위기는 매우 침울했다.

그도 그럴 것이 마루스가 보유한 가장 중요한 인물인 플루토 공작이 기사 백여 명과 함께 생을 마감했기 때문이었다. 그 때문에 마루스는 발칵 뒤집혀 있었다.

마루스의 국왕은 상당히 젊은 편이었다. 이제 갓 40을 넘은 베너렛 3세가 다급한 표정으로 마법사를 채근했다.

"어떻게 되었소. 회신이 왔소?"

그러나 마법사는 식은땀만 뻘뻘 흘릴 뿐 아무런 대답을 하지 못했다. 대전에 늘어선 대소신료들은 어두운 표정이었다.

국가의 존망을 건 도박이 실패로 돌아갔기 때문이었다. 게다가 작전을 진두지휘했던 정보부 총수 콘쥬러스마저도 싸늘한 시체가 되어 코르도 광장에 목이 내걸렸다고 한다. 그러니 힘이 날 리가 없었다.

츠츠츠츠.

잠시 후 마법구에서 기이한 소리가 들렸다. 마법사가 재빨리 다가가 수정구에 마나를 불어넣었다.

국가 간의 마법통신은 암호로 행하는 것이 필수였다. 적대국에서 도청할 우려가 있었기 때문이다. 때문에 통신 내용은 오로지 마법사밖에 몰랐다.

잠시 후 수정구가 섬광을 내뿜으며 빛을 잃었다. 통신을 마치고 몸을 일으키는 마법사에게 질문이 퍼부어졌다.

"어떻게 되었소?"

마법사의 입가에 희미한 미소가 떠올랐다.

"크로센 제국에서는 본국의 제의를 받아들였습니다."

그 말이 끝나기가 무섭게 환호성이 터져 나왔다.

"서, 성공이야!"

그러나 기뻐하는 중신들과는 달리 베너렛 3세의 표정은 그리 밝지 않았다.

국왕 자신보다 나이가 많은 맨스필드 후작에게 시집갈 딸을 떠올리는 것이리라. 그러나 정략결혼은 왕실 여인들에겐 숙명이나 다름없는 일이었다. 마음을 가라앉힌 베너렛 3세가 중신들을 쳐다보았다.

"맨스필드 후작이 제의를 받아들였으니 각 대신들은 결혼식 준비를 하도록 하시오. 흠 잡히지 않도록 성대하게 치러야 할 것이오."

"알겠사옵니다."

"그리고 전선의 지휘관들에게 카멜레온 작전을 시행하도록 전하시오. 머지않아 펜슬럿의 반격이 가해질 것이오."

대신들이 머뭇거림 없이 복명했다.

"걱정하지 마시옵소서."

카멜레온 작전이란 초인의 난입을 막기 위해 마루스 정보부에서 짜낸 신종 전략이었다. 마루스가 초인을 투입하여 펜슬럿 왕족들의 말살을 꾀한 것처럼 펜슬럿에서도 충분히 같은 전략을 구사할 수 있다.

펜슬럿의 초인이 왕궁에 난입하는 것을 막기 위해 마루스에서는 맨스필드 후작과 왕녀와의 결혼식을 준비했다. 맨스필드 후작이 결혼식을 이유로 마루스의 수도에 머무른다면 펜슬럿에서는 섣불리 초인을 투입하기 힘들다.

처가의 일인 만큼 맨스필드 후작은 아무런 거리낌 없이 난입해온 초인과 맞서 싸울 것이다.

펜슬럿의 초인은 맨스필드 후작과 맞서 싸우는 것이 아무래도 껄끄러울 수밖에 없다. 맨스필드 후작이 속한 크로센 제국의 눈치를 봐야 하기 때문이다.

그러나 펜슬럿이 초인을 전장으로 투입하는 경우에는 대응책이 없었다. 초인이 난입하여 지휘관들을 쓸어버린다면 그 군대는 당장 마비될 수밖에 없다. 그걸 방지하기 위해 세운 것이 카멜레온 작전이었다.

모든 군대가 그러하듯 마루스의 군대도 각 직급에 따라 군복에 별도의 표식을 달았다. 군복과 거기에 부착하는 문장을 통해 지휘관과 일반 기사, 장교, 사병을 구별한다. 카멜레온 작전이란 바로 그 차이를 없애는 것이다.

지휘관과 장교가 사병과 같은 군복을 입고 문장을 드러나지 않게 감추는 것이 카멜레온 작전의 요체이다. 만에 하나 펜슬 럿의 초인이 난입하더라도 누가 지휘관인지, 누가 장교인지 식별하지 못하게 되는 것이다.

물론 거기에는 단점이 있다. 명확한 명령전달이 힘들어질 뿐더러 혼란이 초래될 가능성도 생각해야 한다. 그러나 초인 의 난입에 의해 지휘관이 싹쓸이되는 것보다는 낫다. 그 때문 에 카멜레온 작전을 시행하려는 것이다.

삼삼오오 모여 웅성거리는 중신들을 쳐다보며 베너렛 3세 가 살짝 눈을 감았다. 어차피 펜슬럿과 마루스는 양립할 수 없 는 사이이다. 누구 하나가 거꾸러지기 전까지는 전쟁이 끝나 지 않을 터였다.

⚜

각국 정보부에서 부산하게 물밑작업을 하는 동안 펜슬럿 왕 궁에서는 마침내 승전연이 열렸다. 한껏 치장을 한 고급 귀족 들이 저마다 화려하게 차려입은 영애를 대동하고 왕궁의 연회 장을 찾았다.

국가적인 행사를 치르는 장소답게 연회장은 매우 컸다. 왕실 소속의 요리사들이 분주하게 음식을 만들며 연회상을 풍성하게 준비했다.

로니우스 2세의 의도는 여지없이 먹혀들어갔다. 승전연에 참석하기 위해 귀족들은 예정되었던 지원규모를 비약적으로 확대했다.

딸을 레온 왕손과 만나게 하려는 일념에 귀족들은 사재까지 털어 병력과 물자를 지원했다.

그로 인해 왕궁 연회장은 인산인해를 이루었다. 헤아릴 수 없는 귀족들과 그들의 자녀들이 하나같이 곱게 차려입은 채 연회장을 가득 메웠다.

연회장 한쪽에는 수십 명의 악사들이 음악을 연주했고 테이블 위에는 고급술과 음식이 가득 채워졌다. 귀족들은 와인으로 목을 축이며 오늘의 주인공인 레온 왕손이 등장하기를 기다렸다.

그 시각 승전연에서 가장 중요한 인물이라고 할 수 있는 레온은 어머니와 함께 마차를 타고 연회장으로 이동하고 있었다.

왕실기사의 정복으로 차려입은 레온의 모습은 정말로 멋들어졌다. 당당한 체구를 감싼 검은 색 제복이 그토록 어울려 보일 수가 없었다. 아들을 쳐다보던 레오니아가 탄성을 내질렀다.

"내 아들. 정말로 멋지구나."

레온이 슬며시 얼굴을 붉혔다.

"역시 절 잘 봐주시는 분은 오로지 어머니밖에 없군요."

"아니다. 다른 귀족 영애들의 눈에도 더없이 멋지게 보일 것이다."

그러나 레온의 얼굴은 그리 밝지 않았다. 솔직히 말해 승전연에 참석하는 것이 그리 내키지 않았다.

별궁 무도회에서의 상처가 너무 컸기 때문이었다. 눈치 빠른 레오니아는 금세 아들의 내심을 짐작할 수 있었다.

"걱정하지 말거라. 저번 같은 일은 일어나지 않을 것이다."

"뭐 그래도 상관없어요. 이번에는 춤 신청 자체를 하지 않을 테니까요."

"그래도 마음에 드는 아가씨가 있다면 춤 신청을 해 보는 게 낫지 않겠느냐?"

레온이 느릿하게 머리를 흔들었다.

"또다시 바보가 되고 싶진 않아요. 오늘은 조용히 술이나 마시다 오려고요."

레오니아가 안쓰러운 눈빛으로 아들을 쳐다보았다. 별궁에서 열린 무도회에서 받은 마음의 상처가 상당히 큰 모양이었다. 그녀가 그윽한 눈빛으로 아들의 머리를 쓰다듬어 주었다.

"네가 원하는 대로 하거라. 정 안 되면 이 어미가 춤 상대가 되어주마."

그 말에 레온의 눈이 커졌다.

"어머니와 춤을 추자고요?"

"그렇단다. 다리가 불편해서 그렇지 예전에는 이 어미도 꽤 춤을 잘 추었단다."

레온의 입가에 함박웃음이 떠올랐다.

"좋아요. 처음으로 어머니와 춤을 출 수 있겠네요."

마차 안에서 두 모자는 두런두런 대화를 나누었다. 얼마 지나지 않아 마차가 멈췄다. 마차를 몰던 근위기사의 굵직한 음성이 들려왔다.

"연회장에 도착했습니다."

그 말을 들은 레오니아가 소지품을 챙겼다.

"자 그럼 들어가 볼까?"

"네, 어머니."

연회장 안에 들어서자 모두의 시선이 집중되었다. 진행자가 큰 목소리로 레온의 입장을 알렸기 때문이었다.

"레오니아 왕녀님과 레온 왕손님께서 드셨습니다."

춤을 추던 사람들도, 술을 마시던 사람들도 하나같이 동작을 멈추고 레온을 응시했다.

특히 젊은 귀족여인들의 눈에서는 불길이 토해지는 듯했다. 그녀들 대부분은 가문의 엄명을 받고 이리로 온 상태였다.

—어떠한 일이 있어도 레온 왕손의 마음을 사로잡아야 한

다.

　─가문의 명예를 위해 수단과 방법을 가리지 말아라.

　쏟아지는 시선에 레온 모자는 어안이 벙벙했다. 지금껏 이와 같은 관심을 받은 경험이 없었기 때문이었다. 살짝 머리를 흔든 레오니아가 레온의 손을 잡아끌었다.

　"일단 자리에 가서 앉자꾸나."

　이런 대규모 파티에는 보통 자리가 정해져 있기 마련이다. 레오니아는 레온을 데리고 정해진 자리에 가서 앉았다.

　먼저 도착한 왕족들이 호기심 서린 눈빛으로 두 모자를 쳐다보았다. 자리에 앉자 시종들이 다가와 와인 잔에 와인을 따라주었다.

　"고마워요."

　때마침 목이 말랐던 참이라 레온은 와인을 단숨에 들이켜 버렸다. 시종이 놀란 눈빛으로 쳐다보다 다시 잔을 채워주었다.

　사실 와인이란 조금씩 입술을 축이듯 음미하는 술이다. 그러므로 레온처럼 단숨에 들이켜 버리는 것은 명백히 예법에 맞지 않는다.

　그러나 그것을 탓하는 사람은 아무도 없었다. 예전이었다면 레온의 무례를 탓하며 입방아를 찧겠지만 지금은 오히려 재미

있다는 눈빛을 보내고 있었다.

레온이 자리에 앉자 곧 귀족 영애들의 엑소더스가 시작되었다. 춤을 추던 여인들은 서둘러 파트너의 손을 풀었고 자리에 앉아 있던 영애들은 나름대로 고상한 자태를 뽐내며 레온에게로 다가왔다.

원래대로라면 자기 자리에 앉아 춤 신청을 해 오길 기다릴 영애들이다. 그러나 오늘만큼은 그녀들에게 그럴 만한 여유가 없었다. 조금이라도 빨리 레온에게 말을 붙여 보려는 마음에 먼저 다가가서 춤 신청을 하려는 것이다.

수십 명의 영애들이 잰걸음으로 레온에게 다가가는 모습은 한 마디로 장관이었다. 하나같이 코르셋을 꽉 조인 상태였고 질질 끌리는 긴 치마를 입고 있었다.

굽이 높은 구두 때문에 달리지도 못했다. 흘러내리지 않도록 치마를 꼭 잡고 잰걸음으로 뒤뚱뒤뚱 걸어가는 모습이 마치 오리처럼 보일 정도였다.

레온은 눈을 휘둥그레 뜨고 자신을 향해 경주를 벌이는 영애들을 쳐다보았다.

마침내 한 영애가 레온에게 다가와서 가쁜 숨을 몰아쉬었다. 늘씬한 키에 나름대로 꽤 수려한 이목구비를 지닌 미인이었다.

"하악하악. 아, 안녕하세요. 레온 왕손님."

레온이 그럭저럭 예법에 맞게 마주 예를 취했다.

“바, 반갑습니다.”

“저는 베이니아 후작가의 둘째 딸인 제인이라고 해요. 만나
뵙게 되어 영광으로 생각합니다.”

말을 마친 제인이 치마를 잡고 살짝 허리를 굽혔다. 흘러내
리는 땀으로 인해 얼굴의 화장이 번져 있었지만 나름대로 우
아함을 잃지 않은 행동이다.

경쟁에서 진 영애들이 입술을 깨물며 그 자리에 멈춰 섰다.
꼴좋다는 듯 그 모습을 흘겨본 제인이 레온에게 말을 걸었다.

“레온 왕손님. 실례가 되지 않는다면 춤을 청하고 싶네요.
부디 제 청을 받아주세요.”

“추, 춤 신청요?”

레온은 적이 놀랐다. 허겁지겁 달려온 귀족 영애가 먼저 춤
을 청하니 놀라지 않을 수가 없었다.

별궁에서 치른 무도회에서 레온은 수십 명의 영애들에게 춤
신청을 했다. 그러나 누구 하나 레온의 춤 신청을 받아준 영애
는 없었다.

그런데 지금은 상황이 판이하게 달라졌다. 레온이 자리에
앉자마자 영애들이 벌떼처럼 달라붙었다. 가장 먼저 도착한
영애가 춤 신청을 하니 레온으로서는 당연히 얼떨떨할 수밖에
없었다.

어찌할 바를 모른 레온이 고개를 돌렸다. 거기에는 레오니
아가 살짝 미소를 지은 채 레온을 쳐다보고 있었다. 그녀가 고

개를 끄덕이자 레온이 알았다는 듯 고개를 끄덕였다.

'레이디가 먼저 춤 신청을 했으니 마다할 이유가 없지.'

고개를 끄덕인 레온이 몸을 일으켰다. 케른에게서 배운 내용을 떠올린 레온이 살짝 팔을 접어 내밀었다.

"가실까요, 레이디."

제인의 얼굴이 확 밝아졌다. 그녀는 생각할 것도 없다는 듯 레온이 접어 내민 팔에 손을 얹었다.

"감사해요, 레온 왕손님."

둘이 걸어 나가자 모두의 시선이 집중되었다. 시선을 받으며 제인은 한껏 자랑스러운 표정을 지었다.

오늘의 주인공 블러디 나이트와 가장 먼저 춤을 출 기회를 잡은 행운의 여인이 된 것이다. 반면 경쟁에서 뒤처진 영애들은 살짝 입술을 깨물었다.

'기회는 얼마든지 있어.'

각오를 다진 영애들이 다시 자신들의 자리로 돌아갔다.

레온과 제인이 홀로 나가자 음악이 바뀌었다. 악사들이 다른 음악을 연주하기 시작한 것이다.

상당히 템포가 빠르고 경쾌한 음악이었다. 그러나 레온에겐 걸릴 것이 없었다.

그는 이미 케른에게서 수십, 수백 종의 춤을 교습 받은 상태였다. 지금은 오히려 케른보다 더욱 능숙한 춤 실력을 보유했다고 자부하는 레온이다. 때문에 그는 조바심내지 않고 파트너가 춤을 시작하기를 기다렸다.

그러나 제인은 약간 난감해하고 있었다. 레온의 춤 실력을 모르기 때문이다.

헤아릴 수 없는 파티를 통해 단련된 그녀의 춤 실력은 수준급이었다. 그러나 문제는 역시 레온이었다.

'혹시라도 레온 왕손님이 춤을 출 줄 모르면 어떻게 하지?'

그러나 이대로 계속 나무토막처럼 서 있을 순 없는 노릇. 때문에 그녀는 음악에 어울리는 춤을 정하고 한 발짝 레온에게 다가갔다. 그러나 그녀의 우려는 금세 불식되었다.

레온이 기다렸다는 듯 제인의 동작에 맞춰 춤을 추기 시작했던 것이다. 레온은 지금껏 제인이 춤을 춰 보았던 그 어떤 파트너보다도 능숙하게 춤을 추었다. 노련하게 춤을 리드해 나가는 모습에 제인은 숨이 턱 막혔다.

'세, 세상에 이렇게 춤을 잘 추시다니……'

놀란 나머지 그녀의 동작이 중간 중간 끊겼다. 그러나 레온은 파트너의 실수를 정교하게 보정해 나가며 홀을 누비기 시작했다. 여기저기서 소리 없는 탄성이 흘러나왔다.

'세, 세상에! 레온 왕손님이 저렇게 춤을 잘 추다니……'

'손동작과 스텝이 저렇게 정교할 줄이야. 전문 강사보다도 훨씬 뛰어나잖아?'

상상을 초월하는 레온의 춤 솜씨에 사람들의 입이 딱 벌어졌다.

몇몇 영애들은 춤을 추는 것도 잊고 레온을 멍하니 응시했다. 그러나 레온은 그 시선을 인식하지 못했다. 그저 음악에 맞춰 춤을 추는데 몰입해 있었기 때문이었다.

확실히 제인은 그간 레온의 춤 상대가 되어주었던 별궁의 시녀들보다 월등히 춤을 잘 추었다.

다가가고 물러설 때를 확실히 알았고 레온의 동작에 맞춰 능수능란하게 몸을 틀었다. 때문에 레온은 한껏 신이 나서 춤을 추었다. 거의 몰아지경에 빠져서 말이다.

그러는 사이 음악이 끝났다. 춤을 추던 사람들이 하나 둘씩 자신의 자리로 돌아갔다.

악사들이 새로운 곡을 준비하기 시작했다. 그러나 레온과 제인은 우두커니 서서 악사들이 새로운 음악을 연주하기를 기다렸다.

제인의 얼굴은 붉게 달아올라 있었다. 세상에서 가장 강할지도 모르는 초인의 품에 안겨 있는 것이 마치 꿈만 같았다. 블러디 나이트가 대관절 누구인가?

창 한 자루 달랑 들고 와서 아르카디아의 십대 초인 중 절반을 꺾은 인물 아니던가? 게다가 현 국왕의 손자라는 고귀한 혈통을 지니고 있다. 한 마디로 실력과 혈통을 겸비한 최고의 이성이었다.

'아, 레온 님.'

바로 코앞에서 풍겨지는 강렬한 체취에 제인은 눈앞이 아찔해지는 것을 느꼈다.

그녀는 가쁜 숨을 몰아쉬며 레온의 품에 파고들었다. 가볍게 비벼대는 얼굴을 통해 더없이 우람하고 탄탄한 가슴 근육이 느껴졌다.

자신도 모르게 손가락으로 레온의 가슴을 더듬는 제인. 그러나 무정한 악사들은 그녀의 공상을 송두리째 흔들어 버렸다.

빵 빠라 빵.

빠른 템포의 음악이 장내에 울려 퍼졌다. 레온은 기다렸다는 듯 춤을 추기 시작했다. 화들짝 놀란 제인이 춤에 맞춰 몸을 흔들었다.

이번에는 홀에 나온 사람들이 그리 많지 않았다. 대부분의 영애들이 파트너의 춤 신청을 거절하고 레온의 일거수일투족을 지켜보았기 때문이었다.

그러나 레온은 상관하지 않고 계속해서 춤을 추었다. 신들린 듯한 레온의 춤은 파트너의 숨결이 급격히 거칠어질 때까지 계속되었다.

"하아, 하아……."

붉게 달아오른 제인의 얼굴에 땀방울이 맺혀 있었다. 계속되는 춤에 적지 않게 지친 것이다. 그것을 눈치챈 레온이 실소를 지었다.

'아쉽군. 춤을 더 추고 싶었는데…….'

파트너가 한계에 도달했다는 사실을 깨달은 레온이 춤을 멈췄다.

계속해서 음악이 울려 퍼졌지만 레온은 아랑곳하지 않고 홀을 내려왔다. 제인이 가쁜 숨을 몰아쉬며 재빨리 따라붙었다.

"가, 같이 가요."

자리에 돌아온 레온이 의자에 앉았다. 갈증이 난다는 듯 잔을 들어 단숨에 와인을 들이켜 버리는 레온. 옆에 서서 주뼛거리던 제인이 조심스럽게 레온의 옆자리에 앉았다.

시종이 다가와 그녀의 앞에 새로운 잔을 내려놓고 와인을 따라주었다. 그녀가 붉게 달아오른 얼굴을 들어 레온을 올려다보았다.

"정말 춤을 잘 추시는군요."

"하하, 과찬입니다."

겸연쩍은 듯 웃는 레온을 보며 제인이 잔을 들어올렸다.

"레온 왕손님의 춤 실력을 위해 건배할까요?"

고개를 끄덕인 레온이 잔을 들어 마주쳤다.

쩡.

맑은 음향이 사방으로 울려 퍼졌다. 와인 잔을 기울여 살짝 입술을 축인 제인이 눈을 빛냈다.

등판에 다른 영애들의 따가운 시선이 와 닿는 것을 느꼈지만 그녀는 깡그리 무시해 버렸다. 지금 그녀에겐 블러디 나이트의 관심을 끄는 것이 가장 중요했다. 이미 가문으로부터 밀명을 받고 온 그녀 아니던가?

—수단과 방법을 가리지 말고 레온 왕손을 유혹하도록 해라. 너에게 가문의 운명이 걸려 있다.

그 사실을 상기한 제인은 필사적으로 레온에게 말을 걸려고 했다.
"레온 왕손님은 어떤 음악을 좋아하시나요?"
그 말에 레온의 얼굴이 굳어졌다. 제인이 무심코 내뱉은 말이 그의 역린을 건드려 버린 것이다.
제인의 입장에서는 어떻게든 관심을 끌기 위해 한 말이었지만 레온에게는 적지 않은 마음의 상처로 남아 있는 질문이었다. 귀족 영애들이 혼담을 거절하기 위해 레온을 무던히도 괴롭힌 것이 바로 그 질문이기 때문이다.
"죄송합니다. 저는 아는 음악이 하나도 없습니다. 제가 할 수 있는 것은 오로지 창 휘두르는 것 하나뿐입니다. 애당초 저는 음악과는 전혀 별개의 세상에서 살아왔으니까요."
예상치 못한 격한 반응에 제인이 깜짝 놀랐다.
"그, 그게 아니고……."
"음악에 관한 대화를 원하신다면 다른 사람을 선택하십시오. 한 마디로 말해 저는 음악에는 문외한입니다."

"죄, 죄송해요. 그, 그런 뜻이……."

제인은 필사적으로 변명을 하려 했다. 그런데 그녀의 말이 채 끝나기도 전에 등 뒤에서 옥을 굴리는 듯한 청아한 음성이 울려 퍼졌다.

"당신, 너무 한다고 생각하지 않나요?"

그 말에 깜짝 놀란 제인이 고개를 돌렸다. 은발을 구름처럼 틀어 올린 아름다운 여인이 차가운 눈으로 그녀를 노려보고 있었다.

"레온 왕손님은 펜슬럿의 영웅이세요. 그런 영웅을 독차지하려 하다니 욕심이 과하다고 생각하지 않나요?"

제인은 아무런 반박을 하지 못하고 쩔쩔맸다. 그도 그럴 것이 상대의 신분이 자신보다 높았기 때문이었다.

막강한 권세와 부를 자랑하는 델린저 공작, 눈앞의 은발 여인은 델린저 공작의 손녀인 펠리시아였다.

"그, 그게……."

머뭇거리는 제인에게서 시선을 거둔 펠리시아가 아름답게 미소를 지으며 레온을 쳐다보았다.

"안녕하세요, 레온 왕손님."

레온이 당황하여 마주 인사를 했다. 펠리시아라고 불린 여인은 제인보다 월등히 미모가 뛰어났다.

키는 약간 작았지만 보석을 박아 넣은 듯한 영롱한 눈동자와 하얀 피부가 인상적인 미인이었다. 큼지막한 보석이 박힌 귀걸이와 목걸이가 조명을 받아 아름답게 빛났다.

"저는 델린저 공작가의 펠리시아라고 해요. 실례가 되지 않는다면 레온 왕손님께 춤을 청하고 싶네요."

말을 마친 펠리시아가 살짝 손으로 입을 가리고 웃었다. 그 뇌쇄적인 모습에 레온은 눈앞이 아찔해지는 것을 느꼈다.

"저, 저는……."

어찌할 바를 모르고 머뭇거리는 레온에게 펠리시아가 손을 내밀었다. 다급히 정신을 차린 레온이 자리에서 일어나 팔을 내밀었다.

"무, 물론입니다."

자연스럽게 팔짱을 낀 펠리시아가 레온을 데리고 홀로 나갔다. 자리에 홀로 남겨진 제인이 입술을 질끈 깨물었다.

그러나 델린저 공작가의 펠리시아는 그녀가 함부로 할 만한 여인이 아니었다.

레온이 새로운 파트너와 함께 홀로 나가자 연주소리가 작아졌다. 이윽고 악사들은 다른 형태의 곡을 연주하기 시작했다.

경쾌하고 템포가 빠른 음악이 아니라 아름다운 선율의 감미로운 곡이었다. 음악을 들은 펠리시아의 눈빛이 빛났다.

'할아버지의 말씀대로로군.'

델린저 공작가는 몰래 사람을 보내 악사들에게 압력을 가했다. 펠리시아의 차례가 오면 감미로운 곡으로 바꾸라고 말이다.

　상당한 금액을 뇌물로 받았기에 악사들은 감히 거부할 엄두를 내지 못했다. 가문의 저력을 새삼 느낀 펠리시아가 음악에 맞춰 스텝을 밟았다.

　미녀의 적극적인 대시에 넋이 나가 있던 레온은 춤이 시작되자 이성을 되찾을 수 있었다.

　거의 본능적으로 음악에 맞춰 춤을 추는 것이다. 조금 전 아쉬움을 느꼈던 탓에 레온은 금세 춤에 몰입할 수 있었다.

　처음에는 비교적 도도하게 레온을 대했던 펠리시아였다. 신분도 신분이었고 가문의 권세가 대단했기 때문에 그녀에게 함부로 할 수 있는 사람은 없었다. 때문에 그녀는 자신감을 갖고 레온을 대했다.

　'비록 왕손이긴 하지만 평민이나 다름없이 살아온 자야. 도도하게 행동해서 자연스럽게 나의 매력에 빠져들도록 해야 해.'

　그러나 그런 결심은 금세 허물어졌다. 레온의 능수능란한 춤 솜씨에 펠리시아는 자신도 모르고 숨을 훅 들이켰다.

　그녀는 상당히 난이도가 높은 춤을 선택한 상태였다. 그런데 파트너인 레온은 한 치의 오차도 없이 정교하게 춤을 리드해나갔다.

　손을 뻗는 동작에서부터 발 움직이는 순서까지 전혀 흠잡을 것이 없었다. 레온의 탄탄하고 우람한 팔에 안긴 채 펠리시아는 연신 가쁜 숨을 몰아쉬었다. 레온에게서 풍겨지는 체취가 그녀의 정신을 혼미하게 했다.

'인간의 한계를 벗어던진 초인이 나와 춤을 추고 있다
니……'

펠리시아는 마치 구름 위로 붕 뜬 듯한 느낌을 받으며 춤을
춰나갔다.

그 시각 레오니아는 잇따른 방문자를 맞이하고 있었다.

"안녕하십니까? 레오니아 왕녀님."

무심코 고개를 돌린 레오니아의 눈이 커졌다. 권세 높은 고
급 귀족인 델린저 공작이 만면에 미소를 띤 채 서 있었기 때문
이었다.

레오니아가 황급히 예를 취했다. 펜슬럿에 복귀한 뒤 한 번
도 만나보지 못한 델린저 공작이 자신을 찾아올 줄은 몰랐다.

"오랜만이군요. 델린저 공작전하."

"그렇군요, 레오니아 왕녀님. 잠시 앉아도 되겠습니까?"

더없이 정중한 태도에 레오니아가 고개를 끄덕였다. 그러자
델린저 공작이 조용히 옆자리에 앉았다. 그의 시선은 홀에서
춤을 추는 레온에게 가서 닿아 있었다.

"정말 대단한 아드님을 두셨군요."

그 말에 레오니아의 입가에 미소가 돌았다. 아들을 칭찬하
는데 그 어떤 부모가 기분이 나쁘겠는가?

"아직까지 많이 부족하답니다."

"무슨 말씀을……. 저 나이에 인간의 한계를 벗어난 초인이
된 것은 한 마디로 펜슬럿 왕실의 축복입니다."

정색을 한 델린저 공작이 슬그머니 본론을 꺼냈다.

"별궁에서 벌어진 무도회에 대한 일은 잘 들었습니다."

레오니아의 얼굴에 그늘이 졌다. 그때의 일은 그녀에게도
상당한 마음의 상처였기 때문이었다. 주위를 둘러본 델린저
공작이 음성을 낮췄다.

"사실 그때는 그럴 만한 이유가 있었습니다. 혹시 알고 계
십니까?"

레오니아의 눈매가 가늘어졌다. 사실 그녀는 둘째 오빠인
에스테즈로부터 온 서신을 읽은 상태였다.

거기에는 왕세자 에르난데스가 귀족 가문에 경고장을 보내
레온의 혼담을 방해했다는 내용이 적혀 있었다. 너무도 놀라운
일이라 레오니아는 차마 아들에게 밝히지 못했다.

'거짓말일 거야. 큰오빠가 그럴 리가 없어. 틀림없이 둘째
오빠가 우리들 사이를 이간질하려고 수를 쓰는 것일 거야.'

그러나 마음 한구석에 의혹이 서린 것은 어쩔 수 없었다. 공
교롭게도 그럴 때 델린저 공작이 당시의 일을 거론하고 나선
것이다. 레오니아의 얼굴을 뚫어져라 들여다보며 델린저 공작
이 조심스럽게 입을 열었다.

"별궁에서의 무도회가 실패로 돌아간 것은 왕세자님의 입김
이 작용했기 때문입니다. 그는 혼담이 거론되던 가문에 은밀

히 사람을 보내……."

레오니아가 냉랭한 어조로 델린저 공작의 말을 끊었다.

"그 사실은 저도 알고 있어요. 그러니 더 이상 거론하지 않으셨으면 하네요."

선을 긋는 듯한 반응에 델린저 공작이 입을 닫았다. 그러나 그는 이내 가지고 온 용건을 들먹였다.

"왕녀님께서 알고 계시다니 더 이상 말하지 않겠습니다. 저는 왕녀님과 레온 왕손님께 도움이 되어 드릴 제안을 하고자 합니다."

"……."

델린저 공작이 레오니아 왕녀의 눈을 들여다보며 말을 이어 나갔다.

"원하신다면 제 가문이 왕녀님과 레온 왕손님의 든든한 바람막이가 되어 드리겠습니다. 왕녀님도 아시다시피 국왕전하는 고령이십니다. 머지않아 왕세자님께서 왕좌에 오르실 텐데 그렇게 될 경우 두 분의 처지가 곤란해집니다. 만약 뒷받침해 주는 세력이 없을 경우……."

"델린저 공작가가 저희 모자의 후견을 해 주시겠다는 것인가요?"

델린저 공작이 머뭇거림 없이 고개를 끄덕였다.

"바로 그렇습니다."

"물론 혼인을 하는 조건이겠죠?"

흠칫 놀라기는 했지만 델린저 공작은 머뭇거림 없이 고개를 끄덕였다.

"그렇습니다. 지금 레온 왕손과 춤을 추고 있는 영애가 바로 제 손녀입니다. 미모와 교양, 그리고 학문이 누구에게도 뒤지지 않는다고 자부합니다."

그러나 레오니아의 안색은 편치 않았다. 큰오빠가 행한 일에 대한 충격 때문이었다.

"그 점에 대해서는 아버지께서 그러셨듯이 저 역시 레온의 자유의사에 맡길 작정입니다. 레온에겐 자신이 진정으로 사랑하는 여인을 아내로 맞아들일 권리가 있습니다. 저는 레온을 정략결혼의 굴레에 얽매이게 하고 싶지 않군요."

"하, 하오나 왕녀님."

레오니아가 냉랭하게 선을 그었다.

"그 문제에 대해서는 더 이상 대화하고 싶지 않군요."

결국 델린저 공작은 머쓱하게 그 자리를 물러설 수밖에 없었다. 그러나 접근하는 귀족들은 델린저 공작뿐만이 아니었다.

하나같이 부와 권세를 자랑하는 귀족들이 잇달아 그녀에게 접근해 왔다. 물론 그들의 주된 관심사는 레온의 혼인 문제였다.

그들은 하나같이 가문의 영애와 레온의 결혼을 거론하며 그 대가로 여러 가지를 제시했다. 그러나 레오니아는 냉정하게

선을 그었다. 그녀가 바라는 것은 오직 하나, 레온의 행복뿐이
었기 때문이었다.

레온의 파트너는 또다시 바뀌어 있었다. 무려 30분 동안 춤
을 춘 끝에 펠리시아 공녀는 지칠 대로 지쳐 나가떨어졌다. 그
리고 새로운 영애가 레온과 춤을 출 수 있는 영광을 얻었다.
지금 레온의 관심사는 오로지 춤밖에 없었다. 별궁 무도회
에서의 설욕을 잊고 싶었는지 레온은 끊임없이 춤을 추고 또
추었다.
한 영애와 춤을 추고 오면 여지없이 서너 명의 영애가 자리
에서 기다리고 있었다. 지금껏 춤을 춘 영애가 채 말을 붙이기
도 전에 레온은 기다리던 영애의 팔에 붙들려 홀로 나갔다.
그러면 땀투성이가 된 영애는 영락없이 닭 쫓던 개 지붕 처
다보는 모습으로 입술을 깨물어야 했다. 도저히 말을 붙여 볼
틈이 없었다.
이미 레온의 넘쳐나는 스태미너는 자리에 모인 귀족들의 주
된 관심사가 되었다.
"세상에! 저렇게 오랫동안 쉬지 않고 춤을 출 수 있다니……."
"역시 인간의 한계를 벗어던진 초인답군."
레온은 벌써 두 시간 가까이를 쉬지 않고 춤을 춘 상태였다.
사실 춤이라는 게 상당히 힘든 일이다. 어느 정도 추고 나면
적당한 휴식을 취해야 피로감을 덜 수 있다.

그러나 레온은 한시도 쉬지 않고 계속해서 춤을 추었다. 함께 춤을 추던 파트너가 지쳐 숨을 거칠게 몰아쉬어도 레온의 숨결은 평온하기만 했다.

그럴수록 귀족 여인들의 눈빛은 묘해졌다. 특히 나이가 지긋한 귀부인들은 심상치 않은 눈빛으로 레온을 응시했다.

'저토록 힘과 지구력이 좋다면 밤일 역시 상상을 초월하겠군.'

'나이가 서른도 되지 않은 초인이라……. 발렌시아드 공작의 정력도 절륜했거늘 저토록 젊은 초인이라면…….'

그런 귀부인들의 마음을 아는지 모르는지 레온은 계속해서 춤을 추었다. 그 때문에 흑심을 품고 접근한 영애들은 좀처럼 목적을 이루지 못했다.

춤을 추고 난 뒤 대화를 나누면서 레온을 유혹하려 했는데 그 계획이 수포로 돌아간 것이다. 한 번 춤을 추고 오면 서너 명의 영애들이 대기하는 상황이라 도저히 대화를 나눌 수가 없었다.

그러는 사이 레온이 서서히 춤에 진력을 느끼기 시작했다. 케른에게서 배운 모든 춤을 한 번씩 춰본 상황이라 더 이상 출 춤도 없었다.

게다가 계속해서 몸을 움직였기에 시장기도 몰려왔다. 춤을 추던 레온이 품속에 안겨 있는 여인을 쳐다보았다. 갈색 머리에 갈색 눈을 지닌 아름다운 여인이 얼굴에 홍조를 띤 채 레온을 올려다보고 있었다.

'바그수스 후작가의 영애 레이첼이라고 했던가?'

레온의 눈빛이 잠시 아련해졌다. 레이첼이라면 레온의 기억에 남아 있는 이름이었다. 페이류트에서 알리시아가 구한 가짜 귀족신분증 상의 이름이 바로 레이첼이었다.

레온의 뇌리에 알리시아의 아름다운 자태가 떠올랐다. 눈앞의 영애들도 아름다웠지만 알리시아의 재기발랄한 미모를 따라잡지는 못했다.

'알리시아 님은 잘 지내고 계실까?'

살짝 고개를 흔들어 상념을 날려 버린 레온이 웃는 낯을 지었다.

"힘드신 것 같은데 그만 들어가 볼까요?"

아닌게 아니라 레이첼의 숨결은 약간 거칠어져 있었다. 느닷없는 레온의 질문에 레이첼이 머뭇거렸다.

"그, 그것은……."

이대로 자리로 돌아간다면 분명 기다리고 있던 다른 영애가 춤 신청을 할 것이다. 그렇게 될 경우 레온과 대화를 나눌 기회가 사라진다.

그녀 역시 가문으로부터 반드시 레온 왕손을 유혹하라는 중임을 받고 온 상태였다. 대답이 없자 레온이 고개를 갸웃거렸다.

"계속 춤을 추다 보니 시장하군요. 같이 식사라도 하시겠습니까?”

　레온이 채 말을 끝내기도 전에 레이첼의 얼굴이 환히 밝아졌다. 그녀가 생각할 것도 없다는 듯 고개를 끄덕였다.

　“네, 그럴게요. 그러고말구요.”

　둘은 사이좋게 팔짱을 끼고 자리로 향했다. 그런데 좌석에 다가가던 레온의 이맛살이 지그시 모아졌다.

　“응?”

　한 영애가 두 손을 다소곳이 모은 채 레온을 기다리고 있었다. 그런데 여인의 용모가 레온의 기억에 남아 있었다.

　무도회에서 레온의 춤 신청을 거절한 데 이어 이어진 만남에서 레온에게 창피를 준 발라르 백작가의 영애 데이지가 레온을 기다리고 있었던 것이다. 시선이 마주치자 데이지가 공손히 목례를 했다.

　“또 뵙는군요, 레온 왕손님.”

　“그렇군요.”

　덤덤하게 대답한 레온이 답례를 했다. 레온의 팔짱을 단단히 끼고 있던 레이첼을 힐끔 쳐다본 데이지가 조심스럽게 말을 건넸다.

　“레온 왕손님께서 이토록 춤을 잘 추실 줄은 몰랐군요. 실례가 안 된다면 춤을 한 곡 청해도 될까요?”

　그 질문에 대한 대답은 레이첼이 했다.

　“미안하지만 레온 왕손님은 좀 쉬셔야 합니다. 왕손님께서는 무려 세 시간 동안 쉬지 않고 춤을 추셨답니다.”

그 말에 데이지가 멈칫했다. 그런 데이지를 보며 레이첼이 의기양양하게 말을 이어나갔다.

“레온 왕손님께서는 이미 저와 식사 약속이 잡혀 있답니다. 그러니 다음 기회를 노리셔야 할 것 같군요.”

그녀가 밝은 표정으로 레온을 잡아끌었다.

“왕손님, 이리 오세요. 시종에게 음식을 준비하도록 하겠어요.”

데이지와 레이첼을 번갈아 쳐다보던 레온이 입을 열었다.

“저, 레이첼 양. 한 가지 양해를 구해야 할 것 같군요.”

그 말에 레이첼이 한없이 아름다운 미소를 지으며 레온을 올려다보았다.

“말씀하세요, 왕손님.”

“저는 식사예절에 대해 무지합니다. 그러니 예법에 어긋나더라도 너그럽게 이해해 주시기 바랍니다.”

그 말에 레이첼이 생각할 것도 없다는 듯 머리를 흔들었다.

“천만에요. 그건 당연한 거죠. 이처럼 젊은 나이에 초인의 경지에 오르신 레온 왕손님께서 예법에도 통달하시다면 그건 인간이 아니라 신이죠. 그렇게 생각하지 않나요?”

눈을 가늘게 뜨며 데이지를 쳐다본 레이첼이 살짝 혀를 내밀어 입술을 핥았다.

이미 그녀는 레온 왕손이 데이지에게 어떤 모욕을 받았는지 잘 알고 있었다. 때문에 대놓고 비아냥거리는 것이다.

그 사실을 눈치챈 데이지가 입술을 깨물었다. 그러나 화를 낼 수는 없었다. 레온과 만나기 위해 발라르 백작가는 가문의 역량을 훨씬 뛰어넘는 지원을 약속했다.

엄청난 물자의 지원을 약속하고 겨우 승전연에 참석을 할 수 있었던 것이다. 억지로 낯빛을 고친 데이지가 입가에 미소를 머금었다.

"그러시다면 저도 레온 왕손님과 함께 식사를 하고 싶군요. 어떠세요?"

레온이 얼떨떨한 표정으로 고개를 끄덕였다.

"저, 저는 괜찮습니다만……."

그 말에 대기하고 있던 영애들이 일제히 달려들었다.

"때마침 시장하던 판인데 저도 끼워주세요."

"레온 왕손님, 함께 식사를 하고 싶어요."

레온이 별 생각 하지 않고 그녀들의 요청을 승낙했다. 둘만의 조용한 시간을 원했던 레이첼에겐 아닌 밤중에 날벼락과 같은 소리였다. 그녀가 원망스러운 눈빛으로 레온을 쳐다보았지만 이미 엎질러진 물이었다.

레온이 자리에 가서 앉자 영애들이 재빨리 자리를 채웠다. 테이블이 그리 크지 않았기에 동작이 느린 영애들은 멍하니 서서 손톱만 깨물어야 했다.

곧 시종이 다가와서 메뉴판을 내밀었다.

"무얼 드시겠습니까?"

승전연의 음식들은 원칙적으로 모두 무료이다. 연회에 참석하기 위해 엄청난 대가를 지불한 만큼 왕실에서 배려를 해 준 것이다.

그러나 각자의 식성이 모두 다른 만큼 메뉴판이 엄연히 존재했다. 레이첼이 재빨리 메뉴판을 받아들었다.

"제가 왕손님께서 좋아하실 만한 음식을 시켜드리겠어요."

선수를 빼앗긴 영애들이 눈살을 찌푸렸다. 이미 레이첼은 레온에 대해 모든 것을 조사해 온 상태였다.

가문에서 별궁 요리사에게 사람을 파견해 레온이 평소에 좋아하는 음식을 파악했기에 메뉴를 시키는 것은 순탄한 편이었다.

"버터 바른 빵과 치즈를 가져다주세요. 비교적 많이 부탁드려요. 주 요리는 포크 커틀렛(pork cutlet)으로, 소스는 머스타드로 부탁드려요. 그리고 술은 브랜디로 가져다주세요."

전체적으로 보면 그다지 어울리는 요리가 아니었다. 우선 버터 바른 빵과 치즈는 결코 고급이라고 볼 수 없는 요리이다.

평민들의 식탁에 주로 오르는 주식인 것이다. 거기에다 브랜디는 결코 포크 커틀렛에 어울리는 술이 아니다. 대개의 귀족들은 포크 커틀렛과 함께 레드 와인을 즐겼다.

그럼에도 불구하고 레이첼은 자신 있게 요리를 시켰다. 그것이 레온이 가장 좋아하는 요리란 사실을 이미 별궁 요리사들을 통해 파악했기 때문이었다. 예상대로 레온이 깜짝 놀란 표정을 지었다.

"제 식성을 어떻게 아시고?"

레이첼이 손을 가지런히 모아 턱에 괴었다.

"레온 왕손님에 대해 조사를 많이 했지요. 좋아하는 요리 정도 파악하는 것은 기본 아닐까요?"

그 말에 레온은 놀란 표정을, 다른 영애들은 씁쓸한 미소를 떠올렸다.

바그수스 후작가의 철저한 준비성을 예상하지 못한 것이다. 시종이 머쓱한 표정으로 영애들을 쳐다보았다.

"저, 다른 분들은……."

놀랍게도 영애들은 레온과 같은 메뉴를 시켰다. 열량이 많아 몸매관리에 치명적임에도 불구하고 레온의 환심을 사기 위해 동일한 메뉴를 주문한 것이다.

"알겠습니다."

주문을 받은 시종이 음식을 준비하기 위해 물러났다. 잠시 후 술을 담당하는 시종이 쟁반에 브랜디 병을 잔뜩 들고 다가왔다. 레온과 영애들 앞에 잔을 하나씩 내려놓은 시종이 술을 따랐다.

쪼르르르.

핏빛처럼 붉은 액체가 잔을 절반 정도 채웠다. 사실 포도주를 증류해 만드는 브랜디는 상당히 도수가 높은 술이었다. 게

다가 시종이 내어 온 브랜디는 왕실 창고에서 오랫동안 숙성
된 것이라 더욱 독했다.

영애들도 잔에 따라만 놓았을 뿐 감히 마실 엄두를 내지 못
했다. 그러나 레온에겐 상관없는 일이었다.

'때마침 목이 말랐는데 잘 되었군.'

잔을 들어올린 레온이 단숨에 비워 버렸다. 귓전으로 영애
들의 짤막한 비명소리가 들렸다.

"어, 어머!"

"그 독한 술을 단숨에……."

잔을 비운 레온이 손등으로 입가를 훔쳤다.

"괜찮습니다. 이래봬도 술이 제법 센 편이라서……."

"어쩜……."

몇몇 영애들이 눈을 빛냈다. 초인이라는 간판을 단 덕분에
그녀들의 눈에는 레온의 모든 것이 멋져 보였다.

그들 사이에 낀 데이지가 재빨리 머리를 굴렸다. 어떻게든
화제를 꺼내어 레온의 관심을 사로잡아야 하는 것이 그녀의
입장이다.

"그러시다면 레온 왕손님은 어떤 음식을 가장 좋아하시나
요?"

그 말에 레온이 씁쓸히 미소를 지었다. 아픈 추억이 떠올랐
기 때문이었다.

"인간이 먹을 수 있는 것이라면 뭐든지 좋아하지요. 데이지

님과는 달리 제 입맛은 그리 고급이 아니랍니다. 솔직히 말해 데이지 님이 저번에 거론하신 요리들은 전 지금껏 구경조차 해 보지 못했습니다.”

생각지 못한 답변에 데이지의 얼굴이 벌겋게 달아올랐다. 동시에 다른 영애들의 얼굴에 고소하다는 표정이 떠올랐다.

‘정말 잘 되었군.’

‘쌤통이야.’

레이첼이 재빨리 레온의 말을 받았다.

“하긴 지금껏 인간의 한계를 넘어선 수련을 해 오셨을 테니 음식을 가릴 여유가 없었겠군요. 틀림없이 모든 시간을 수련에 매진하셨을 테니 말이에요.”

레온이 묵묵히 고개를 끄덕였다.

“그랬었죠. 인간이 먹을 수 있는 것이라면 뭐든지 먹었으니까요.”

“정말 대단하셔요. 도대체 어떤 수련을 하셨기에 검의 길을 걷는 모든 기사들이 꿈에라도 이루기 바라는 그랜드 마스터의 경지에 오르셨나요?”

“……”

머쓱해진 레온이 얼굴을 붉혔다. 그럼에도 불구하고 레이첼의 질문공세는 계속되었다.

“그러시다면 지금껏 이성을 만날 기회도 없으셨겠군요. 혹시 누군가를 사귀신 경험이 있나요?”

그 말에 레온은 잠시 멈칫했다. 알리시아를 떠올린 것이다. 그러나 그녀와는 공개적으로 사귀어본 적이 없다. 그 사실을 떠올린 레온이 고개를 흔들었다.

"죄송하지만 그런 경험이 없군요."

대답을 들은 영애들의 눈빛이 빛났다. 간판만 초인일 뿐 지금껏 여자 한 번 사귀어 본 적 없는 숙맥인 것이다.

반면 그녀들은 이미 산전수전 다 겪어본 연애의 엑스퍼트들이었다. 지금껏 상대해 본 남자들을 세어 보려면 두 손으로는 어림도 없었다.

'무술실력만 대단했지 완전 맹탕이잖아?'

그로 인해 영애들은 자신감을 되찾을 수 있었다. 구석에 앉아 있던 앳된 얼굴의 영애가 묘한 눈웃음을 치며 입을 열었다. 하트시아 백작가의 영애 에이미였다.

"그렇다면 혹시 성경험은 있으신가요?"

어린 영애의 입에서 나올만한 질문이 아니었지만 누구 하나 탓하지 않았다.

하나같이 기대에 찬 눈빛을 빛내며 레온의 입을 주시할 뿐이었다. 난감해 하던 레온이 떠듬거리며 대답했다.

"그, 그런 적은 지금껏 한 번도 없습니다."

영애들의 눈빛이 묘하게 빛났다. 나이 서른이 다되도록 동정을 유지했다니.

그것은 그녀들의 상식으론 있을 수 없는 일이었다. 그도 그

럴 것이 펜슬럿 귀족사회의 성생활은 상당히 문란한 편이었
다. 연회가 끝나면 아무 거리낌 없이 마음에 든 이성과 잠자리
를 같이 한다.

　심지어 파티에서 자신의 다양한 이성편력을 자랑스럽게 늘
어놓는 경우도 있었다. 그런 그녀들의 관점에서 레온이 별종
임에는 틀림이 없었다. 말을 꺼낸 에이미가 슬며시 얼굴을 붉
혔다.

　"혹시 경험해 보고 싶은 마음이 있으세요?"

　그러나 그녀는 채 말을 끝맺지 못하고 입을 닫아야 했다. 자
리에 앉은 영애들의 책망 어린 눈총이 쏟아졌기 때문이었다.
그러나 에이미는 동요하지 않고 마음을 차분히 가라앉혔다.

　'자고로 사랑이란 용기 있는 자가 쟁취하기 마련이지.'

　따갑게 쏟아지는 시선을 무시한 에이미가 도발적인 눈빛으
로 레온을 쳐다보았다.

　"의향이 있으시다면 제가 파트너가 되어 드릴게요."

　상당히 도발적인 한 마디였다. 옆에 앉아 있던 영애들이 놀
라 입을 딱 벌렸다. 저처럼 노골적인 제의를 할 만한 용기가
그녀들에게는 없었다. 그러나 에이미도 나름대로 계산이 있었
다.

　'남자들이란 처음으로 살을 섞은 여자를 평생 잊지 못하는
법이지. 운이 좋으면 나에게 반할 수도 있고 말이야.'

　고작 열여덟밖에 되지 않았지만 에이미는 이미 많은 남자들

과 잠자리를 함께한 상태였다. 그런 만큼 거리낄 것이 없는 것이다.

그러나 아이러니하게도 레온은 그 말에 냉정을 되찾았다. 아무런 거리낌 없이 성관계를 제의하는 에이미의 아름다운 자태 위로 한 조각 빵을 사기 위해 몸을 파는 거리의 여인들이 비쳤기 때문이었다. 레온의 착 가라앉은 음성이 입술을 비집고 흘러나왔다.

"제겐 그러고 싶은 마음이 없습니다."

에이미가 의외란 듯 눈을 크게 떴다.

"왜 그러시죠? 제가 마음에 들지 않으신가요?"

심호흡을 한 레온이 영애들의 눈을 똑바로 응시했다.

"저는 진심으로 사랑하고 평생을 같이 할 반려자와 첫날밤을 함께하고 싶습니다. 서로 아끼고 위해 주고 부부간의 의리를 지킴은 물론, 평생 서로를 걱정해 줄 수 있는 여인 말이지요."

영애들의 눈꼬리가 파르르 떨렸다. 레온의 말이 남긴 파문이 그녀들의 심금을 강력하게 자극한 것이다.

문란한 펜슬럿 귀족사회에선 좀처럼 듣기 힘든 말임에는 틀림없었다.

"그런 여인을 만날 경우 저는 설사 목숨이 다하는 한이 있더라도 그녀를 지켜줄 것입니다. 설사 세상 모두가 그녀의 적일지라도 말입니다."

영애들은 채 말을 잇지 못했다. 레온이 무심코 내뿜은 기세에 완전히 장악당한 것이다. 몇몇 영애들은 충격으로 인해 몸을 파르르 떨고 있었다.

'저, 정말 무서운 박력이었어.'

'역시 초인다워.'

그러는 사이 시종이 음식을 가지고 왔다. 레온은 잠자코 차려진 음식을 집어먹기 시작했다. 영애들은 식기를 들 엄두도 내지 못한 채 하염없이 레온을 쳐다보고만 있었다.

특히 일의 단초를 제공한 에이미의 얼굴은 붉게 달아올라 있었다.

이익에 따라 이합집산을 거듭하는 것이 귀족사회의 생리인 법, 그런 경향에 물들어 있던 영애들에게 레온의 발언은 한 마디로 신선한 충격임에 틀림없었다. 그녀들 중 몇몇은 발칙하게도 이런 상상을 하고 있었다.

'이 남자는 진짜야. 진정한 남자라고.'

'세상에⋯⋯. 초인이 목숨을 걸고 보호해 준다면?'

그녀들이 상념에 빠져 있는 사이 팡파르가 울려 퍼졌다.

빠-빠-빠-빰.

승전연의 주최자가 모습을 드러낸 것이다.

"국왕전하 납시오."

낭랑한 음성과 함께 갑옷 부딪히는 소리가 요란하게 울려 퍼졌다.

철컥. 철커덕.

국왕이 근위기사들의 철통같은 호위를 받으며 모습을 드러냈다. 장내는 순식간에 조용해졌다.

악사들은 연주를 멈추었고 춤을 추던 사람들도 하나도 빠짐없이 자신의 자리로 돌아갔다. 모두의 시선이 국왕을 향하고 있었다.

국왕이 나타난 곳은 2층 테라스였다. 근위기사들의 호위를 받으며 국왕이 테라스에 모습을 드러냈다. 그 모습을 보자 귀족들이 일제히 자리에서 일어났다. 곧 쩌렁쩌렁한 박수소리가 연회장을 뒤흔들었다.

짝짝짝짝짝.

잠시 후 국왕이 손을 들자 박수소리가 잦아들었다. 늙수그레한 음성이 장내에 울려 퍼졌다.

"승리를 축하하기 위해 모인 여러분을 환영하오. 부디 많이 먹고 마시고 실컷 춤을 추도록 하시오."

눈치 빠른 귀족 하나가 재빨리 환호했다.

"국왕전하 만세!"

"펜슬럿 만세!"

자리의 귀족들이 한 번씩 환호를 내질렀기에 연회장은 곧 떠들썩해졌다. 국왕이 눈매를 지그시 좁힌 채 주위를 둘러보았다.

얼마 지나지 않아 시선이 레온에게 가서 닿았다. 그의 덩치가 유난히 커서 한눈에 쏙 들어왔다. 국왕의 입가에 미소가 감돌았다.

"흘흘, 과연 내 손자로고."

이미 그는 연회장 내의 상황을 잘 알고 있었다. 시종들이 실시간으로 국왕에게 전달해 주었기 때문이었다.

때문에 레온에게 영애들의 춤 신청이 쇄도했으며 무려 세 시간 동안 멈추지 않고 영애들과 춤을 추었다는 사실을 국왕은 잘 알고 있었다. 손자의 인기가 하늘을 찌를 듯한데 할아버지의 입장에서 어찌 기분이 좋지 않겠는가?

'그래, 부디 네 마음에 드는 영애를 만나 결혼하기 바란다. 그것이 이 할아비가 주는 조그마한 선물이란다.'

그 역시 피해자였기에 조건만을 따져 행하는 정략결혼의 폐해가 어떤지 누구보다 잘 알고 있던 국왕이었다.

잠시 후 그가 손을 들자 박수소리가 잦아들었다. 쩌렁쩌렁한 음성이 연회장에 울려 퍼졌다.

"아마 모두들 알고 계실 것이오. 마루스의 이번 음모를 깨부술 수 있었던 데에는 내 손자가 가장 혁혁한 역할을 했다는 사실을 말이오."

그 말에 모두의 시선이 레온에게로 집중되었다. 물론 레온이 아니었다면 펜슬럿 왕실은 상당한 곤란을 겪었을 터였다. 국왕이 부드러운 눈빛으로 레온에게 손짓을 했다.

"홀로 나오너라. 레온."

주뼛거리던 레온이 홀을 향해 걸어 나왔다. 드넓은 홀에는

레온 외에 아무도 없었다. 귓전으로 국왕의 자애로운 음성이
울려 퍼졌다.

"너의 멋진 모습을 다시 한 번 보고 싶구나. 여러 귀족들과
영애들이 모인 자리에서 너의 진면모를 한 번 보여주겠니?"

국왕의 말에 귀족들이 술렁였다. 물론 그들 중에서는 궁정
회의에서 레온의 모습을 본 사람도 있었다.

그러나 대부분의 귀족 영애들은 블러디 나이트의 모습을 본
적이 없다. 때문에 몇몇 귀족들이 대뜸 환호하기 시작했다.

"블러디 나이트의 모습을 보여 주시오, 레온 왕손님."

귀족들은 일제히 박수를 보냈다. 연회장을 뒤흔드는 박수소
리에 레온이 잠시 당황했다. 그러나 굳이 감출 이유는 없었다.
이미 수많은 사람들 앞에서 밝혀진 비밀 아니던가?

"알겠습니다, 국왕전하."

묵묵히 고개를 끄덕인 레온이 상의를 탈의했다. 곧 마신갑
에 감싸인 레온의 우람한 상체가 드러났다.

여인의 허벅지보다 굵은 팔뚝과 어깨근육을 본 귀족여인들
이 묘한 눈빛을 지었다.

'척 봐도 힘이 좋게 생겼어.'

'저런 우람한 근육에 한 번 안겨 봤으면 원이 없겠군.'

상의를 단정히 개어 홀의 바닥에 내려놓은 레온이 마신갑에
마나를 집중시켰다. 그 모습을 보며 귀족들이 숨을 훅 들이켰
다. 그 정도로 긴장하고 있는 것이다.

잠시 후 레온의 웅혼한 마나를 받은 마신갑이 시뻘겋게 물
들었다.

파파파팟.

폭죽이 터지듯 증식한 마신갑이 레온의 몸을 친친 감쌌다.
그 모습에 귀족들이 경악 어린 표정을 지었다.

"믿을 수가 없군."

세상에 저런 갑옷이 있으리라곤 꿈에도 상상하지 못했다.
한없이 증식하던 마신갑이 풀 플레이트 메일의 형상을 만들어
나갔다.

레온은 금세 중갑주를 걸친 기사의 모습으로 변신해 표표히
서 있었다.

생전 처음 블러디 나이트의 모습을 본 귀족 영애들의 눈은
찢어질 듯 부릅떠져 있었다.

"세, 세상에……."

연회장에 모습을 드러낸 블러디 나이트의 모습이 너무도 당
당했기 때문이었다.

붉은 빛이 도는 갑주는 너무나도 아름다웠다. 강인해 보이
는 투구와 두터운 흉갑, 전신을 빈틈없이 가리는 갑옷임에도
불구하고 전혀 둔하게 보이지 않았다.

잠시 후 레온이 등 뒤에 메어진 창을 풀어 드는 순간 탄성이
터져 나왔다.

"저, 정말 멋지군요."

"저 창이 대륙의 강자들을 꺾은 바로 그 창인가요?"

영애들의 눈빛은 또다시 몽롱해져 있었다. 마신갑을 착용하자 레온 왕손의 모습이 판이하게 바뀌었기 때문이었다.

사실 레온의 용모는 그다지 뛰어나지 않은 편이다. 덩치 하나는 당당하지만 순박하고 맹해 보이는 용모 때문에 위압감이 많이 줄어들기 때문이다.

그런데 블러디 나이트로 변하자 그런 단점은 흔적도 없이 사라졌다.

우람한 덩치를 빈틈없이 감싸는 전신갑주에, 단순하지만 강인해 보이는 형태의 투구로 얼굴을 가리자 마치 하늘에서 내려온 천신 같아 보였다.

사람들은 입을 딱 벌린 채 아르카디아 대륙을 위진시킨 블러디 나이트의 모습을 정신없이 감상했다. 자신을 향해 쏟아지는 시선에 레온이 쓴웃음을 지었다.

'시선이 집중되는 것도 꽤나 고역이군.'

레온이 슬며시 허리를 폈다. 그의 시선은 로니우스 2세에게 고정되었다.

"국왕전하. 한 가지 청이 있습니다."

그 말에 국왕의 눈가에 실망감이 어렸다. 개인적으로 할아버지라는 호칭을 기대했었기 때문이었다. 그러나 이곳은 귀족들이 운집한 연회장. 때문에 서로가 공식적으로 대해야 하는 것이 예의였다.

"말해보아라, 레온."

레온이 기다렸다는 듯 입을 열었다.

"왕궁에서의 승리를 축하하고 또한 앞으로 있을 마루스와의 전쟁에서 승리를 기원하는 뜻으로 제가 창무(創舞)를 한 번 시연할까 합니다."

그 말에 국왕이 깜짝 놀란 표정을 지었다.

"창무? 창을 사용해서 춤을 춘다는 말인가?"

"그렇사옵니다. 스승님께 전수받은 무술 중에 창무가 있사옵니다."

국왕이 생각할 것도 없다는 듯 고개를 끄덕였다.

"알겠노라. 창무를 시연할 것을 허락하노라."

국왕이 승낙하자 레온이 호흡을 가다듬었다. 그의 귓전에는 어느새 스승이 남긴 한 마디가 감돌고 있었다.

―무란 단순한 술(術)이 아니다. 예(藝)로 승화시킬 수 있을 정도로 그 한계가 무궁무진하다. 그런 면에서 병기로 펼치는 무(舞)는 자신의 성취가 어느 정도인지 확실하게 외부로 보여줄 수 있다.

이미 레온은 성취를 보여준다는 미명 하에 스승 앞에서 여러 차례 창무를 시연한 적이 있다.

그러나 지금 레온의 성취는 그때와는 하늘과 땅 차이였다.

초절정의 경지에 올라선 이후 단 한 번도 창무를 시연한 적이 없기 때문에 레온은 가슴이 설레는 것을 느꼈다.

'이번 기회에 내가 익힌 무학을 예(藝)의 경지로 승화시켜야 한다.'

살짝 눈을 감은 레온이 정신을 집중했다. 귀족들은 하나같이 기대 어린 시선으로 레온의 일거수일투족을 지켜보고 있었다.

국왕 역시 흥미진진한 눈빛을 보냈다. 자신을 거듭 놀라게 한 손자가 과연 어떤 모습을 보여줄지 기대하고 있는 것이다.

"후……."

심호흡을 한 레온이 눈을 떴다. 잠시 후 장창이 레온의 손에서 빙글빙글 돌아가기 시작했다.

윙윙윙윙—

레온이 맹렬히 창을 휘두르며 몸을 움직이기 시작했다. 거기에는 케른에게서 전수받은 온갖 춤의 정수가 녹아들어 있었다.

얼마 되지 않아 창두에서 시뻘건 운무가 뿜어져 나오기 시작했다. 의식적으로 정제하지 않은 오러를 뿜어내는 것이다.

파츠츠츠츠—

창날에서 뿜어진 핏빛 안개는 금세 수십, 수백 가닥의 실로 바뀌어 레온의 몸을 휘감았다. 강기의 전 단계인 강사(剛絲)의 형태로 가공한 것이다.

그 상태로 창을 휘두르자 레온의 몸은 완전히 강기의 실에 휩싸여 버렸다. 화려한 강기의 실에 완전히 휘감긴 채 레온은 정신없이 춤을 추었다. 그 상태에서도 계속해서 창을 통해 강사가 뿜어졌다.

"저, 저럴 수가?"

귀족들의 눈이 찢어져라 부릅떠졌다. 벌어진 입에서 침이 질질 흘러내렸다. 레온의 창무는 그 정도로 장관이었다.

선명한 붉은 빛을 발하는 수천, 수만 가닥의 실에 휩싸인 채 너울너울 춤을 추는 레온의 모습은 단연 독보적이었다.

더없이 가볍고 자연스러운 발놀림, 거구에 어울리지 않게 우아한 몸동작, 반면 창의 움직임은 무섭도록 파괴적이고 강렬했다.

붕 부웅 붕—!

허공을 맹렬히 회전하는 창의 잔영, 창이 지나간 자리로 헤아릴 수 없이 무수한 강기의 실타래가 뒤따랐다. 레온의 움직임은 급격히 변해갔다.

마치 버드나무처럼 낭창낭창하게 흐느적거리는가 싶더니 다음 순간 더없이 장중하고 위압적으로 변했다. 귀족들은 눈도 깜빡이지 못하고 레온의 움직임만을 주시했다.

시간이 지날수록 레온의 동작은 더욱 격렬하고 파괴적으로 변해갔다.

윙 위윙—

　예리한 창날이 쏜살같이 대기를 갈랐다. 레온은 자유자재로 창을 휘두르고 내뻗고 후려갈겼다.

　그에 따라 수천 가닥의 강사가 대기를 갈가리 유린했다. 눈을 의심케 하는 장면이 거듭 이어졌다. 귀족들은 숨도 몰아쉬지 못하고 탄성만 내질렀다.

　"저, 저런!"

　레온의 춤사위는 거의 십 분 가까이 이어졌다. 절정에 이르자 레온이 바닥을 박차고 몸을 날렸다.

　부웅.

　그의 거구가 순식간에 사람의 키 이상의 높이로 치솟았다. 실로 놀랄 만한 도약력이었다. 허공에서 대여섯 번 몸을 뒤집은 레온이 내공을 실어 바닥에 착지했다.

　쿠웅!

　천근추를 가미했기에 홀에 깔린 마룻바닥이 사정없이 울렸다. 공명음이 퍼져나가며 사람들의 마음에 파문을 일으켰다.

　충격으로 인해 관전하던 귀족들이 순간 몸을 주체하지 못하고 비틀거렸다. 그들의 귓전으로 낭랑한 음성이 파고들었다.

　"부디 여러 귀빈들의 눈을 어지럽히지 않았기를 바랍니다."

　허리를 편 레온이 국왕을 보며 공손히 허리를 굽혔다. 창무가 모두 끝이 난 것이다.

　얼떨떨한 표정으로 레온을 쳐다보던 국왕의 얼굴에 미소가 맺혔다. 역시 자랑스러운 손자 레온은 자신의 기대를 저버리는 일이 없었다.

"대단하구나. 정말로 장관이었다."

짝짝짝짝.

곧 우레 같은 박수소리가 연회장에 울려 퍼졌다. 그때서야 정신을 차린 귀족들이 박수갈채를 보내는 것이다.

레온의 춤사위는 그들이 지금껏 상상도 못해 본 장관이었다. 나이 지긋한 귀족들의 얼굴은 흥분으로 인해 시뻘겋게 달아올라 있었다.

레온의 창무는 그들의 마음을 뒤흔들 정도로 웅장하고 또한 멋졌다. 그러니 감수성이 예민한 영애들은 어떻겠는가?

"너, 너무 멋져요, 레온 왕손님."

"역시 블러디 나이트다워요."

영애들은 눈물을 줄줄 흘리며 박수를 보내고 있었다. 하나같이 눈빛이 몽유병에 걸린 것처럼 몽롱했다. 머쓱한 표정으로 고개를 끄덕인 레온이 마신갑을 해제했다.

좌르르르르.

마신갑이 질서정연하게 접히며 원래의 모습으로 돌아갔다. 그런데 허리를 굽혀 제복을 집어든 레온이 난감한 표정을 지었다.

"이런!"

벗어놓은 상의가 창무의 여파에 휘말려 갈가리 찢어졌기 때문이었다. 난무하는 강기의 실로 인해 홀의 바닥은 홈이 죽죽가 있었다. 그런 상황이니 제복이 무사할 리가 만무했다.

'어쩔 수 없군.'

넝마가 된 제복을 손에 든 채 레온이 자신의 자리로 향했다. 그 모습을 자랑스러운 눈빛으로 쳐다보던 국왕이 좌중을 둘러보았다.

"짐은 이만 물러가 보겠소. 많이들 드시고 춤을 추며 연회를 즐기도록 하시오."

국왕이 물러나자 연회는 다시 시끌벅적해졌다.

다행히 레오니아가 여분의 제복을 챙겨왔기에 레온은 넝마가 된 제복을 걸쳐야 하는 운명에서 벗어날 수 있었다.

산뜻한 새 제복으로 갈아입은 레온이 빙그레 미소를 지었다.

"역시 어머니밖에 없군요."

아들의 애교 어린 말투에 레오니아가 피식 실소를 지었다.

"넌 예전부터 유난히 옷을 많이 망가뜨렸지. 기껏 옷을 지어주면 하루도 안 되어 넝마로 만들기 일쑤였으니 말이다."

"에이, 어머니 그건 예전 일이잖아요."

모자의 다정한 대화를 들으며 영애들의 눈빛이 서서히 정상을 되찾아갔다. 함께 식사를 했던 영애들이 아직까지 자리를 차지하고 있었다.

그러나 그녀들에게 더 이상 레온과 대화를 나눌 기회란 없었다. 호시탐탐 기다리던 영애들이 쥐를 향해 달려드는 고양이처럼 레온에게 춤 신청을 했기 때문이었다.

"레온 왕손님. 부디 소녀의 춤 신청을 받아주세요."

"부디 함께 춤을 출 수 있는 영광을 주세요."

영애들의 구애는 한층 더 적극적이 되어 있었다. 도저히 인간의 행위로 생각되지 않는 창무를 보았기 때문일지도 몰랐다.

하나같이 얼굴에 홍조를 가득 띠운 채 레온에게 다가가 춤을 청하는 영애들이었다. 레온은 그녀들의 요청을 거부하지 않았다. 한 영애가 내민 손을 레온이 붙잡자 그녀의 얼굴이 환히 밝아졌다.

"가, 감사합니다. 레온 왕손님."

영애와 팔짱을 낀 채 홀로 걸어 나가는 레온의 발걸음에는 힘이 넘쳐났다. 웅혼한 그의 공력은 밤새도록 영애들과 춤을 추더라도 바닥을 보이지 않을 터였다.

VIII
참전을 결심하다

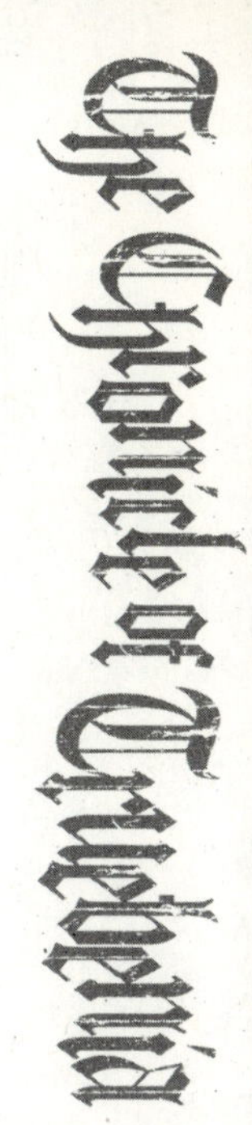

레온은 승전연이 벌어지는 사흘 동안 꼬박 춤을 추어야 했다. 그다지 내키지 않았지만 국왕의 엄명이었기에 어쩔 수 없었다.

그동안 레온은 수없이 많은 영애들의 구애에 시달려야 했다. 첫날은 춤 신청으로 끝났지만 다음날의 사정은 그렇지 않았다. 영애들은 거의 노골적으로 레온을 유혹했다.

특히 레온의 가공할만한 창무를 목격한 영애들은 체면을 깡그리 무시해가며 필사적으로 달라붙었다. 그 때문에 레온은 수도 없이 난감한 상황에 처해야 했다.

몇몇 영애들은 기습적으로 입맞춤을 시도해 왔다. 다행히 레온의 키가 워낙 컸기에 입술은 지킬 수 있었다. 레온의 초인적인 반사 신경을 극복할 수 있는 영애는 없었다. 헛물을 켠 영애들은 가문의 위세를 들먹여 가며 레온의 환심을 사려 했다.

"만약 저와 결혼하신다면 평생 돈 걱정은 하지 않으셔도 될 거예요. 저희 가문은 매우 부유하거든요."

"저희 가문은 군사력이 매우 막강하답니다. 저와 혼인을 하신다면 그 병력은 고스란히 레온 왕손님의 것이 될 거예요."

그러나 레온은 영애들의 치명적인 구애를 모두 물리쳤다. 진정으로 레온에게 어필하는 영애가 없었기 때문이었다.

그저 가문의 후광을 이용해, 혹은 자신의 미모를 자신하며 달려들 뿐 레온의 진심을 알아주는 이는 단 한 명도 없었다.

오랫동안 외로이 살아왔던 탓에 레온은 정에 굶주려 있었다. 때문에 가족의 정에 더없이 민감했다. 상식적으로 골수까지 무인인 레온이 돈이나 권세 따위에 관심을 가질 이유란 없다.

레온이 바라는 여성상은 다정다감하게 자신을 위해 주고 부족한 점을 보완해 줄 여인이다. 그런데 지금 열렬히 구애하는 영애들은 그 기준에 전혀 맞지 않았다.

사흘간의 승전연 기간 동안 레온은 귀족사회와 자신의 궁합이 맞지 않다는 사실을 뼈저리게 깨달았다.

접근하는 사람들은 하나같이 자신을 이용해 가문의 세를 불리려는 자들이 태반이었다. 영애들의 미모는 더 이상 레온에겐 어필하지 못했다.

레온의 관점에서 그녀들은 겉만 화려할 뿐 머릿속에 든 것
이 하나도 없는, 한 마디로 말해 보기 좋은 인형에 불과했다.
지금 이 순간 레온의 머릿속에는 한 여인의 모습이 뚜렷하게
투영되고 있었다.

'후……. 알리시아 님이 너무나도 보고 싶군.'

레온의 눈가로 아련함이 스쳐지나갔다. 더없이 매력적이고
아름답지만 애석하게도 인연이 되지 않는 여인. 함께 힘을 합
쳐 아르카디아의 초인들을 꺾어나가는 과정에서 알리시아는
누구도 따라잡지 못할 매력을 레온에게 각인시켰다.

'정말 영리하고 사려가 깊은 여인이었지. 가문의 후광과 화
장한 얼굴만을 내세우는 머리 빈 영애들과는 비교 자체가 불
가능한…….'

마음 같아서는 그녀의 소식을 수소문해 보고 싶었다. 그러
나 레온은 억지로 그 마음을 억눌렀다. 수소문해서 그녀의 행
방을 찾더라도 알리시아에게는 반드시 해야 할 일이 있었다.

'부디 알리시아 님의 일이 잘 이루어졌으면 좋겠는데…….'

그리고 레온은 이제 평화로운 왕손의 삶에 진력을 느끼고
있었다. 지금껏 살아온 레온의 삶은 결코 평탄하지 않았다.

하루가 멀다 하고 전투를 치러 왔고 헤아릴 수조차 없이 목
숨이 위태로운 순간을 넘겨왔다. 가히 인생의 전부가 피로 얼
룩진 전투로 점철되었다고 해도 과언이 아니었다.

그랬기에 한동안은 평안한 왕손으로의 삶이 더없이 편안했

다. 그러나 그것은 그리 오래가지 않았다. 레온의 핏속에 잠재되어 있는 전사로서의 기질이 평화로운 생활을 용납해내지 못하고 있는 것이다.

게다가 레온은 치열한 혈투 속에서 자신만의 무예를 완성시켜 왔다. 아르카디아에 건너와서 벌인 초인간의 대결은 레온의 경지를 몇 단계 끌어올렸다.

그러나 왕궁에 정착한 이후 레온의 실력은 더 이상 증진되지 않았다. 지하 연무장에서 열심히 수련해 봐야 성취량은 극히 미미했다.

'발렌시아드 공작과의 대련에서도 더 이상 건질 것이 없어.'

레온이 전장에 나가야겠다고 생각한 것은 바로 그 때문이었다. 펜슬럿은 머지않아 마루스와 국운을 건 전쟁을 벌일 것이다. 마루스가 정예기사들을 파견해 펜슬럿 왕족들의 목숨을 노린 것이 밝혀진 이상 응징은 불가피했다.

그 때문에 왕실에서는 승전연까지 벌여 귀족들로부터 병력과 물자를 긁어모았다. 모인 병력들은 머지않아 전장으로 떠날 것이 틀림없었다.

레온은 그들과 함께 전장으로 가야겠다고 결심하고 있었다. 물론 거기에는 여러 가지 이유가 있었다.

첫 번째로 레온은 각급 귀족들과 영애들의 노골적인 구애에 환멸을 느끼고 있었다. 나이가 들었으니 의당 결혼을 생각해야 하지만 조건과 가문의 이익만을 따지는 영애들과 혼인하고 싶은 마음은 없었다.

발렌시아드 공작으로부터 들은 정략결혼의 부작용은 그런 레온의 결심을 더욱 굳혔다. 그러나 귀족들은 그런 레온의 마음과 아랑곳없이 계속해서 구애를 해 왔다. 그들의 손아귀에서 벗어나는 길은 전장에 나가는 것뿐이었다.

두 번째로 레온은 이미 어머니로부터 왕세자 에르난데스가 부린 수작에 대해 전해들었다. 당시 사실을 들은 레온은 깜짝 놀랐다.

—외삼촌께서 귀족 가문에 경고장을 보내어 별궁에서 벌어진 무도회를 망쳤다고요?

—그렇단다. 그는 이미 우리 모자를 숙청할 생각을 굳혔다고 하더구나. 그래서 네 혼인을 방해하기 위해 초청장을 받은 귀족 가문으로 경고장을 보냈다고 한다. 이 어미가 여러 방면으로 알아본 결과 그것이 사실인 것 같구나.

그 말에 레온은 자신도 모르게 몸서리를 쳤다. 제아무리 권력이 좋더라도 어찌 친 여동생과 그녀의 피를 이어받은 조카를 숙청시킬 수 있단 말인가?

그리고 은밀히 사람을 파견해 조카의 혼사를 방해한 것은 도를 넘어서는 행동이었다. 레온은 분노에 앞서 두려움을 느껐다.

'친 혈육에게 이렇게 할 수 있다니.'

그러나 권력 앞에서 혈육의 정이란 가볍게 무시할 수 있는 종류의 것이다. 그로 인해 레온은 귀족사회의 비정한 생리를 직접 몸으로 체험할 수 있었다. 레온이 참전을 결정한 것은 바로 그 때문이었다.

'외삼촌의 마수로부터 어머니를 보호하기 위해서는 튼튼하게 자리를 굳혀야 한다. 그러려면 전장에 가서 공을 세워야 해.'

물론 초인이라는 사실이 밝혀진 순간 레온은 감히 숙청할 수 없는 존재가 되고 말았다. 그 누가 한 나라의 수호신인 그랜드 마스터를 숙청할 수 있겠는가?

그러나 레온은 미처 거기까지 생각하지 못했다. 외삼촌의 손길을 피하기 위해서는 전장에서 누구도 무시하지 못할 공을 세워야 한다는 생각을 굳혔으니 말이다.

세 번째 이유는 마루스에 대한 복수심 때문이었다. 이미 레온은 마루스의 정보부 총수 콘쥬러스가 행한 작전내용을 알고 있었다.

어머니인 레오니아가 펜슬럿을 떠나 트루베니아로 오게 된 것은 전적으로 마루스의 비밀작전 때문이었다. 게다가 마루스는 초인과 정예 기사들을 파견해 펜슬럿 왕족들의 멸살을 꾀했다.

펜슬럿 왕족의 한 사람으로서 당연히 마루스에게 반감을 가

질 수밖에 없다. 레온이 마루스에 복수를 할 수 있는 방법은
단 하나, 전쟁터에 나가는 것뿐이었다.

　이 세 가지만으로도 레온이 전장에 나가야 할 이유는 충분
했다. 그리고 정체되어 있는 무예의 경지를 올릴 수 있을뿐더
러 레온의 핏 속을 흐르는 전사의 기질을 달랠 수 있다는 부가
효과도 있었다.

　'그래, 전쟁터에 나가 싸우다 보면 여러 가지 고뇌로부터
벗어날 수 있을 것이야.'

　생각을 접어 넣은 레온이 머뭇거림 없이 어머니에게 달려갔
다.

　예상대로 어머니 레오니아는 격한 반응을 보였다.

　"뭐라고? 전쟁에 나가겠다고?"

　레오니아는 어림도 없다는 듯 머리를 흔들었다.

　"허락할 수 없다. 어쩌자고 위험한 전쟁터에 나가겠다는 것
이냐? 네가 아니더라도 싸울 사람은 많다."

　"하지만 어머니."

　레온은 침착한 태도로 자신이 전쟁터에 나가야 한다는 당위
성을 설명했다. 이미 생각해 놓은 세 가지 이유를 들어 어머니
를 설득한 것이다. 그러나 레오니아는 완강히 거부했다.

　"왕궁에서 내가 믿을 수 있는 사람이라곤 오직 너밖에 없
다. 과연 널 전쟁터에 내보내고 이 어미가 편히 잠을 청할 수

있을 것 같으냐?"

"하지만 어쩔 수 없어요. 이대로라면 왕세자이신 외삼촌의 숙청을 피하기 어려워요. 어머니와 저의 미래를 위해서라도 전장에 나가 공을 세워야 해요."

"세력 있는 귀족 가문과 결혼을 하면 되지 않느냐? 외가가 든든하면 오라버니도 섣불리 우리들을 숙청할 수 없을 것이다."

레온이 서글픈 눈빛으로 어머니를 쳐다보았다.

"어머니, 전 그러고 싶지 않아요. 전 아끼고 사랑하며 서로를 걱정해 줄 여인을 아내로 맞이하고 싶어요. 매일매일 절 감시하고 절 이용해 가문의 이익만을 추구하려는 여인은 싫단 말이에요."

레오니아가 조용히 침묵을 지켰다. 그녀 역시 왕족인 만큼 그런 정략결혼의 폐해를 누구보다 잘 알고 있었다.

"그래도 전쟁터에 나가는 것만은 용납할 수 없다. 눈먼 칼이라도 충분히 사람을 죽일 수 있는 법이란다. 하물며 수련에만 몰두한 네가 어찌 험한 전쟁터에 갈 수 있단 말이냐?"

그 말을 들은 레온이 살짝 눈을 감았다. 진실을 밝히지 않고서는 어머니의 마음을 돌릴 수 없어 보였다.

머릿속으로 생각을 정리한 레온이 그동안 밝히지 않았던 과거를 말해 주었다.

"어머니, 이미 전 헤아릴 수 없을 만큼 전장을 전전하며 경험해 보았어요."

레온의 입에서 그간 지나온 발자취가 담담하게 흘러나왔다. 곡마단에서 강제로 징집된 뒤 방패부대에 소속되어 헬프레인 제국의 군대와 맞서 싸운 일, 거기에서 수도 없이 죽을 고비를 넘긴 뒤, 레아덴 마을로 찾아갔지만 이미 어머니는 그곳에 없었다.

이후 리플리의 손에 사로잡혀 헬프레인 제국 황제를 암살하기 위한 자객으로 훈련된 과정과, 최후의 순간 사로잡혀 입에 담기조차 힘든 고문을 받은 다음 파르디아 부흥군의 본거지를 알아내기 위해 의도적으로 풀려난 과정들이 설명되었다.

설명이 이어질수록 레오니아의 얼굴에는 핏기가 사라지고 있었다. 아들이 그런 고난을 겪어왔다는 것을 그녀로서는 꿈에도 짐작하지 못했다.

"제국의 추격을 뿌리치기 위해서는 드래곤의 레어에 뛰어들 수밖에 없었어요. 게다가 전 아버지의 복수를 위해 드래곤 로드를 암살하려는 마음을 품었지요."

마치 남의 일인 것처럼 담담하게 지난 일을 설명하는 레온을 보며 레오니아는 말로 형언할 수 없는 감정을 느꼈다. 자신이 트루베니아에 버려두고 온 아들이 그런 역경을 겪어왔다니…….

"전 드래곤 로드의 레어에서 천운으로 스승님을 만나 제대로 된 무예를 배울 수 있었어요. 정말 운이 좋았던 것이죠."

이후의 일들도 남김없이 레오니아의 귀로 들어갔다. 이계의 무예를 배운 뒤 또다시 제국과의 전쟁에 뛰어들었으며, 전투는 레온이 초절정의 경지에 오르기 전까지 계속되었다는 사실을 말이다. 한 마디로 레온의 일생은 피와 전쟁으로 점철된 것이나 다름없었다.

"저는 헬프레인 제국의 초인 벨로디어스와의 생사결에서 깨달음을 얻었어요. 삶과 죽음이 오가는 갈림길이었죠. 운이 좋아서 살아남은 덕분에 그랜드 마스터의 경지에 오를 수 있었어요. 더불어 제 운명을 옭죄고 있던 오우거의 육신에서 벗어났고요."

긴 이야기를 들은 레오니아의 얼굴은 완전히 눈물로 젖어 있었다.

그것은 한 마디로 한 인간의 인생이라곤 상상조차 할 수 없는 삶이었다. 그녀는 더 이상 생각할 것도 없다는 듯 레온을 얼싸안았다.

"내 새끼. 그런 일을 겪어왔다니……."

"그래도 전 만족해요. 이렇게 살아서 어머니를 다시 뵐 수 있으니 말이에요. 저는 어머니와 오순도순 살기 위해서는 뭐든지 할 수 있어요. 그러려면 반드시 전쟁터에 나가 공을 세워야 해요."

"……."

"이미 저는 인생의 대부분을 전쟁터에서 살아왔어요. 한 마디로 제게 전장은 더없이 친숙한 곳이에요. 그러니 걱정하지 않으셔도 돼요."

레오니아는 젖은 눈으로 하염없이 레온을 쳐다볼 뿐이었다.

"그 어떤 상황에서도 죽지 않을 자신이 있어요. 그러니 어머니 부디 허락해 주세요. 어머니와 제가 숙청되지 않으려면 전장에 가서 공을 세워야 해요. 그래야만 왕실 내에서 저와 어머니의 입지를 확실하게 굳힐 수 있어요."

레오니아의 고개가 느릿하게 끄덕여졌다. 마침내 고집을 꺾은 것이다.

"그래, 네가 그토록 절실히 원한다면 원하는 대로 하거라."

레온의 얼굴이 확 밝아졌다.

"감사해요, 어머니. 결코 심려 끼쳐드릴 일은 없을 것이에요."

더 이상 참지 못한 레오니아가 레온을 와락 끌어안았다.

"난 널 믿는다. 그런 삶을 살아온 널 믿지 않으면 도대체 누굴 믿는단 말이냐?"

그녀가 눈물 젖은 얼굴을 레온에게 비볐다.

"한 가지만 명심하거라. 이 어미는 언제까지나 네 편이란다. 설사 죽는 한이 있어도 널 두 번 버리지 않을 것이다."

"……."

레온의 눈시울은 붉게 달아올라 있었다. 어머니의 진정이 느껴졌기 때문이었다.

레온은 머뭇거림 없이 본궁으로 향했다. 국왕을 만나 자신의 결심을 전할 생각이었기 때문이었다. 그 과정에서 그는 또다시 여러 명의 귀족들을 만나야 했다.

"레온 왕손님, 안녕하십니까? 혹시 저번에 한 제안을 생각해 보셨는지요?"

"이번에 제가 새로 양녀를 들였습니다. 결코 쉽게 찾아볼 수 없는 미모를 가진 아이이지요."

레온은 귀찮게 따라붙은 귀족들을 물리치고 궁으로 향했다. 결국 그는 본궁 입구에 들어서고 나서야 거머리들을 떨쳐 버릴 수 있었다. 허락받은 자가 아니면 본궁 안으로 들어갈 수 없기 때문이다. 근위기사들이 레온을 보고 부동자세를 취했다.

"레온 왕손님을 뵙습니다."

"전하를 알현하러 왔소. 내가 왔다는 사실을 전해주시오."

"알겠습니다. 대기실로 안내하겠습니다."

근위기사들은 레온을 대기실로 안내해 주었다. 그곳에서 시종장이 올 때까지 기다려야 하는 것이다. 레온은 조바심 내지 않고 차분하게 시종장이 올 때를 기다렸다.

✢

국왕은 지금 고민에 사로잡혀 있었다. 마루스 왕국의 빠른 대응 때문에 작전이 거듭 무위로 돌아갔기 때문이었다.

"크로센 제국의 초인 맨스필드 후작과 정략결혼을 하다

니……."

　펜슬럿 왕실에서는 3일의 승전연 기간 동안 보복작전을 펼쳤다. 보유한 초인 발렌시아드 공작을 공간이동으로 마루스의 수도로 파견한다는 계획이었다.

　그것을 위해 기사들이 대거 차출되었다. 마루스와 동일하게 백여 명의 기사들을 끌어 모은 것이다.

　작전은 레온이 승전연에서 영애들과 춤을 추는 사이 실행되었다. 백여 명의 기사를 대동한 발렌시아드 후작이 수도 외곽으로 공간이동해 가서 왕궁을 공격한다는 시나리오였다.

　마루스와는 달리 왕궁 내부로의 공간이동은 불가능했다. 때문에 첩자들이 준비해놓은 마법진으로 워프해 가서 왕궁의 외부로 공격해 들어간다는 계획이 수립되었다.

　사실 작전을 펼치더라도 마루스의 국왕과 왕족들을 척살할 가능성은 그리 높지 않았다.

　마루스의 기사들이 필사적으로 수비할 것이 틀림없는 만큼 특공조가 내성 안으로 들어갈 가능성은 희박했다. 그러나 펜슬럿 왕실이 노리는 것은 그것이 아니었다.

　초인의 위력은 단연 독보적이다. 발렌시아드 공작이 난입할 경우 마루스의 국왕과 왕족들은 시종이나 병사의 복장으로 갈아입은 뒤 밀실에 숨어야 한다.

　특공조가 노리는 것은 바로 그것이었다. 공식적으로 마루스 왕실에 창피를 주고 더불어 아군의 사기를 끌어올리려는 목적이었다.

그러나 결과적으로 말해 그 작전은 실행되지 않았다. 정보부에 들어온 한 가지 정보 때문이었다.

―현재 크로센 제국의 초인인 맨스필드 후작이 마루스의 수도에 머무르는 것으로 알려졌습니다. 알려진 바에 의하면 맨스필드 후작은 마루스의 공주와 결혼식을 치를 예정이라고 합니다.

그 소식에 펜슬럿 왕실은 발칵 뒤집혔다. 그게 사실이라면 작전은 당장 중지되어야 한다. 아르카디아의 초인 서열상 맨스필드 후작은 발렌시아드 공작보다 실력이 우위라고 알려져 있다. 제아무리 정략결혼이라도 처가는 처가이다.

때문에 발렌시아드 공작이 왕궁으로 난입할 경우 맨스필드 후작은 아무런 거리낌 없이 맞서 싸울 것이다. 그렇게 될 경우 발렌시아드 공작이 패할 가능성이 컸다.

그 때문에 작전은 중지되었다. 확실한 가능성이 없는 상황에서 초인을 담보로 도박을 할 순 없는 노릇이다.

그러나 국왕은 미련을 버리지 못했다. 마루스에는 현재 초인이 없다.

유일한 초인인 플루토 공작은 이미 레온의 손에 세상을 하직했다. 따라서 초인인 발렌시아드 공작을 전장으로 보낸다면 큰 성과를 거둘 수 있다.

국왕은 바로 그 때문에 발렌시아드 공작을 전선에 투입하려 했다. 발렌시아드 공작이 초인의 무위를 발휘해 적군 지휘관들을 처치해 준다면 전세를 현저히 유리하게 이끌 수 있기 때문이다.

곧 국왕의 명령을 받은 발렌시아드 공작은 공간이동 마법진을 통해 마루스와 싸우는 최전선으로 이동해갔다.

그러나 그것도 마루스의 발 빠른 대처로 인해 무위로 돌아갔다. 카멜레온 작전에 의해 전장에 파견된 마루스 장교와 수뇌들이 모두 일반 병사의 군복으로 갈아입었기 때문이었다.

첩자를 통해 그 사실을 알아차린 발렌시아드 공작은 맥이 탁 풀리는 것을 느꼈다.

보고대로라면 자신이 난입하더라도 별 성과를 거둘 수 없었다. 눈에 불을 켜고 수색하더라도 일반 병사의 군복으로 갈아입은 적 지휘관을 어찌 찾아낸다는 말인가?

그렇게 해서 발렌시아드 공작은 아무런 전과도 거두지 못하고 쓸쓸히 왕궁으로 돌아와야 했다. 국왕의 심기가 불편한 것은 바로 그 때문이었다.

'정말 주도면밀한 놈들이로군.'

레온의 알현요청이 들어온 것은 바로 그때였다.

"전하, 레온 왕손님께서 전하를 알현하길 원하고 있습니다."

시종장의 말에 국왕이 퍼뜩 정신을 차렸다.

"레온이 날 보고자 한다고?"

국왕은 생각할 것도 없다는 듯 알현을 승인했다.

"들여보내도록 하라."

잠시 후 시종장의 안내를 받아 레온이 들어왔다.

"전하를 뵙습니다."

건성으로 고개를 끄덕인 국왕이 손을 내저었다. 그러자 시종장이 공손히 손을 모으고 물러갔다. 국왕의 주름진 노안에 장난기가 서렸다.

"다시 불러보거라, 레온."

다소 당황해하던 레온의 입가에 미소가 걸렸다.

"할아버지. 그간 안녕하셨습니까?"

그 말에 국왕이 너털웃음을 터뜨렸다.

"흐허허허. 정말 기분 좋구나. 할아버지란 말이 이리 듣기 좋은 줄은 몰랐단다."

한바탕 너털웃음을 터뜨린 국왕이 정색을 했다.

"그래, 레온. 무슨 일로 할아비를 찾아왔느냐?"

그러나 용건을 들은 국왕의 얼굴이 대뜸 굳어졌다.

"무어라? 전장에 나가고 싶다고?"

"그렇습니다. 할아버지. 아무래도 제가 전장에 나가야 할 것 같습니다. 첫 번째로 본국에 수모를 가한 마루스를 용서할 수 없습니다. 그에 대한 응징을 하기 위해서는 전장에 나가는 수밖에 없습니다. 그리고 우리 펜슬럿은 가증스러운 마루스에게 귀중한 영토를 빼앗겼습니다. 그것을 되찾는 데 왕실의 일원으로서 일조를 하고 싶습니다.”

장황한 설명이 이어졌지만 국왕은 쉽사리 승낙하지 않았다. 손자인 레온을 어찌 위험한 전쟁터에 내보낼 수 있단 말인가? 하물며 그 귀하디귀한 그랜드 마스터 아니던가?

“허락할 수 없다. 너는 펜슬럿을 지탱하는 수호신이니라. 그런 너를 어찌 위험한 전선에 보낼 수 있단 말이냐?”

“발렌시아드 공작님이 있지 않습니까? 그분이시면 왕실을 수호하는데 모자람이 없습니다. 그리고 저는 전장에 나가 공을 세우고 싶습니다. 그러니 부디 허락해 주십시오.”

“흠…….”

국왕은 손에 턱을 괴고 생각에 잠겨 들어갔다. 물론 그는 레온이 무엇을 걱정하는지 누구보다 잘 알고 있었다.

이미 왕세자가 꾸민 계략은 국왕의 귀에까지 들어간 상태. 따라서 레온으로서는 당연히 불안해할 수밖에 없다는 사실을 어렴풋이 짐작할 수 있었다.

국왕이 두 눈 시퍼렇게 뜨고 있는 지금은 괜찮겠지만 자신이 죽고 나서 왕세자가 왕위를 계승할 경우 왕족들은 숙청을 걱정해야 하는 것이 현실이다. 그 사실을 떠올린 국왕이 부드러운 어조로 레온을 달랬다.

“혹시 왕세자 때문이라면 걱정할 것 없다. 자고로 국가의 수호신인 초인을 홀대하는 나라는 없느니라. 그리고 짐은 너

에게 머지않아 수도 인근의 영지를 내릴 작정이다. 영지를 가
진 귀족은 정해진 규모의 사병을 키울 수 있느니라."

국왕의 말인 즉슨 영지에서 사병을 키워 왕세자를 견제하란
뜻이었다. 그러나 레온의 뜻은 확고했다.

"할아버지. 저는 할아버지에게 이루 헤아릴 수 없는 은혜를
입었습니다. 그것에 보답하기 위해서라도 전장에 나가 공을 세
워야 합니다. 그리고 저는 블러디 나이트입니다. 제가 가세한
다면 전선에서 싸우는 아군의 사기를 한껏 높일 수 있습니다."

거듭 설득했지만 국왕은 쉽사리 납득하지 못했다. 레온이
지금껏 헤아릴 수 없을 정도의 전투를 치러왔다는 사실을 알
지 못했기 때문이었다.

'경험 없는 장수를 보낼 경우 공에 눈이 어두워 단독작전을
펼치다 위기에 직면하는 경우가 많지. 레온의 경우 그럴 가능
성이 더욱 크고.'

그러나 긍정적인 면도 없지 않았다. 우선 레온은 국왕의 손
자이다. 그런 레온을 전선에 내보낼 경우 몸을 사리는 귀족들
에게 본보기를 보여줄 수 있다.

"보라. 나는 내 손자를 전장에 내보냈다. 그런데 경들은 무
얼 하고 있는 것인가?"

이렇게 호통 칠 경우 귀족들은 꿀 먹은 벙어리가 될 수밖에
없었다. 그리고 레온은 아르카디아에 존재하는 초인 절반을
꺾은 강자이다.

　레온의 말대로 블러디 나이트의 위풍당당한 모습을 본다면 전장의 장병들은 한껏 사기가 치솟을 것이다. 그럼에도 불구하고 국왕은 쉽사리 결정을 내리지 못했다.

　우선 지휘관으로서의 레온의 능력은 전혀 검증되지 않았다. 개인적인 무위는 출중할지언정 병력을 통제하고 전략 전술을 짜는 능력은 미지수나 다름없었다.

　그리고 손자의 안위에 대한 할아버지로서의 걱정도 결정을 주저하게 만든 주된 원인이었다.

　그러나 국왕의 생각은 서서히 레온의 참전 쪽으로 기울어지고 있었다. 레온을 전장에 파견할 경우 얻게 되는 득이 잃게 되는 실보다 월등히 컸기 때문이었다.

　'그래, 이번 기회에 레온의 지휘관으로서의 자질을 시험해 보는 것도 좋겠지.'

　고개를 끄덕인 국왕이 입을 열었다.

　"좋다. 그토록 원한다니 네 결정을 받아들이기로 하겠다."

　레온의 얼굴이 환히 밝아졌다.

　"결코 왕실의 명예에 먹칠을 하지 않겠습니다."

　"일단은 물러가 있도록 하거라. 군대가 구성되면 부르도록 하겠노라."

　"알겠습니다, 할아버지."

　목적을 이룬 레온의 입가로 빙그레 미소가 지어졌다.

펜슬럿 왕실이 귀족들로부터 지원받은 병력은 6만 5천이었다. 현재 전장에 파견된 병력 8만에 거의 육박하는 수준이다.

그러나 마루스 역시 비슷한 수준의 병력이 증원되었기에 결과는 아무도 장담할 수 없었다. 그 상황에서 국왕은 손자 레온의 참전을 널리 알렸다.

"펜슬럿의 왕실기사이자 내 손자인 레온이 직접 병력을 이끌고 전장에 나갈 것이다. 짐은 레온을 6만 5천 지원군의 총사령관으로 삼을 것이다."

그 사실이 전해지자 펜슬럿은 발칵 뒤집혔다. 설마 국왕이 손자를 총사령관으로 삼아 전장에 내보낼 줄은 몰랐기 때문이었다. 지원을 약속한 귀족들의 발등에는 불똥이 떨어진 것이나 다름없었다.

왕족이 직접 전장에 나가는 판국이니 섣불리 몸을 사릴 수가 없다. 사실 파병을 결정한 많은 귀족 가문들은 가문의 후계자에게 지원 병력의 지휘를 맡겼다.

휘하 병력들이 열심히 싸우게 하려면 솔선수범을 보여야 한다. 이른바 노블리스 오블리제의 발현이었다. 그러나 그렇게 하지 않은 귀족들도 많았다. 대부분 가문의 후계자를 깊숙이 숨겨놓고 휘하 기사에게 지휘를 맡긴 귀족들도 많았다.

그런 귀족들에게 레온의 참전은 상당한 경종을 불러 일으켰다. 국왕은 레온이 참전하게 된 경위를 상세히 알렸다.

"내 손자 레온은 자의로써 전선에 지원했다. 더러운 작전으로 펜슬럿 왕실의 멸살을 꾀한 마루스에 대한 분노가 그를 전장으로 이끈 원동력이다."

그렇게 되자 귀족들은 더 이상 발뺌을 할 수 없게 되었다. 울며 겨자 먹기로 가문의 후계자를 지원 병력에 포함시키는 귀족들이 하나 둘씩 생겨났다.

반면 신흥귀족들은 이번 전쟁에 큰 기대를 걸고 있었다. 전쟁에서 공을 세운다면 작위를 높일 수 있기 때문이었다. 그렇게 해서 펜슬럿은 총력을 다해 마루스를 공격할 채비를 갖추고 있었다.

⚜

"전장에 나간다고?"

"네, 그렇습니다."

"그렇다면 나도 참전하겠다."

사정을 들은 쿠슬란은 두말하지 않고 레온을 따라 전장에 나서겠다고 했다. 이미 그는 레온이 철저한 실전을 통해 지금의 경지에 올랐다는 사실을 알고 있었다.

마스터가 되기를 갈망하는 그에게 레온이 참전하는 지금이 절호의 기회였다. 그런 마음을 알고 있었기에 레온도 크게 반대하지 않았다.

"괜찮으시겠습니까?"

"어차피 나에겐 명예회복을 위한 절호의 기회이다. 너와 함께 전장을 누비면서 실추된 명예를 되찾아야겠다."

말을 마친 쿠슬란이 은근한 눈빛으로 레온을 쳐다보았다.

"게다가 네 옆에 있어야 개인지도를 받을 수 있지 않겠느냐?"

"그렇긴 하지요."

레온이 쓴웃음을 지었다. 사실 쿠슬란은 현재 자유기사의 신분이었다. 근위기사 자격을 박탈당한 그에게는 귀족들의 사설 기사단에 들어가는 길밖에 남지 않았다. 그러나 그것은 쉬운 일이 아니었다. 이미 왕궁에서의 일이 소문난 덕분에 귀족들은 쿠슬란을 휘하 기사로 받아들이기를 꺼려했다.

쿠슬란의 나이가 많은 것도 큰 역할을 했다. 게다가 평생 레오니아를 섬기기로 작정한 쿠슬란이 귀족들의 사설 기사단에 들어가는 것을 원할 리가 없었다. 때문에 예정대로라면 쿠슬란은 은신처에 틀어박혀 조용히 늙어가야 한다.

그러나 지금과 같은 상황이라면 사정이 달라진다. 일단 쿠슬란은 근위기사단 분대장까지 역임한 실력 있는 기사이다. 그러므로 명예회복을 위해 전쟁에 지원한다면 펜슬럿으로서는 받아들일 수밖에 없다. 만약 쿠슬란이 전장에서 공을 세운다면 명예회복은 충분히 가능한 일이었다.

"일단 너와의 연관성을 없애기 위해서 따로 지원을 하겠다.

경력이 있으니 아마도 날 기사단에 배치할 것이다. 명목상 총 사령관이니 만큼 내가 어디에 배치되는지 충분히 알 수 있을 것이다."

레온이 빙그레 웃으며 고개를 끄덕였다.

"알겠어요, 쿠슬란 아저씨."

그렇게 해서 쿠슬란과 차후의 계획을 논의한 레온은 병력이 출정하기만을 기다렸다.

✦

전쟁을 앞두고 펜슬럿과 마루스는 대대적으로 용병을 고용했다. 개개인의 전투력이 뛰어나고 전투경험이 많은 용병은 상당히 훌륭한 전력이었다.

그런데 이변이 일어났다. 용병 길드에서 용병을 고용하려는 마루스의 제의를 모조리 거절한 것이다.

"우리는 결코 마루스의 편에 서서 싸울 수 없소."

용병 길드는 공식적인 이유는 밝히지 않았다. 물론 마루스 왕실에서는 이유를 잘 알고 있었다. 용병왕 카심을 배신한 것이 다름 아닌 마루스의 소행이었기 때문이었다.

거액을 제시해 용병왕 카심으로 하여금 블러디 나이트로 위장하게 하고 종국에는 크로센 제국에 돈을 받고 팔아넘기려고 한 마루스였다. 그런 전례가 있으니 용병 길드에서 마루스에 병력을 제공해 줄 리가 만무했다.

물론 그 사실은 대외적으로 밝혀지지 않았다. 용병 길드로서는 용병왕 카심의 행적을 노출할 수 없었다.

만약 카심이 블러디 나이트로 위장하여 발렌시아드 공작을 꾀어내는 미끼 역할을 했다는 사실이 드러나면 용병왕의 명성에 엄청난 누를 끼칠 것이다.

또한 마루스 왕실도 자신들의 비열한 배신행위가 알려지는 것을 원치 않았다. 때문에 이유는 철저히 비밀에 붙여졌다.

그러나 용병 길드는 펜슬럿에 대해서는 정 반대적인 입장을 취했다. 용병을 제공해 달라는 펜슬럿의 요청에 용병 길드는 다음과 같은 답장을 보냈다.

〈일만의 정예 병력을 제공할 용의가 있습니다. 보수는 통상적인 국가관례에 준해 책정해 주십시오.〉

용병들의 몸값은 정해진 것이 아니다. 지금과 같은 전시상황에서는 몇 배나 뛰는 것이 보통이었다. 게다가 아이러니하게도 용병들의 몸값은 수가 많을수록 늘어간다.

그런 상황에서 통상적인 국가관례에 준한 몸값을 받겠다는 것은 용병 길드가 전적으로 펜슬럿을 지원해 주려는 것이나 다름없었다. 더욱이 용병 길드는 파견할 병력의 구성을 철저히 펜슬럿의 요청에 따르겠다고 말해왔다.

그에 따라 펜슬럿 왕실은 용병 길드에다 잘 훈련받은 석궁병 5천에, 레인저 1천 명, 그리고 4천 명의 경기병들을 요청했다. 하나같이 정규군으로 육성하기 힘든 특수병과 병력이다. 용병 길드는 두말하지 않고 펜슬럿 왕실의 요구를 승낙했다.

그 뜻밖의 사태에 펜슬럿 정벌군의 사기는 충천했다. 경험 많은 용병들이 가세하는 것은 승리의 가능성을 더욱 높여주기 때문이다.

⚜

흰머리가 희끗희끗한 초로의 사내가 창밖을 내다보고 있었다. 위맹해 보이는 얼굴에는 그러나 병색이 완연했다.

창밖에는 무장한 사내들이 부산하게 뛰어다니고 있었다. 이곳은 대륙에 산재한 용병들을 총괄 관리하는 용병 길드의 본부였다.

"이로써 레온 왕손, 정확히 말해 블러디 나이트에게 진 빚은 어느 정도 갚은 셈인가?"

살짝 얼굴을 찡그리는 이는 다름 아닌 용병왕 카심이었다. 블러디 나이트로 화신해 발렌시아드 공작과 접전을 벌였다가 마루스 왕실에게 배신당한 용병왕 카심. 그가 용병 길드의 본부에 머물고 있는 것이다.

절체절명의 순간 그는 무사히 펜슬럿을 빠져나가 용병 길드로 돌아갈 수 있었다. 보통 사람 정도의 힘도 발휘하지 못하는 그였지만 빠져나가는 것이 완전히 불가능하지만은 않았다.

펜슬럿에도 용병 길드의 지부가 있었기 때문이었다. 카심은 그 지부의 전폭적인 협력을 받아 안전하게 펜슬럿에서 빠져나왔고 용병 길드에 마루스의 배신을 알렸다.

"그, 그게 사실입니까?"

사실을 전해들은 용병 길드의 간부들은 분노했다. 그들로서는 마루스의 배신행위를 도저히 용납할 수 없었다.

그러나 배신을 했다고 하더라도 마루스는 엄연히 아르카디아에 존재하는 강대국 중 하나이다. 제아무리 용병 길드라고 해도 복수할 수 있는 길이 없었다.

"그러나 방법이 전혀 없지는 않다."

용병 길드가 공개적으로 펜슬럿을 지원한 배경에는 그런 마루스에 대한 복수심이 자리하고 있었다. 용병 길드는 무척이나 부산했다. 펜슬럿으로 지원 나갈 병력을 구성하기 위해 용병들이 정신없이 뛰어다니고 있었다.

그것을 내려다보는 카심의 낯빛은 파리했다. 잠력격발의 후유증이 아직까지 사라지지 않은 것이다. 카심은 자신의 한계를 잘 알고 있었다.

후유증으로 인해 그는 앞으로 몇 개월 동안 제대로 힘을 쓰지 못할 것이다. 원래대로라면 안전한 은신처에서 정양하며 몸을 회복시켜야 한다. 그러나 그는 예상을 뒤엎고 이번 펜슬럿 파견부대에 지원했다.

물론 용병왕의 신분으로 참전하는 것은 아니었다. 가명을
써서 레인저 부대의 부대장으로 위장하고 있는 것이다. 사실
을 떠올려 보던 그의 눈이 빛났다.

'제대로 된 마나연공법이 알고 싶다면 언제든 자신을 찾아
오라고 했지? 그러려면 블러디 나이트가 전쟁에 나서는 지금
이 적기이다.'

당시 블러디 나이트는 자신에게 의미심장한 말을 던졌다.

—내 스승님은 당신의 아버지에게 마나연공법을 가르쳐 주
신 분과 동일 인물이오.

그 말을 떠올린 카심이 눈매를 지그시 좁혔다.

"그렇다면 그의 스승이 마계로 건너갔다는 흑마법사 데이몬
이란 말인가?"

그러나 생각을 거듭해 보아도 그가 알 수 있는 것은 없었다.
카심이 할 수 있는 길은 오로지 블러디 나이트를 만나 보는 것
뿐이었으며 그래야만 속 시원한 해답을 얻을 수 있다.

"과연 그에게서 완벽한 마나연공법을 얻을 수 있을까?"

물론 사실 여부는 블러디 나이트에게 달려 있다. 카심으로
서는 맹목적으로 거기에 매달릴 수밖에 없다.

살짝 고개를 끄덕인 카심이 조용히 소파에 몸을 묻었다. 일

단은 블러디 나이트를 만나는 것이 관건이었다. 물론 방법은 이미 정해놓았다.

명목상 레인저의 부대장 중 하나로서 접근한다면 정벌군 총 사령관인 레온을 만나지 못할 리가 없다. 돌연 그의 얼굴에 긴장감이 어렸다.

'과연 그가 제대로 된 완전한 마나연공법을 나에게 가르쳐 줄까?'

물론 그것은 전적으로 블러디 나이트의 마음에 달려 있다. 그러나 그렇다고 문제가 모두 해결되는 것은 아니다. 블러디 나이트가 제대로 된 마나연공법을 전수해 주더라도 자신이 제대로 된 초인으로 거듭날 가능성은 그리 높지 않았다.

거듭되는 잠력폭발로 인해 몸이 만신창이가 되었기 때문이었다. 그러나 실낱같은 가능성에도 목을 매는 것이 사람인 법.

카심으로서는 오직 블러디 나이트를 만나는 순간만을 눈이 빠지게 기다릴 수밖에 없었다.

〈7권에서 계속〉

김정률 작가 펜 카페
cafe.daum.net/sword

君臨魔道

군림마도

건아성 신무협 장편소설

ORIENTAL FANTASYSTORY & ADVENTURE

감성무협의 신기원을 열었던 『은거기인』의 작가 건아성!

이번엔 배신과 음모가 판치는 비정한 사파인들의 이야기로
끊임없이 변화를 추구하는 작가주의의 진면목을 보여준다!

하북 호혈관에서 시작된 강호 대파란.
이제 사파의 이름으로 천하 무림을 굽어보리라!

dream books
드림북스

가 나 신무협 장편소설
ORIENTAL FANTASYSTORY & ADVENTURE

천마금

예측불허의 상상력 『야차왕』의 작가, 가나.
그가 선보이는 천하제패를 향한
영웅들의 거대한 한판승부.

소리로 세상을 보는 아이, 서문무휘.
파천의 음악으로 난세에 출사표를 던진다!

마도군림 삼십 년간의 평화는 폭풍전야에 불과했다.
지금 절대강자들이 난무하는 군웅할거의 시대가 시작된다!

dream
books
드림북스

천왕

황규영 신무협 장편소설

『참마전기』의 작가 황규영의 2009년 선작!

내공증진에 목숨 걸던 강도진,
드디어 환골탈태하다!

천룡을 얻은 자,
모든 무공을 지배하리라!

무공서만 들이파며 보낸 독학(獨學)의 십 년 세월.
영물을 얻어 환골탈태한 강도진의 포복절도할 강호종횡기!

dream
books
드림북스

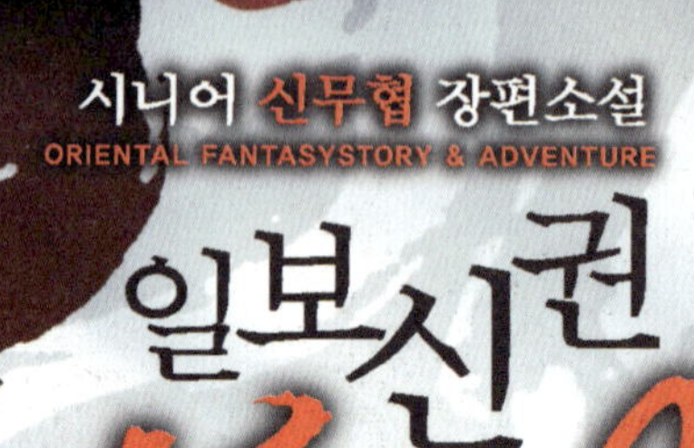
시니어 신무협 장편소설
ORIENTAL FANTASYSTORY & ADVENTURE
일보신권
一寸拳
문피아 골든 베스트 1위, 그 빛나는 영광
시니어 신무협 장편소설.
천하를 놀라게 한 파격적인 소림무공,
그 비밀은 배고픔과 절제
이제 무공도 근검절약의 시대
최소한의 움직임으로 최대의 효과를 얻는다
dream
books
드림북스